야사스! 그리스

야사스!
YASAS! GREECE
그리스

박은경 글 · 사진

북하우스

I am a Traveler!

지금껏 살아오면서 사주팔자니, 토정비결이니, 타로카드 같은 재미로 보는 점을 무수히 봐왔지만 내 생애 최고의 점괘는 어느 중국집에서 준 행운의 과자 속에 있었다. 이거면 충분하다. 평생 부적처럼 간직하고 싶은 점이다.

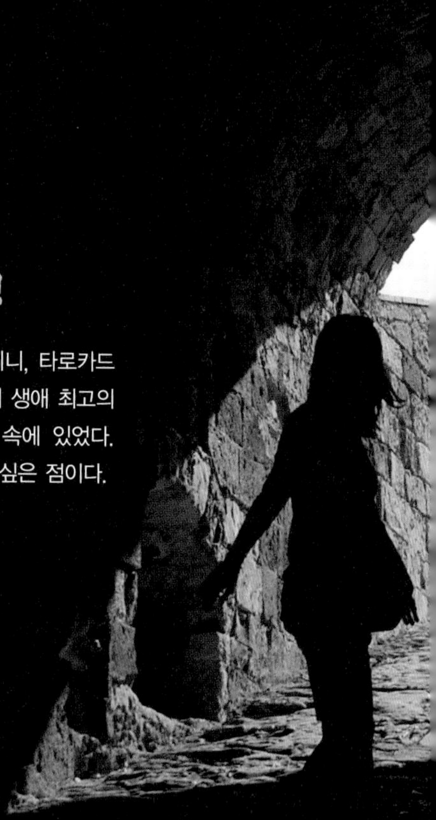

You are a traveler at heart.
There will be many journeys.
Lucky Numbers 4, 6, 9, 10, 37, 39

Post
ΕΛΤΑ
Hellenic Post
ΑΛΛΗΛΟΓΡΑΦΙΑ
Α' ΠΡΟΤΕΡΑΙΟΤΗΤΑΣ
PRIORITY MAIL
ΠΡΟΔΙΑΓΡΑΦΕΣ ΠΟΙΟΤΗΤΑΣ / QUALITY OF SERVICE STANDARDS

바다. 가을의 따사로움. 빛에 잠긴 섬들.
그리스의 영원한 나체 위에 투명한 너울처럼 내리는 상쾌한 비.

나는 생각했다.
죽기 전에 에게 해를 여행할 행운을 누리는 사람은 행복하다고.

– 니코스 카잔차키스의 『그리스인 조르바』 중

Prologue

프 롤 로 그

창 밖으로 세상이 멀어져간다.

높은 산과 건물이 장난감처럼 삭아지고

기다란 도로는 선이 되고 차들은 점이 된다.

하늘 아래 펼쳐진 세상을 바라볼 때면 아찔한 기분도 잠시,

땅에서 있었던 온갖 근심걱정들은 일순간 사라지고

마음은 이내 평온해진다. 유리창에 손바닥을 대고 풍경들을 어루만진다.

다닥다닥 붙어서 갑갑해 보이던 아파트들도,

인간이 차마 닿기 어려워 보이던 눈 덮인 높은 산도,

끝없이 펼쳐진 사막도,

풍경은 내 손바닥 안에 살포시 들어온다.
세상은 이렇게나 작구나. 이 작은 세상 속에서 나는 먼지 같은 존재겠구나.
눈을 감고 크게 심호흡을 해 본다. 조금만 더 천천히. 조금만 더 여유롭게.

누군가 인생은 가까이서 보면 비극이지만 멀리서 보면 희극이라고 말했다.
세상은 작아지고, 내 마음은 딱 그만큼 더 너그러워지는 순간이다.
이 순간을 사랑한다.

Contents

Chapter 02 | 산토리니 섬 이야기

Chapter 03 | 크레타 섬 이야기

Chapter 04 | 나의 그리스 섬 이야기

두드리면 열립니다.

Mykonos

Chapter 01 | 미코노스 섬 이야기

에게 해의 짙푸른 바다 위에 놓여 있는 조그만 섬, 미코노스는 그리스 신화 속에 나오는 신들이 살고 있을 법한 아름다운 섬이다. 키클라데스 제도 북쪽에 위치해 있으며 크기는 87평방 킬로미터, 해안선은 약 80여 킬로미터에 달하고, 9천여 명 남짓한 사람들이 거주하고 있다. 섬의 대표적 마을인 호라Chora는 각양각색의 레스토랑과 가게, 바, 풍차, 좁고 구불구불한 회색의 돌길, 그리고 곳곳에 자리한 교회들과 지중해풍의 독특한 건축 스타일로 유명하다. 섬은 또한 지중해의 눈부신 태양과 바다를 보러 온 전 세계의 여행자들로 항상 붐빈다. 매해 여름이면 파라다이스 비치와 수퍼 파라다이스 비치는 여흥을 즐기려는 젊은이들로 광란의 도가니가 되기도 한다. 시끌벅적한 이 두 곳을 포함, 섬 남쪽으로는 오르노스Ornos, 사로우Psarou, 플라티스 지알로스Platis Gialos, 엘리아Elia 비치 등 훌륭한 모래와 수정 같은 맑은 물을 가지고 있는 해변들이 발달되어 있다. 미코노스 섬 인근에는 '아폴로 신'의 고향이라고 일컬

어지는 델로스 섬이 자리 잡고 있어 흥미를 끈다. 신화는 어디까지나 신화일 뿐 현실이 아닌 걸 알면서도 가슴 한켠에 꼭 담아두고 싶다. 그리스인들의 삶은 신화와는 떼려야 뗄 수 없음을 피부로 느끼게 되는 미코노스 섬으로의 여행 길. 그 길로 접어들기 전에 반드시 준비해야 할 것이 있다면 『그리스 신화』를 읽고 가거나 여행 가방에 꼭 넣어가지고 가는 것이다.

01 Mykonos

파란 세상을 찾아서

"행복은 결코 멀리 있지 않으며 찾으려 한다면 늘 우리 곁에 존재한다."

크리스마스 전날 밤, 가난한 나무꾼의 두 아이들은 꿈을 꾸었다. 꿈속에서 요술쟁이 할머니가 나타나 파랑새를 찾아달라고 부탁했다. 그리하여 치르치르와 미치르 남매는 '행복의 파랑새'를 찾아 먼 여행을 떠나게 되었다. 하지만 파랑새를 찾아 여러 곳을 헤매어도 그 어느 곳에서도 파랑새를 찾지 못하고 집으로 돌아올 수밖에 없었다. 그런데 그렇게 애타게 찾던 파랑새는 집 안의 새장 속에 있었다.

내가 어릴 때 읽었던 동화 『파랑새』는 어른이 되어 읽은 소설 『연금술사』

와 비슷한 메시지를 전해준다. 보물을 찾아 먼 길을 떠나는 양치기, 산티아고 역시 보물은 결국 맨 처음 그가 있던 곳, 천신만고 끝에 도착한 피라미드 아래가 아닌, 보물을 찾아 떠날 결심을 하게 된 꿈을 꾸었던 바로 그 장소에 있다는 것을 깨닫게 된다.

나는 떠날 때부터 행복은 바로 여기, 내가 있는 이곳에 있다는 사실을 알고 있었는지 모른다. 하지만 나에게는 기어이 어떤 핑계를 대서라도 떠나야 직성이 풀리는 '여행자의 피' 가 흐르는 걸까.

그리스 섬으로의 여행 역시 나에게는 '보물찾기'의 한 과정이었다. 언제부터인지 모르지만 오랫동안 섬은 내 마음속에 아련한 그리움처럼 자리 잡고 있었다. 언젠가 한 번은 꼭 가야만 할 것 같은 인연처럼 말이다. 쪽빛 바다를 품은 그곳은, 눈부신 태양이 빛나고 파란색의 창문과 대문이 하얀 집들과 조화를 이루며 좁은 골목의 담벼락 사이로는 분홍색 꽃들이 가득 피어 있는 곳이다. 마치 근심도 걱정도 없는 '조르바'처럼 그 길 위에 내가 서 있는 것을 꿈꿀 때마다 가슴이 설렜다.

그렇게 시작된 파란 세상으로의 여행은 그리스 국기에서부터 출발한다. 국토의 많은 부분이 바다를 끼고 있는 국가답게 그리스 국기의 파란색은 푸른 바다

와 하늘을 상징한다. 국기뿐 아니라 공항에 놓인 의자를 비롯하여 직원들의 유니폼까지 파란색 일색이다. 주위를 둘러보면 아주 사소한 것들까지 파란색으로 칠해져 그 부분에 관해서는 꼼꼼하게 신경 쓴 흔적이 보인다.

수도인 아테네에서 에게 해에 흩어진 섬들로 여행자들을 실어 나르는 국내선 비행기인 에게 항공Aegean Air의 기내잡지 이름마저 블루Blue이다. 이렇듯 파란색은 오늘날 그리스를 누구나 한 번쯤 꿈꾸며 가 보고 싶어하는 장소로 만들고 있다. 어느 인터넷 조사에서 한국인이 파란색을 가장 좋아하는 것으로 나타났는데 그러고 보니 내가 가장 좋아하는 색 역시 파란색이다. 파란색은 신경질적이거나 화가 나 있는 사람들의 마음을 안정시켜주고 편안하게 해 준다고 한다. 색채 심리를 봐도 파란색은 이별, 고독, 우울함, 차가움을 나타내는 동시에 치유, 희망, 꿈, 자유를 표현한다.

파란색을 떠올리면 늘 바다가 먼저 생각난다. 자유롭게 넘실넘실 떠도는

물결을 바라보면서 그 너머에 있는 미지의 세계에 대한 꿈을 꾸곤 한다. 곧 있으면 미코노스 섬에 도착한다는 기장의 안내방송이 흘러나왔다. 바다를 보며 꾸었던 꿈 중 하나가 이제 곧 이루어지려는 순간이다. 설레는 마음으로 비행기 창 너머로 파란 바다를 보고 있으니 어느 애니메이션 영화에 나왔던 대사가 살며시 떠오른다.

"그런네…… 영혼은 어떤 때 파래지는 거야?"
"영혼은 원래 하얀색이지만,
누군가를 사랑하게 되면 파랗게 변한단다."

바다에도 영혼이란 것이 있다면, 바다가 파란 이유를 나는 아무런 의심 없이 그렇게 믿고 싶다.

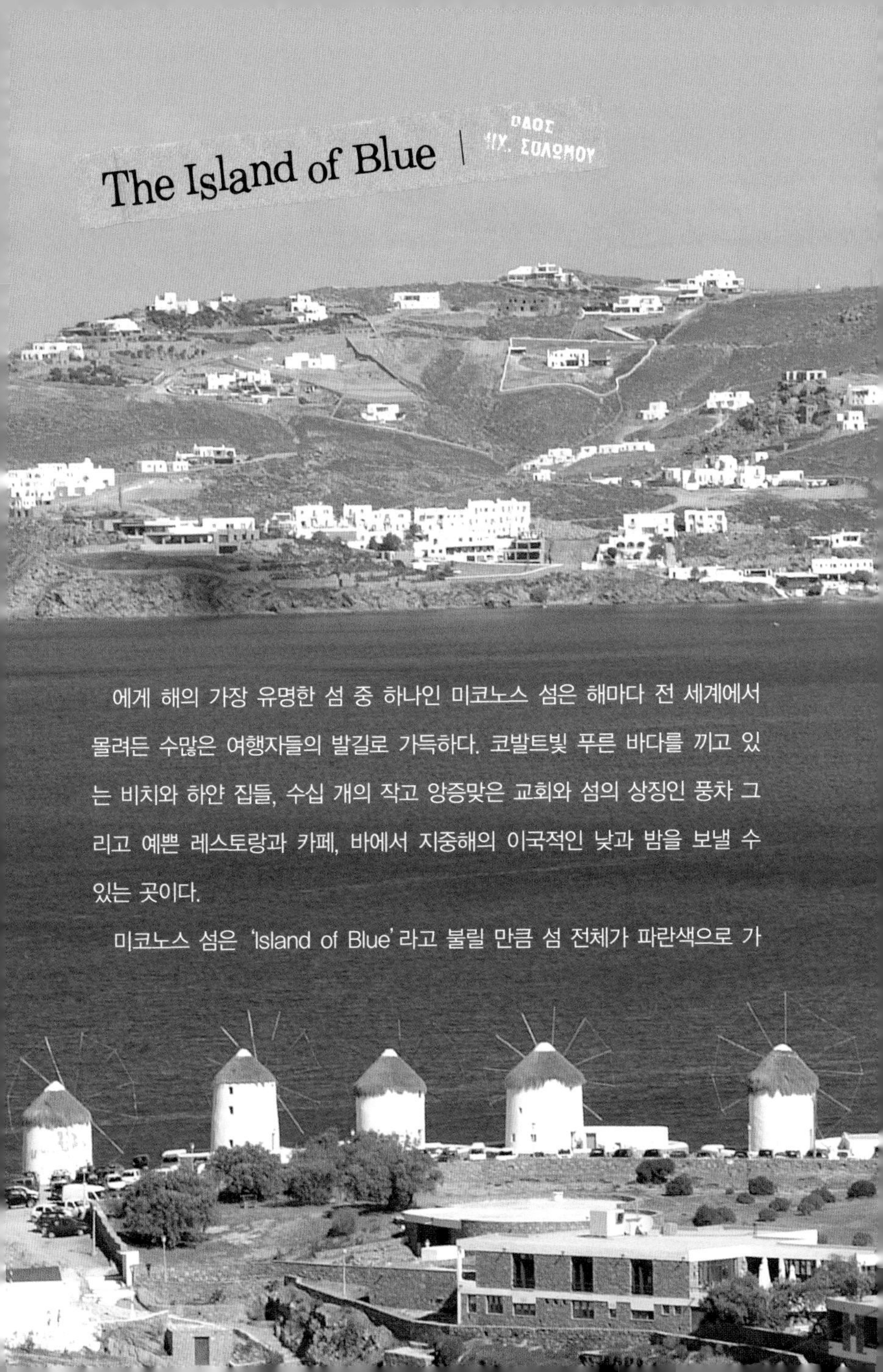

The Island of Blue

에게 해의 가장 유명한 섬 중 하나인 미코노스 섬은 해마다 전 세계에서 몰려든 수많은 여행자들의 발길로 가득하다. 코발트빛 푸른 바다를 끼고 있는 비치와 하얀 집들, 수십 개의 작고 앙증맞은 교회와 섬의 상징인 풍차 그리고 예쁜 레스토랑과 카페, 바에서 지중해의 이국적인 낮과 밤을 보낼 수 있는 곳이다.

미코노스 섬은 'Island of Blue'라고 불릴 만큼 섬 전체가 파란색으로 가득하다. 대문, 창문, 발코니, 테이블, 심지어 우체통까지. 모든 집이 흰색이어서 파란색이 더 돋보이는 듯하다. 미코노스 섬뿐 아니라 섬이 속해 있는 키클라데스Cyclades 제도 내에 있는 대부분의 섬들이 정육면체cube 모양의 하얀 건물에 파란색 대문과 창문으로 상징되는 키클라딕 스타일로 이루어져 있다. 키클라딕 스타일은 겨울 바다로부터 불어오는 '바람'과 여름의 '열기'를 견디면서도 서로간의 조화를 이룰 수 있도록 설계된 것이라고 한다. 미코노스 섬은 특히, 국가 차원에서 관광 정책의 하나로 항상 이런 형태를 유지하도록 노력한다. 지금도 건물이나 집을 지을 때는 정해진 규격에 따라 지어야 하고 몇 층 이상 높게 지어서도 안 되며 외벽은 흰색으로 하되, 대문이나 창문의 색은 사용할 수 있는 색깔이 몇 가지만 가능하도록 규정하고 있다. 건물이 흰색인 이유는 석회를 발랐기 때문인데, 석회는 지중해의 뜨거운 햇빛과 거

센 바람, 해충으로부터 집을 보호하는 역할을 한다. 흰색이라 금방 더러워질 수 있는데 늘 하얗게 유지하는 비결은 자주 덧칠을 해 주는 것이다. 하지만 현재는 비용 등의 문제로 석회 대신 흰색 페인트를 칠하기도 하는데 이 페인트 값 또한 정부에서 일정 부분 지원을 해 준다고 하니 아마도 이런 노력들이 오늘날의 미코노스 섬을 지중해에서 가장 아름다운 섬으로 만들었을 것이다.

파란색의 덧문이 열리고

사그락사그락 비질하는 소리와 함께

섬의 아침이 밝아온다.

01 Mykonos

헤맬수록 즐거운 이상한 골목

나는 고무줄 놀이에 대한 추억이 많다. 초등학생 시절, 학교 수업이 끝나면 집으로 곧장 달려가 책가방을 던져놓고는 또래 친구들과 삼삼오오 모여 고무줄 놀이를 했다. 고무줄 놀이를 하는 것은 오후의 자연스러운 일과였고, 하루 중 가장 즐거운 시간이었다. 그 중에서 특히 "우리는 달려간다. 이상한 나라로"라는 구절로 시작하는 만화, 〈이상한 나라의 폴〉의 주제곡을 따라부르면서 뛰는 것을 좋아했다.

그 시절 어린 내 눈에 비친 만화 속의 이상한 나라는 신기하고 멋진 것으로 가득한 모험의 세상이었다. 강아지가 큰 귀를 펄럭거리며 하늘을 날아다니는가 하면 봉제인형은 살아서 움직이며 마술봉을 휘두른다. 하지만 현실로 돌아가야 할 시간이 되면 어김없이 "기다려. 꼭 다시 올게"를 외치며 벽

속 구멍을 통해 진짜 세상으로 빨려 들어간다. 어린 나는 그런 주인공의 뒷모습이 안타까워 한참동안 텔레비전에서 눈을 뗄 수 없었다.

그 인상이 강해서일까? 나는 여행을 떠날 때마다 어릴 적 보았던 그 만화 속의 이상한 나라로 빨려 들어가는 기분이 들곤 한다. 미코노스 섬의 메인 타운인 호라Chora 마을 골목에 들어섰을 때도 그런 느낌이었다. 파란색 창문이 달린 하얀 집들로 가득한 좁은 골목에 달마시안 무늬를 한 구불구불한 회색 길의 끝없는 향연. 골목은 거미줄처럼 사방으로 뻗어 있어 이 골목은 저 골목으로 이어지고 그 골목은 또 다른 골목으로 굽이굽이 이어진다. 여기서 숨바꼭질이라도 한다면 한 번 술래는 아마도 영원한 술래가 될 것만 같다. 골목을 지나가다 발견한 기념품 가게에서 친구에게 줄 조그만 선물을 점찍어 두었는데 그 가게를 다시 찾기란 정말로 힘들었다. 가게를 찾아 골목을 이리저리 뱅뱅 돌아보지만 찾는 가게는 보이지 않고 자꾸만 제자리인 것이 귀신에 홀린 것 같은 착각에 빠지기도 한다.

하지만 그렇게 헤매도 여전히 즐거운 것을 보면 참으로 이상한 골목이다. 어쩔 수 없이 체념한 채로 터덜터덜 걷다가 우연히 그 가게를 다시 발견했을 때의 기쁨이란! 마치 끝없는 미로 속에서 출구를 찾은 기분이랄까. 골목은 낯선 이들에겐 호락호락하지 않은 태도로 장난기 어린 심술도 걸어오지만 자신에게 사랑으로 다가오는 모습을 보이면 스르르 풀어져서 이내 마음을 내어주는 듯하다.

주위에 여행과 사랑에 빠진 사람들을 보면 몇 가지 공통점이 있다. 바로 '골목길' 을 좋아한다는 것이다. 골목은 좁을수록 좋고, 오랜 세월이 배어 있을수록 좋고, 구불구불 미로 같을수록 좋다. 그리고 그들은 일부러라도

'길을 잃는 걸' 좋아한다. 길을 잃어 본 사람들은 안다. 가끔은 잃어버린 길에서 생각지도 못했던 멋진 풍경들과 마주치게 된다는 것을.

어쩌면 나는 여행과 사랑에 빠지기 이전에 골목과 먼저 사랑에 빠졌었는지 모른다. 지금은 대부분의 골목길이 없어지고 그 터를 네모반듯한 아파트가 채워가고 있지만 어린 시절에는 여기저기 골목길이 참 많았다. 친구들과 숨바꼭질이며 술래잡기를 하던 그 길들에서의 시간이 지금 내가 선 길 위에 겹쳐지며 한없이 그리워진다.

골목이 좋은 또 다른 이유는 그곳에는 무심코 지나치는 일상의 모습이 살아 움직이고 있기 때문이다. 길 양쪽으로 예쁜 상점들과 카페가 즐비한 관광용 골목길에서 조금만 더 안쪽으로 들어가면 여행자들이 거의 다니지 않는 그들만의 골목이 펼쳐진다. 골목을 지나다니는 그곳 사람들은 골목과 어우러져 또 하나의 풍경을 만들어 낸다. 나 역시 그 풍경 속으로 걸어 들어가 내 흔적을 살포시 덧칠한다.

덜 닫힌 문틈에서 새어 나오는 낯선 언어의 라디오 소리, 창가에 아무렇게나 널어놓은 빨래의 모양새며 나도 모르게 문을 열고 들어가고픈 마음이 생기게 하는 구수한 음식냄새, 골목을 뛰어다니는 아이들의 웃음소리, 나

와 같은 이방인을 경계하면서도 호기심 어린 눈빛으로 훔쳐보는 고양이들.

시큰둥하리만큼 평범한 풍경이지만 이상한 나라의 골목에서는 그 모든 것이 처음 대하는 것처럼 새롭게 흡수되곤 한다. 덜 세련되고 소박하지만 내가 살고 있는 곳과 똑같은 모습이 그대로 스며 있는 그 골목들이 나는 좋았다.

여행을 하면 할수록 여행이란 꼭 무언가 대단한 걸 보러 가는 것만은 아니라는 것을 알게 된다. 정말 대단하고 유명해서 꼭 보아야 할 무언가도 있지만 아주 사소한 것 하나에 내 마음을 더 자주 빼앗겨 버릴 때가 많다. 골목을 걷다 문득 어느 집의 예쁜 창문을 올려다보며 저 집 주인은 어떤 사람일까 상상해 보기도 하고, 초등학교 하굣길을 물끄러미 바라보는 것도 즐겁다. 때로는 길모퉁이 구석에 홀로 놓여있는 화분에서 내가 느낀 외로움을 만나기도 한다.

골목탐험이 시들해질 즈음엔 두번째 즐거움이 기다리고 있다. 바로 골목 곳곳에 숨어 있는 카페에서 커피 한 잔을 즐기는 여유이다. 작은 기념품 가게를 찾느라 체력을 소모한 나는 테이블 몇 개가 다인 아담한 야외카페를 찾았다. 그리스식 커피를 주문하고는 아픈 다리를 쉬어줄 겸 의자에 털썩 앉는 순간 탁자 위에 놓인 꽃 몇 송이가 눈에 들어왔다. 작지만 충분히 향기롭다. 거창한 서비스보다 이렇게 무심한 듯 놓인 조그만 배려가 더 감동적일 때가 있다. 우리가 살아가는 인생도 그럴 것이다. 따뜻한 말 한마디, 꽃 한 송이, 고마웠다는 메모 한 장, 등을 토닥여주는 손길 하나가 사람의 마음을 어루만지고 다독여준다.

어느덧 골목길은 지는 해가 내뿜는 황금색으로 따뜻하게 물들어 간다. 작은 꽃송이를 내려다보며 내 마음이 그랬던 것처럼.

고마워요!

오늘 하루도 잘 지내요

Thank you!
Have a nice day

Chora | 미코노스 타운, 호라 마을

미코노스 섬의 항구이자 수도는 '미코노스 타운'이라고도 불리는 호라 Chora 마을이다. 그리스에서 ch는 h발음이 나기 때문에 'Hora'로도 표기한다. '호라'는 '타운Town'을 의미한다. 그래서 미코노스 섬 외에도 많은 섬에 '호라'라고 이름 붙여진 마을이 존재한다. 우리나라로 치면 '읍내' 정도로 해석될 수 있을 것이다. 사람들이 미코노스 섬이라고 보아온 사진들은 대부분 호라 마을의 풍경들이다. 최고 성수기인 6~8월 사이에는 상업적인 상점들과 비싼 물가, 그리고 수많은 여행자들 때문에 짜증이 날 수도 있지만, 그럼에도 불구하고 호라는 전형적인 지중해풍의 마을로 방문 자체가 즐거운 곳이다.

눈부신 흰색의 집들은 푸른색의 대문과 창문, 색색가지의 발코니들로 보는 이들의 눈길을 먼저 사로잡는다. 마을에는 차 한 대도 지나다닐 수 없을 정도의 좁고 구불구불한 미로 같은 골목들이 거미줄처럼 사방으로 뻗어 있다. 자칫하면 길을 잃기 쉽지만 호라 마을에서 길을 잃어버리는 것은 미코노스 섬을 즐기는 방법이 될 수 있다.

CREPES
SANDWICH
KINDS OF COFFEES
FRUIT JUICES
Smoothies
Milkshakes
Fruit Juices
Coffees
Drinks
Ice Creams
12
CREPES
Smoothies
Crepes
Bagels
Sandwiches
SELF SERVICE

골목을 탐험하는 가장 좋은 방법은 지도 따위는 접고 그저 유유자적 어슬렁거리며 걸어보는 것이다. 걷다가 지치면 작은 카페에 앉아 그리스식 커피 한 잔을 즐기는 여유. 이 두 가지면 충분하다.

골목은 다소 복잡해 보이지만 어차피 길은 몇 안 되는 광장을 향해 깔때기처럼 연결되어 있다. 골목들에는 아름다운 집들과 작은 교회, 레스토랑과 카페, 아트 갤러리 그리고 작지만 멋스러운 가게들이 가득해서 한참을 돌아다녀도 피곤한 줄 모르고 구경을 하게 된다. 겨울에서 초봄, 비수기인 11월 중순~3월 말을 제외하고는 대부분의 상점들이 밤늦게까지 영업을 해서 한가롭게 즐길 수 있다. 그래서 대부분의 사람은 낮에는 수영과 선탠을 하거나 느긋하게 책을 읽는 여유를 부리다가 밤이 되면 시내로 몰려 나와 새벽까지 여흥을 즐기곤 한다.

Coffee • Snacks
SUISSE
Sweets • Ice Cream
MÖVENPICK
OF SWITZERLAND
CREPES

01 Mykonos

게이가 환영 받는 사회

나도 게이 친구가 있었으면 좋겠다? 이성의 남자 친구는 왠지 부담스럽고, 동성인 여자 친구에게는 말한다 해도 온전히 이해받지 못할 것 같은 이야기도 스스럼없이 잘 받아줄 수 있을 것 같은 존재, 아무리 같이 있어도 오해 받지 않고 거리낌 없이 지낼 수 있을 것 같은 친구가 있으면 좋을 것 같다는 생각을 가끔 해 볼 때가 있다.

유럽은 대체로 동성연애자들에게 관대한 편이다. 그 중에서도 그리스의 미코노스 섬은 게이들이 환영 받는 사회라는 점에서 흥미로운 곳이다. 호라 마을의 골목을 이리저리 걷다 보면 게이 커플들이 심심찮게 목격된다. 일부러 눈여겨 관찰하지 않더라도 일단 외모가 눈에 확 들어오는 것은 어쩔 수가 없다. 이탈리아 영화에 나오는 배우들처럼 멋들어지게 빗어 넘긴 머리에, 선글라스를 끼고 와이셔츠 깃을 한껏 세우고 몸에 꽉 달라붙은 바지를 입은 잘생긴 꽃미남들이 골목을 활보하는데 그들 옆에는 어여쁜 여인이 아닌 다정한 남자들이 '함께' 하고 있는 것이다. 그런 까닭에 거리에는 무지개 빛깔의 깃발이 걸려 있는 숙소며, 술집, 카페가 종종 눈에 들어온다. 무지개색 깃발은 그들을 반긴다는 무언의 표현으로 동성애자와 동성애 문화를 상징하는 대표적인 표식이다. 샌프란시스코의 어느 동성애 인권운동가가 게이 사회를 나타낼 수 있는 상징을 만들어달라고 요청하여 길버트 베이커라는 사람이 만들었다고 한다. 그는 올림픽 깃발의 색깔에서 아이디어를 얻어 무지개 깃발을 만들게 되었는데 각각의 색깔은 섹슈얼리티, 태양, 자연, 예술, 조화, 삶, 영혼 등을 상징한다.

그런데 그들은 하고 많은 곳 중에 왜 하필 미코노스 섬으로 몰려드는 걸까? 아마도 1960년대 시작된 히피 문화가 촉매작용을 한 것으로 보인다. 히피 문화를 큰 나무라고 보았을 때 동성애 문화는 그 나무에서 뻗어나간 하나의 가지인 것이다. 그 당시 유행처럼 번지던 히피 문화에 빠진 젊은이들은 세계 여기저기를 여행하였고 그렇게 떠돌다 발견한 낙원이 미코노스 섬의 해변이었다. 지금은 '파라다이스' 비치와 '수퍼 파라다이스' 비치라는 이

름으로 매해 여름, 열광적 분위기가 되어 음악과 파티가 끊이지 않는 명소 아닌 명소가 되었다.

언젠가 아주 독특한 소재의 일본 영화를 본 적이 있다. 게이인 아버지를 찾아간 한 처녀와 실버타운에서 살아가는 게이들의 삶을 담아낸 영화 〈메종 드 히미코〉. 다소 낯설고 무거운 주제의 영화였지만 영화를 보고 난 후 나는 이상하게도 가슴 한편이 저릿해져 옴과 동시에 따뜻함을 느꼈다. 누군가와 함께 감정을 주고받는다는 것은 평범하고 지극히 정상적인 일인 것이다. 사람과 사람들 사이에 존재하는 서로 다름, 그로 인해서 생기는 오해와 두꺼운 벽을 허물기란 참으로 쉽지 않다. 나 역시 나와 다른 생각과 가치관을 가진 사람들을 이해한다는 것이 얼마나 어려운 일인지 알고 있다. 이해하고 노력해야지 다짐하면서도 안 될 때가 더 많다. 가끔은 가족조차도 이해하기 힘든 것이 현실인데 하물며 종교나 국적, 인종, 문화의 차이에서 오는 갈등은 말할 필요도 없을 것이다. 하지만 다 같은 얼굴을 가진 사람들만 있으면 얼마나 재미없을까, 그렇게 서로 다름을 자연스럽게 받아들일 때 세상은 조금더 둥글어질 것이다.

그나저나. 미코노스 섬의 골목에 서 있으면 세상은 정말 불공평하다는 생각도 든다. 저렇게 괜찮은 남자가 여자가 아닌 남자를 택하다니 여자들이 너무 억울하지 않은가!

01 Mykonos

바람 불어 좋은 날

바람은 어떤 이에게는 슬픔을 안겨주었지만 또 다른 누군가에게는 기쁨을 안겨주는 존재기도 하다. 이곳에 부는 바람도 그랬다. 미코노스 섬은 '바람의 섬Island of Wind'이라고도 불릴 만큼 연중 바람이 분다. 그래서인지 섬에는 나무가 무성한 숲이 존재하지 않는다. 대신 바위언덕이 많다. 그 언덕을 타고 넘는 바람은 달콤하고 부드럽지만 때로는 화난 사자처럼 거칠고 난폭하다. 특히 여름에서 가을로 넘어가는 시점에 부는 '말테미Maltemi'라는 바람은 가끔씩 여행자들의 일정을 오락가락하게 만든다. 섬과 섬들은 주로 배로 연결되는데 바람이 조금이라도 심하게 불어서 파도가 거칠어지면 배는 출항을 하지 못하기 때문에 많은 여행자들이 짐을 싸 들고 항구로 나왔다가 다시 짐을 들고 총총히 돌아가는 장면을 자주 볼 수 있다. 그렇게 되면

섬으로 오려는 사람도 올 수 없고 떠나려는 사람도 갈 수가 없어 섬의 숙박 업소와 여행사들은 일대 혼란을 겪게 마련이다.

나도 그런 바람을 다른 섬에서 한 번 만났다. 저녁 일곱시에 떠나기로 한 배는 바람 때문에 다음날 아침 일곱시에야 출발했고 나는 배의 불편한 좌석에서 꼬박 열두 시간을 기다려야 했다. 때때로 여행자에게 불편함을 안겨주는 그런 바람도 과거 미코노스 사람들에겐 기쁨이었다. 풍차는 미코노스 섬에서 빼놓을 수 없는 상징이다. 섬에 부는 바람은 에너지의 원동력이 되어 곡물을 빻는 풍차가 돌아가게 만들었고 가루가 된 곡물은 바람의 기운을 머금고 먹음직스런 빵과 음식으로 다시 태어났다. 그러니 섬에서 바람은 기쁨 그 이상의 존재였을 것이다. 하지만 바람의 도움 없이도 여러 에너지를 가질 수 있게 된 오늘날, 풍차는 멈추었고 더 이상 일을 하지 않게 되었다. 현재 그 기능은 멈추었으나 몇몇 풍차는 재건축되어 박물관이나 실제 주거지로 쓰이기도 하면서 여전히 미코노스 섬의 랜드마크로서 섬을 찾는 많은 사람들의 사랑을 받고 있다. 바다가 내려다보이는 풍차 언덕에 서서 바람을 맞으며 김광석의 노래, 〈바람이 불어오는 곳〉을 나직이 흥얼거려본다.

“설렘과 두려움으로 불안한 행복이지만

우리가 느끼며 바라볼 하늘과 사람들.

힘겨운 날들도 있지만 새로운 꿈들을 위해 바람이 불어오는 곳.

그곳으로 가네.”

바람이 불어오는 곳을 카르멘과 함께 여행했다. 두 아이의 엄마이고 만날 때마다 양쪽 볼에 쪽쪽 하고 친근한 인사를 해 주는 정이 많은 사람. 유창한 그리스어를 구사하지만 페루가 국적인 여인. 그녀는 예전에 페루 항공사의 승무원이었다. 비행기 안에서 같은 속도의 '바람'을 타고 가다가 한 그리스인을 만나서 결혼을 했다. 카르멘을 알게 된 것은 그리스 땅이 아닌 한국에서였다. 남편과 같이 코엑스에서 열린 국제관광전 행사를 구경 갔다가 그리스 홍보관에서 그녀를 우연히 만나게 된 것이다. 얼마간의 시간이 흐른 뒤, 우리는 그리스로 여행 간다는 소식을 전했고 그녀는 기꺼이 우리와 함께 미코노스 섬과 크레타 섬 여행을 함께했다. 종일 돌아다니느라 발가락에는 물집이 세개나 생겼던 어느 피곤한 밤. 아홉시도 채 안되어 일찍 잠자리에 들었지만 몸은 피곤한데 잠은 오지 않았다. 그런데 어디선가 적막한 고요 속에서 여자의 흐느끼는 울음소리가 들려왔다. 순간 소름이 오싹 돋았다. 설마 나한테만 들리는 건가 싶어 남편을 흔들어 깨웠다. 또다시 흐느낌. 아무것도 보이지 않는 깜

깜한 숙소에서 우리는 눈을 반짝 뜨고는 귀를 기울였다. 다시 울음소리가 들려왔고 소리의 근원지는 옆방의 카르멘이라는 결론을 내렸다.

다음날, 마치 아무 일도 없었다는 듯이 우리 셋은 종일 쏘다녔고 그녀가 아테네로 떠나기 몇 시간을 앞두고 함께 식사를 했다. 이런저런 이야기를 나누다가 그녀가 먼저 말을 꺼냈다.

"실은 어제 결혼기념일이었어. 남편과는 이혼했는데 그의 집은 매우 그리스적인 생각과 가치관을 가지고 있었어. 그래서 우리 집안이랑 갈등이 많을 수밖에 없었지. 지난 일이니까 그런 건 아무래도 좋아. 그런데 문제는 아직 내가 그를 사랑하고 있다는 거야."

I still love him.

그녀는 "I still love him"을 힘주어 두 번이나 반복했다. 서로가 아무리 사랑해도 사랑만으로는 이어나가기 힘든 여러 가지 문제들이 생겨나는 것이다.

"카르멘. 고향이 페루라고 했지? 난 아직 페루에 안 가 봤지만 언젠간 꼭 가 보고 싶어. 아주 예전에 페루에 가 본 남편은 나한테 그곳이 얼마나 예쁜 곳인지 자랑을 하곤 해. 삭사이와망, 우루밤바 계곡, 쿠스코…" 순간 카르멘과 남편은 그곳을 무척 그리워하는 표정이 되었다. 나 역시 그립다. 가 보지 않았지만, 그리워할 수 있다는 것을 살면서 배웠다. 그리고 그녀를 보면 조금이나마 페루란 곳이 어떤 곳인지 느낄 수 있었다. "지난 몇 년간 페루에 못 갔어. 너무 그리워. 그곳에는 아빠와 남동생이 살고 있어. 페루에 놀러 오면 내 남동생이 페루의 곳곳을 안내해 줄 테니 꼭 놀러 와. 꼭!" 우리는 모두 잠시 저마다의 페루를 꿈꾸었다. 작별의 시간, 마지막 인사를 남기고 멀리 사라져가는 카르멘의 뒷모습을 보며 나는 잠시 울적한 기분이 들었다. 카르멘이 떠난 항구의 택시 정류장에는 오후의 따뜻한 바람이 불어왔다. 그녀와 그녀가 사랑하는 그의 마음속에도 어서 빨리 예전과 같은 속도의 따뜻한 바람이 불어왔으면 좋겠다고 생각했다. 그리고 그녀를 만나게 해 준 그리스의 바람에 감사했다.

바람이 분다.

그것은 지구가 살아서 숨을 쉰다는 표현이 아닐까?

더불어 나도 살아 숨 쉰다.

살아 있다는 것을 느끼고 싶을 때

여행만큼 좋은 것이 또 있을까.

오랜 시간 동안 같이 여행을 해 보면
그 사람에 대해 더 잘 알 수 있다고 생각한다.

그가 가진 가치관이나 생각까지 속속들이 알 수는 없겠지만
최소한 그 사람의 됨됨이에 대해서는 알 수 있다.

여행은 가끔 사람의 마음을 들여다볼 수 있는 거울이 된다.

여행이 피곤하고 지치고 짜증날 때
여행은 슬쩍 우리들을 시험한다.
어떤 사람은 이기적으로 변하고
어떤 사람은 비관적으로 변하며
어떤 사람은 불평꾼으로 변하기도 한다.
하지만 어떤 사람은 너무나 괜찮은 사람으로 변한다.
그런 사람은 여행 중에 더 빛을 발하며 자신의
매력을 드러낸다.

그 사람과는 꼭 친구가 되도록!

RADIO
TAXI
STATION
22.400
23.700
ΕΛΑΧΙΣΤΗ ΔΙΑΔΡΟΜΗ €2.00
ΑΠΟ - ΠΡΟΣ ΑΕΡΟΔΡΟΜΙΟ
ΑΠΟ ΛΙΜΑΝΙ €0.80
ΓΙΑ ΚΑΘΕ ΑΠΟΣΚΕΥΗ €0.30
MINIMUM FARE €2.00
FROM - TO THE AIRPORT
FROM THE PORT €0.80
FOR EACH PIECE OF LUGGAGE €0.30
ΑΠΟ ΜΥΚΟΝΟ ΠΡΟΣ
FROM MYKONOS TO
€
ΑΓ.ΓΙΑΝΝΗ AG. GIANNIS 5.00
ΑΓ.ΣΤΕΦΑΝΟ AG.STEFANOS 3.50
ΑΕΡΟΔΡΟΜΙΟ AIRPORT 5.20
ΑΝΩΜΕΡΑ 6.20
ΕΛΙΑ 9.50
ΚΑΛΑΦΑΤΗ 9.50
ΟΡΝΟ 3.80
ΠΑΡΑΝΤΑΪΣ
ΤΟΥΡΛΟ
ΡΑΔΙΟ ΑΓΟΡΑΙΟ ΜΥΚΟΝΟΥ
RADIO AGOREO MYKONOS

01 Mykonos

아마도
아마도
아마도

나를 떠나면 지중해의 이 섬으로 이끈 것은 단 한 장의 사진 때문이었다. 한풀 꺾인 오후의 햇살이 천천히 건물을 어루만지고 한 노인이 식탁에 앉아 바닷물이 출렁이는 해변을 바라보며 한 잔의 술을 음미한다. 그 모습 뒤로는 빨랫줄에 널어놓은 문어가 햇볕에 말라가는 풍경. 나는 사

진 속의 모습을 오래도록 마음에 담아두었다.

언제부터인지 나는 하루하루 똑같은 일상과는 느낌이 다른 비현실적인 것을 좋아하게 되었다. 예를 들면, 마음에 쏙 드는 카페에 혼자 앉아 책을 읽는 시간, 얼떨결에 잠이 깬 새벽에 보는 붉은 해돋이, 어두운 극장에 앉아 영화 속으로 완전히 몰입하는 순간, 여행지에 도착해서 낯선 거리를 걷고 있을 때, 분명히 낮인데 갑자기 먹구름이 몰려와서 마치 밤처럼 변하는 상황, 너무나 높고 새파란 하늘을 바라보는 일 같은 것들이다.

그렇게 마음속에 꼭꼭 눌러 담아 놓았던 비현실적인 모습을 두 눈으로 확인하는 작업 역시 여행의 존재 이유가 될 것이다. 풍차가 있는 얕은 언덕에서 저만치 내려다보이는 곳에 내가 그리던 풍경이 펼쳐져 있었다. 그리고 그것은 곧 현실로 다가왔다. 바로 '리틀 베네치아' 라고 불리는 지역이다. 미코노스 섬에 웬 베네치아? 의아하게 생각한 나는 근방의 골목을 이리저리 걸어보고 돌아다녀도 이곳의 이름이 왜 리틀 베네치아인지 도무지 알 수가 없었다. 나중에 그곳 사람들에게 들은 이야기로는 이곳의 건축물들이 섬의 다른 지역과는 달리 이탈리아의 베네치아 스타일로 만들어졌기 때문이

란다. 베네치아 공국의 지배를 받았던 때에 지어진 섬의 건물들이 아직까지 베네치아 양식을 유지하고 있어서 이 지역이 섬에서는 유일하게 이국적인 분위기를 지니고 있다고 했다.

먼 옛날, 베네치아가 화려한 전성기를 맞아 아득히 먼 지중해 섬까지 세력을 뻗쳤을 때 섬은 그저 묵묵히 그것을 인내하고 받아들일 수밖에 없었을 것이다. 언젠가 이곳에도 희망의 날이 오리라는 바람으로 오랜 세월을 견뎌 온 지금의 섬은 화양연화의 나날을 맞이하고 있는 듯 보였다.

리틀 베네치아는 해지기 전이 가장 아름답다. 한낮의 뜨거웠던 태양이 선선한 바람에게 자리를 내어줄 즈음이면 어디선가 사람들이 하나둘 이곳으로 모여들어 근방의 전망 좋다는 카페는 순식간에 사람들로 북적거린다. 건물 바로 옆에 위치한 한적하기 그지없던 알레브칸드라Alefkandra라고 불리는 작은 해변마저 어느덧 연인들과 여행자들로 촘촘히 메워지고, 오후의 낮잠에서 덜 깬 고양이들이 행인들의 손길을 타며 여유롭게 돌아다닌다. 나 역시 다시는 이런 풍경을 못 볼 사람처럼 아쉬워하면서 지는 해와 사라져가는 빛을 차곡차곡 마음에 담아 본다.

인생에서 가장 아름다운 시절이라는 화양연화도 아마 그런 것이리라. 누구나 자신의 삶에서 그런 시절이 있을 것이다. 어떤 시간이었든 간에 그것은

사람마다 다른 색깔의 소중함을 가지고 있다. 다만, 활짝 피어 있을 때는 깨닫지 못하다가 돌이켜보면 너무나 아쉬워서 그 시간을 되돌리고 싶어한다. 아름다운 것은 왜 그렇게 빨리 사라지는 것일까. 사람의 마음을 괜히 싱숭생숭하게 만들어놓고 사라져가는 일몰을 바라보며 나의 가장 아름다웠던 나날은 언제였던가를 더듬어 본다. 이미 지난 것 같기도 하고, 아직 오지 않은 것 같기도 하다. 어쩌면 그런 날이 올까 싶은 생각도 들지만 어쨌든 분명한 것은 지금 여행 중인 이 순간이 충분히 아름답고 행복하다는 사실이다.

01 Mykonos

그림 그리기의 로망

참으로 오랫동안 잊고 살았다. 그저 종이 한 장과 연필 한 자루만 있으면 되는 일이었는데 말이다. 어떤 풍경을 바라보면서 그것을 스케치북이나 노트에 옮기고 있는 모습. 여행을 다니면서 멋진 풍경을 만날 때마다 자주 마주치는 모습. 때로는 아름다운 풍경보다 더 아름답게 보이는 모습. 그것은 바로 그림을 그리는 일이었다. 미코노스 섬도 예외는 아니어서 마을의 골목 곳곳에서 그림을 그리고 있는 사람들을 어렵지 않게 만날 수가 있었다. 풍경 앞에서 그들은 눈과 손으로 그 모습을 열심히 그려내고, 나는 카메라의 뷰파인더를 들여다보면서 한 컷 한 컷 빛으로 그림을 그리듯이 장면을 찍어둔다. 눈을 통해 마음에 다가온 것을 어딘가에 옮겨서 기억하고 싶어하는 인간의 본성은 다 비슷한가 보다. 그래서 아름다운 것은 사람들의

입에서 입으로 널리 퍼진다.

아주 오래 전, 섬은 몇 안 되는 거주민들이 물고기를 잡거나 간단한 농사만 지어 생계를 유지하는 가난하고 단조로운 삶이 지배하는 곳이었고 태양의 신 아폴로가 태어난 곳인 델로스 섬으로 가기 위한 중간 기착지 역할에 지나지 않았다. 하지만 델로스 섬에 가기 위해 섬을 오가던 사람들은 서서히 미코노스 섬의 그림 같은 자연과 소박한 매력에 빠져들게 되었다. 그들 중에는 화가들도 더러 있어서 그들의 손끝에서 섬의 아름다운 모습이 세상에 알려졌다. 그런 이유로 섬은 예술가들의 커뮤니티 활동과 다양한 갤러리로도 유명하며 많은 예술가들이 그들의 개인 작업실을 가지고 활동하면서 작품을 직접 팔기도 한다. 골목을 거닐다 보면 매우 예술적인 간판들이 눈에 띄는데 갤러리나 아트 스튜디오로 구경 오라는 내용이다. 그러고 보면 꼭 뉴욕이나 파리와 같은 대도시에 가야만 훌륭한 예술 작품들을 감상할 수 있는 것은 아니다. 덜 유명하고 어딘가 모르게 투박스럽더라도 이런 지중해의 외딴 섬에

서 즐길 수 있는 그림들에서는 '예상치 못한 기쁨' 이 더해진다.

한 화가가 들고 있는 그림이 마음에 들어 그 근처를 서성거리며 그림을 감상한다. 나 역시 바라보고 있는 교회와 하늘과 구름, 그리고 사람을 그렸는데 그 느낌이 참 새롭다. 그림에 그려진 것 그대로 사진을 찍어보지만 그림에서 나오는 그런 느낌이 좀체 나질 않는다. 아마도 그림 속 풍경엔 그리는 이의 손길과 마음까지 스며 있어서 그런가 보다.

내가 학창시절 제일 좋아하던 과목 중 하나는 미술이었다. 돌이켜보니 사생대회에서 '장려상' 도 한 번 받았었다. 하지만 '나름대로 좋아요. 수고했습니다' 란 장려상의 의미를 곱씹고는 미술과는 점점 멀어졌다. 그리고 그림이란 태어날 때부터 '예술적 재능' 을 지닌, 타고난 자들만이 누리는 특권이라고 생각했다. 하지만 수많은 여행지에서 만난, 편하게 앉아서 마음 내키

는 대로 그림을 그리고 있었던 사람들은 나처럼 '평범한 여행자들' 이었다. 그 모습이 그렇게 예쁘고 좋아 보일 수가 없었다.

그림이라니! 평소에 늘 배워보고 싶다는 마음은 있었지만 '시간도 없고, 돈도 없어, 이 나이에 그림을 배워서 뭐하게?' 라는 생각들로 늘 쉽게 포기하고, 때론 마치 엄청난 일인 양 포장하여 엄두도 못 내던 일이었다. 여행은 그런 내 마음속에서 잠들어 있던 그림 그리기의 로망을 일깨워 주었다. 여행에서 돌아온 어느 날, 나는 덜컥 그림을 배우기로 마음을 먹었다. 나의 시작은 소박했다. 필요한 것은 단 세 가지. 스케치북과 4B 연필 한 자루. 그리고 설레는 마음.

나의 경우를 돌이켜보면, 그림뿐 아니라 여행도 그렇고, 마음속에 품고만 있었던 많은 것들이 늘 그랬다. 막상 해 보면 아무것도 아닌데 시작조차 못하는 일이 살면서 너무나 많았다. 하지만 경험상으로 터득한 사실은 지금 시작하지 못하는 일은 나중이 되어도 결국 똑같은 이유로 시작하지 못한다는 점이었다. 마음에 드는 풍경을 만났을 때 자리를 잡고 앉아서 하얀 종이 위에 슥슥 하고 그릴 수 있는 그림처럼 그렇게 툭 하고 발걸음을 디디면 되는 것이었다.

게으른 내가 어찌하다 보니 그림을 1년 동안 배웠다. 열심히 가르쳐준 선생님의 기대에 못 미치는 엉성한 그림 실력이지만 중요한 것은 잃어버릴 뻔했던 로망의 한 조각을 내가 조금이라도 다시 이어나갔다는 사실이다. 완벽하지 않으면 어떤가. 그 과정이 행복하다면 그것을 시작한 목적을 이미 이룬 것이 아닐까. 다음 여행 때는 여행 가방에 반드시 조그만 스케치북 하나, 그리고 여유로운 마음 한 조각 넣어가리라.

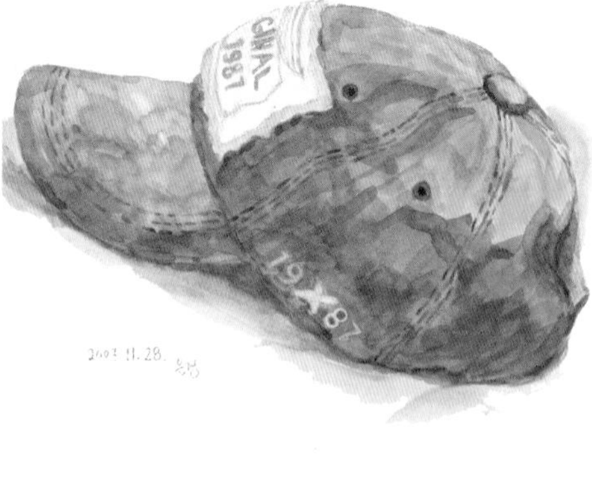

01 Mykonos

깔리메라! 항구의 아침

나는 여행 중에는 보통 아침에 출발하는 비행기나 기차를 타야 한다거나 일출을 보아야 하는 때를 제외하고는 일찍 일어나는 경우가 드물다. 매일 늦게까지 돌아다니거나 여흥을 즐기다가 밤이 깊어야 잠들기 때문이기도 하지만 여행가서 일찍 일어나는 것은 일요일 아침 의도하지 않게 일찍 눈이 떠진 것처럼 왠지 억울한 기분이 드는 이유가 더 크다. 그런 마음에도 불구하고 새벽잠을 설치면서까지 이곳에 가게 된 것은 순전히 '무라카미 하루키'의 책 때문이었다. 그는 『먼 북소리』에서 미코노스 섬에서의 일상을 조근조근 들려준다. 아침에 일어나 창문 밖으로 바다를 바라보며 그날의 파도를 체크하고는 날씨가 좋은 날이면 항구로 생선을 사러 나간다. 어설픈 그리스어로 생선 값을 흥정하고, 때로는 좋은 생선을 사기 위해 다음 배를 기다리기도 한다. 그렇게 산 생선은 숙소 관리인 방겔리스에게 풍로를 빌려 구워먹을 때도 있다. 마음 좋은 방겔리스는 그에게 생선 다듬는 법과 좋은

생선 고르는 법도 알려준다. 그리스로 여행을 떠나기 전, 나는 사람 사는 냄새와 항구의 내음이 물씬 풍기는 장면을 떠올리며 그 페이지의 한 귀퉁이를 꼭꼭 접어놓았다.

꼭 그의 책이 아닐지라도 항구는 내게 특별하게 다가온다. 어릴 때 바닷가 근처에서 자랐기 때문에 바다와 항구에 대한 향수가 늘 배어 있기 때문이다. 엄마를 따라 바닷가 시장으로 저녁 찬거리를 사러 갈 때면 동그란 대

야에 담긴 생선들을 구경하느라 엄마를 놓치곤 했다. 바다와 항구가 내뿜는 그 비릿한 냄새의 추억이 좋아서 이곳의 항구를 가리라 마음먹은 것은 어쩌면 필연이었는지도 모르겠다. 미코노스 섬에 도착한 날, 엽서 가게에서 항구의 생선시장 풍경이 담긴 엽서 한 장을 샀다. 생선 가판대에는 싱싱한 생선이 그득하고 그 주위로는 생선을 파는 어부와 생선을 사려는 사람들, 그리고 생선을 노리는 펠리컨이 있는 익숙하고도 낯선 광경이 담겨 있었다. 내가 묵고 있는 숙소는 항구에서 차로 20분가량 떨어져 있었는데 숙소에 물

어보니 항구에서 매일 아침 열리는 생선시장은 일찍 가지 않으면 생선이 다 팔려서 시장이 파한다고 했다. 그 시간은 버스가 다니지 않는 시간이므로 마음이 급했다. 결국 아침 일찍 출발하는 택시를 예약해서 다음날 새벽같이 일어나 급하게 택시에 올라탔다. 그리고 아저씨가 묻기도 전에 엽서를 들이밀었다.

"여기로 데려다 주세요. 꼭 가 보고 싶어요."

택시를 타고 항구로 향하는 길. 이른 아침의 섬은 고요하고 아름답다. 햇살이 조용하게 내려앉은 곳에서 염소들이 아침 일찍부터 풀을 뜯는 모습은 평화로운 한 폭의 그림 같았다. 항구보다 항구에서 나를 기다리고 있을 풍경 때문에 내 마음은 어느 때보다 달떠 있었다. 아침을 처음 맞는 사람처럼 그 풍경에 취해 있는 내 모습 때문인지 아저씨는 항구에 도착하자 약속한 택시비를 다 받지 않으시고 선뜻 얼마를 깎아주신다.

항구 주변의 흰색 건물들과 파란색 지붕의 작은 교회는 이른 아침 햇빛으로 세수한 듯 반짝거리고 잔잔한 바다 위로는 색색깔의 조그만 배들이 둥둥 떠 있다. 배에선 어부들이 노란 그물 손질에 한창이고 해변에 위치한 대리석으로 만든 생선가판대에는 그날 잡은 싱싱한 생선으로 가득하다. 작은 배가 항구로 들어올 때마다 가판대는 생선들로 조금씩 채워지고 가판대

아래는 빈 생선 상자들이 쌓여간다.

이곳으로 생선을 사러 오는 사람들은 주로 근처 식당의 주인들이나 찬거리를 장만하려는 아주머니들이다. 생선을 사려는 사람이 오면 생선 파는 아저씨는 큰 물고기에서부터 작은 물고기까지 이름도 알 수 없는 각종 생선들을 봉지에 한가득 담

아서 저울 위로 올린 다음 무게를 잰다. 그러고는 흥정에 들어가는데 무슨 말인지는 알 수 없지만 한참을 서로 옥신각신 말을 주고 받는다. 생선을 사러 오는 사람 말고도 여러 명의 아저씨들이 하릴없이 왔다갔다 하기도 한다. 가판대로 와서는 담배를 피우며 수다를 떨기도 하면서 인사를 나누고는 각자 갈 길을 간다.

항구의 해변에는 생선 시장뿐 아니라 채소와 과일 그리고 소규모의 꽃 시장도 선다. 토마토며 가지, 양파 등의 싱싱한 채소를 다양한 색깔의 플라스틱 상자에 가득 담아 일렬로 쭈욱 늘어놓은 다음, 동그란 플라스틱 통에는 꽂꽂이하듯 꽃을 꽂아 그 옆에 두고 마지막으로 양동이가 달린 커다란 저울을 꺼내놓으면 장사 준비는 완료다. 조용하던 해변은 금세 작은 시장이 되어 활기를 띠기 시작한다. 넘치지도 않고 모자라지도 않는 풍경은 어딘가

모르게 내게 익숙한 곳과 닮아 있다. 그곳의 모습은 우리네 시골장터에 할머니들이 밭에서 금방 가지고 온 호박이며 양파를 팥죽색 플라스틱 대야에 담고 도라지며 버섯 따위를 얹어서 파는 풍경과 다르지 않다.

굳이 다른 점을 꼽으라면 이곳의 사람들은 동네 마실 다니듯이 시장을 느긋이 본 다음, 근처 카페에서 이웃들과 커피 한 잔 즐기는 여유를 부린다는 점이다. 장사꾼들도 마찬가지. 그들이 몰고 온 트럭이나 봉고차 안에는 시원한 냉커피 한 잔이 꼭 놓여 있다. 사는 사람도 파는 사람도 바쁠 것이 하나도 없다. 나 역시 시장을 구경하다가 목이 말라 해변 맞은편의 카페에 자리를 잡고 앉아 그들처럼 모닝커피를 즐긴다. 내 옆에는 방금 장보기를 마친 아저씨들이 그리스식 커피 한 잔을 즐기고 있다. 내가 떠나온 곳과는 사뭇 다른 여유로움이 느껴졌다.

카페에서 그들과 어울려 커피를 마시는 여유를 부리고 있으니 바삐 돌아다닐 때는 몰랐던 특이한 점, 한 가지가 눈에 들어왔다. 나이 지긋한 아저씨들 대부분 머리에 하나씩 검정색 모자를 쓰고 있는 것이다. 모양이 꼭 우리나라 70~80년대 남학생 교복 모자와 흡사하다. 그리고 모양과 색깔만 약간씩 다를 뿐 선명한 파란색 셔츠가 단연 눈에 띈다. 손에 검은색 가방만 들었다면 영락없는 '추억의 책가방' 같았을 모습에 웃음이 나올 수밖에. 모자와 셔츠의 연유를 물으니 어부의 복장이라고 했다. 젊었을 때 어부였던 그들은 나이가 들어서 바다생활을 그만둔 지금도 젊었을 때와 똑같은 복장을 하고 다닌다. 그것은 단순한 모자와 셔츠가 아니라 보이지 않는 끈끈한 유대감으로 그들을 하나로 묶어놓고 있는 듯했다. 매일 아침 그들은 거울을 보며 똑같은 모자를 쓰면서 과거로의 추억에 잠길 것이다. 그리고 어쩌면 과거의 추억으로 오늘을 살아가고 있는지 모른다. 커피를 홀짝이는 아저씨들의 주름진 손을 나도 모르게 쳐다본다. 오랜 세월, 바다 위에서 살아왔을 손에서 그들이 거쳐왔던 바다와 햇빛, 강한 바람과 거센 파도가 느껴지는 것 같다. 손을 보면 그 사람의 지나온 인생이 보인다고 하던데. 내 손도 슬쩍 한번 들여다본다. 나는 그동안 어떻게 살아온 걸까. 예쁘지는 않지만 그래도 밉지는 않다. 까칠하지만 건강한 내 손이 그저 고맙게 느껴지는 아침이다.

"깔리메라!"

여행 중 누군가가 그리울 때엔

PC방에 가지 말고

가까운 엽서 가게로 가세요.

거기서 마음에 드는 엽서 한 장 고른 다음

하고픈 이야기 꾹꾹 눌러 담아

손으로 또박또박 써 내려가 보세요.

그저 보잘것없는 네모난 종이일 뿐이지만

바다 건너고 하늘을 날아

당신의 이야기를 전해줄 거예요.

엽서란 원래 그런 거예요.

여행 중인 사람도 즐겁게 하지만

여행 중이지 않은 사람 역시 즐겁게 할 수 있는

묘한 매력을 가졌답니다.

01 Mykonos

나는 '엄마' 고양이로소이다

녀석과 마주친 건 항구의 이른 아침이었어. 생선 가판대 아래, 아무도 신경 쓰지 않는 그곳에서 녀석은 몇십 분째 우두커니 꼼짝 않고 앉아 있었지. 나는 집에서 고양이를 기르고 있어서 그런지 어딜 가든 고양이가 눈에 잘 들어오더라고! 녀석도 어렵지 않게 내 카메라에 포착되었어. 처음엔 생선 파는 아저씨가 기르는 고양이인 줄 알았거든. 그런데 아저씨가 신경을 쓰지 않는 것을 보니 생선 동냥을 나온 길고양이인 것 같았어.

녀석은 딱 봐도 배가 무척 고파 보였는데, 가판대 아래에서 서성거릴 뿐 가판대 위의 생선을 탐하는 행동은 결코 하지 않았지. 한 시간이 넘도록 그러고 있는 것이 안쓰러워서 내가 생선을 사서 줄까도 생각했지만 가판대 위의 생선은 사람들을 위한 것이었고 그건 장사하는 사람에 대한 예의가 아닌 것 같아서 섣부른 동정심 따위는 접어버리기로 했어.

아무리 기다려도 생선 한 마리 떨어지지 않자 녀석은 슬슬 작전을 바꾸었어. 생선을 사러 오는 사람들 다리 사이를 왔다 갔다 하며 애교 작전에 돌입한 거야! 녀석의 작전은 적중했어. 마음씨 좋은 한 아저씨가 그 애교에 걸려들고 말았으니까!

아저씨는 작은 생선 한 마리를 골라 녀석 앞에 던져주면서 "이 녀석은 엄마야. 매일 이렇게 생선을 물고 새끼한테 가져가지. 궁금하면 이 녀석을 한번 따라가 봐"라고 했지. 녀석, 아저씨께 고맙다는 인사를 하듯 무릎에 머리를 대고 비비더니 생선을 덥석 물었어. 이 작은 생선 한 마리를 얻기 위해 항구 주변을 서성거린 지 꼭 두 시간 만에! 얏호! 오늘 사냥은 성공!

오늘의 수확이 마음에 드는지 사뿐사뿐한 발걸음으로 걸어가는 녀석의 뒤를 나는 마치 파파라치처럼 따라 붙었어. 부모가 아이들이 기다리는 집으로 돌아가듯, 생선을 물고 새끼들에게 향하는 뒷모습이 어쩐지 찡하더라.

녀석을 따라 골목으로 들어가니까 글쎄, 작은 아기 고양이 두 마리가 엄마를 기다리며 다소곳이 골목길에 앉아 있는 게 아니겠어! 아저씨의 말이 맞았던 거야. 비록 엄마와 생김새는 달랐지만 나는 직감적으로 그 아기 고양이들이 녀석의 새끼임을 알아챌 수 있었어.

녀석은 내가 신경이 쓰이는지 새끼들이 생선을 먹을 때까지 경계의 눈빛을 풀지 않았어. 그러다 내가 별 위험이 없다고 판단했는지 의심의 눈초리를 거두고는 다시 골목을 따라 항구로 사라졌어. 다시 돌아 온 어미의 입에는 또 한 마리의 생선이 물려 있었어. 이번에는 웬일로 아주 쉽게 구해졌나 보군!

새끼들은 신이 났어. 한 녀석은 생선을 코에 대고 냄새를 킁킁 맡더니 이리저리 뒤집으면서 장난만 치고 또 한 녀석은 배가 무척 고팠던지 보자마자 달려들어 먹기 시작했어. 그러고 보니 어미는 저쪽에서 새끼들이 먹는 모습을 흐뭇하게 지켜보고 있더라고. 자신은 한 마리도 입에 대지 않은 채 말이야. 자식들 먹는 모습만 봐도 배가 부른 걸까. 이것이 엄마의 마음이겠지?

고양이를 기르는 나는 그들의 모성애가 유별나다는 것을 잘 알고 있다. 우리집 고양이 라나가 새끼를 낳았을 때 나는 한 달 동안이나 새끼 근처에도 가지 못했다. 그렇게 애지중지 품다가 새끼가 혼자서 자유자재로 뛰어 다닐 즈음 자연스레 품에서 놓아준다. 배워서 그렇게 하는 것도 아닐 텐데 거의 모든 고양이 '엄마' 들이 그렇게 새끼들을 기른다. 바로 그것이 '모성' 이라 불리는 숭고한 '본능' 인 것이다. 고양이도 그러한데 사람의 모성은 오죽할까. 끊임없이 퍼낼 수 있는 샘물처럼 그 사랑 또한 깊고 넓다. 결혼을 하면 세상의 절반을 알게 되고 엄마가 되면 비로소 나머지 절반의 세상을 알게 된다고 하는데 나는 언제쯤 그 절반의 세상을 알게 될까. 세상을 알아가는 길은 기쁨과 행복, 고통과 힘겨움 등의 다양한 감정이 함께하는 것 같다.

세상 사람들이 태어나서 제일 먼저 하는 말, 살면서 가장 많이 하는 말, 생각만 해도 마음이 따뜻해지는 말, 신기하게도 그 어떤 언어라도 비슷한 발음을 가지고 있는 단어인 '엄마.'

낯선 지중해의 외딴 섬, 어느 좁은 골목 한 모퉁이에서 갑자기 엄마가 보고 싶어지면서, 엄마가 지어준 김이 모락모락 나는 따뜻한 밥이 그리워졌다.

01 Mykonos

해변의 터줏대감, 페트로

카페에 앉아 여행자의 감상에 젖어 있을 때 저 멀리 해변에서 하얗고 커다란 무언가가 뒤뚱거리며 걸어오는 것이 보였다. 조그만 어린아이 몸집만 한 걸로 봐서는 커다란 개 같다는 생각이 드는 순간 날개를 퍼덕거리기 시작했다. '아하! 말로만 듣던 그 유명한 미코노스 섬의 명물, 펠리칸이구나!' 펠리칸은 섬의 마스코트답게 벌써부터 사람들의 카메라 세례를 받고 있었다. 가만히 살펴보면 녀석은 꽤 재미나다. 입에는 노란색 큰 주머니를 달고 어딘가 뚱해 보이는 표정에, 날개는 아저씨들처럼 뒷짐을 지고 해변을 어슬렁거린다. 그러다 배가 고프면 생선 가판대를 기웃거리기도 한다. 옆에서 자꾸만 밍기적거리는 폼이 불쌍해서인지 아니면 귀찮아서인지 아저씨는 팔다 남은 조그만 생선 한 마리를 던져준다. 아침 식사를 해결한 녀석은 감사

의 인사라도 하듯 두 날개를 크게 퍼덕거리고, 그 모습을 신기해하는 여행자들과 함께 사진을 찍어주는 아량도 베푼다. 녀석은 주로 항구의 해변을 돌아다니지만 근처의 골목으로 산책을 다니는 것도 서슴지 않는다. 뒤뚱거리는 걸음으로 여행자들과 현지인들의 꽁무니를 졸졸 따라다니는가 하면 느닷없이 식당으로 방향을 바꾸어 식사하는 사람들을 놀라게 하기도 한다. 그러면서 가끔 맛있는 것도 얻어먹는다. 이쯤 되면 펠리칸은 단순한 '새' 가 아니라 이곳에서 사는 법을 터득한 '사람' 인 것이다.

펠리칸이 언제부터 이 섬에 살게 되었는지는 모른다. 1954년 큰 폭풍이 몰아친 이후 미코노스 섬에 정착하여 살게 되었다고 하는데 다른 섬에서는 펠리칸을 전혀 보지 못했다. 하기야 이 정도 대접이라면 다른 섬에 살던 펠리칸들도 소문을 듣고 이곳으로 옮겨오고 싶을 것이다.

섬 사람들은 펠리칸을 '페트로Petro' 라고 부르며 마치 이웃 동네사람 대하듯 한다. 들리는 이야기에 따르면 오래 전, 섬에 함께 살던 '페트로' 라는 이름의 펠리칸이 죽자, 사람들은 섬의 명물이었던 그 펠리칸을 잊지 못해 또 다른 펠리칸들을 섬으로 데려오게 되었다는 것이다. 사람들은 페트로에 대한 사랑을 드러내놓고 표현하지도 않지만 무관심으로 내팽개치지도 않는다. 섬 사람들의 은근한 관심과 사랑을 듬뿍 받으며 사는 녀석들이 나는 왠지 부러워진다. 누군가를 사랑해서 늘 곁에 두고 싶다면 그들만큼만 하면 될 것 같다. 사랑을 하되 속박하거나 옭아매지 말고 마음으로는 끊임없는 관심과 애정을 쏟아주는 것. 사랑하는 사람들 사이에도 더도 말고 덜도 말고 딱 그만큼만 할 수 있다면 좋으련만, 쉬워 보이지만 정말 어려운 일이다.

01 Mykonos

요람에서 무덤까지

자그만 창 사이로 역시나 자그마한 종이 매달려 흔들리고, 꼭대기에는 앙증맞은 십자가가 우뚝 솟아 있는 아담한 하얀 교회. 신을 믿지 않아도, 종교가 달라도, 그 앞에서 자연스레 포즈를 취하고 사진을 찍게끔 만들게 하는 힘이 그곳엔 있었다. 예전부터 신들의 땅이라 불려왔던 그리스에서 종교의 힘은 실로 크고 위대하다. 그리스 정교를 상징하는 그리스 국기의 십자가에서 보여지듯 그들에게 종교는 온 국민을 단결시키고, 전통과 생활방식을 이끌어나가게 해주는 원동력이다. 기독교의 한 교파로서 국민의 90퍼센트 이상이 믿고 있는 국가 종교인 그리스 정교Greek Orthodox Church는 요람에서 무덤까지 그들의 삶을 관장한다고 해도 과언이 아니다. 태어나면 세례를 받고, 교회에서 결혼식을 올리며, 배우자가 죽으면 여인들은 검은 상복을 오랫동

안 입는다. 그리스를 여행하는 동안 머리에서 발끝까지 검은색 옷차림을 한 나이 든 여인들과 마주치곤 했다. 그녀들은 한결같이 머리에는 검은색 스카프를 두르고 검은색 원피스에 검은색 스타킹을 신고 있었다. 카르멘에게 그 이유를 물어봤더니 검은 옷의 여인들은 과부라고 했다. 먼저 세상을 떠난 자들에 대한 조의의 표현이란다. 검은 차림의 여인들 못지않게 심심찮게 목격되는 것은 검은 옷의 남자들이다. 턱에는 수염을 기르고 발목까지 내려오는 긴 검정색 옷을 입고 검정색의 둥그런 모자를 쓴 그들은 '파파스' 라고 불리는 그리스 정교의 사제들이다. 종교에 몸 바친 사람이라고 해서 특별한 거리감이 있을 줄 알았는데 그들은 의외로 '평범한 사람' 의 모습이었다. 카페에 앉아 신문을 읽고, 커피를 마시고, 지인들과 웃고 이야기하며 서로 우조ouzo, 그리스의 술를 나누는 모습에서 이상하게도 안도감과 편안함이 밀려온

다. 성직자들 역시 우리와 다르지 않고 결국은 같은 사람이라는 생각 때문인가 보다.

그런데 이야기를 들으니 그런 내 느낌이 전혀 틀리지는 않았다. 정교의 성직자들은 개인적인 권위를 갖지 않고 평신도와 동등한 수평적 구조이며 가톨릭 교회의 성직자와 달리 결혼한 사람도 사제가 될 수 있다고 한다. 또한 정교는 신과 인간을 같은 세계로 보고, 인간의 삶이 곧 신앙생활이라 여기며 일상 속에서 신앙을 실천하며 살아가는, 보다 생활에 밀착된 종교였던 것이다. 이것이 과거 400년간의 오랜 터키의 이슬람 지배 하에서도 그리스 정교가 버틸 수 있었던 이유라고 한다. 그들에게 신앙의 포기란 결국 현재의 삶을 포기하는 것이나 마찬가지이기 때문이다.

보따리를 지고 당나귀 등에 실려 흔들흔들 비탈길을 내려가는 사제의 뒷

모습을 보면서 종교와 삶에 대해 곰곰이 생각해 본다. 내가 만일 '섬'에서 태어났더라면 절실한 신자가 되었을지도 모를 일이다. 섬은 그런 곳이다. 내 힘으로는 어쩔 수 없는 자연에 순응하며 살아야 하는 곳이므로 무언가에 정신적으로 의지하게 된다. 미코노스 섬 역시 지역적 조건으로 인해 주민들 대부분이 바다와 관련된 일에 종사했을 테고, 험난한 바다 위에서의 삶을 잘 헤쳐나갈 수 있도록 사람들은 교회를 짓고 신께 기도를 올렸을 것이다. 그리스의 전역이 그러하지만, 특히 미코노스 섬 사람들이 종교적 성향이 강한 편이라는데 그들의 믿음은 섬 전체가 몸소 보여주고 있는 듯했다. 우선 이 작은 섬에 교회가 300개가 넘을 정도로 교회가 정말 많다. 하지만 규모가 크거나 화려해서 눈에 확 띄는 교회는 없다. 오히려 작고 소박하다. 대부분이 둥근 돔 형식으로, 푸르거나 붉은 색의 지붕 옆에 있는 작고 귀여운 종과 십자가를 본 후에야 '아, 이 건물이 교회로구나' 하고 알게 되는 것이다. 과거 터키 지배 시, 정교는 믿도록 허용하되 대신 이슬람 사원보다 크고 화려한 교회는 짓지 못하도록 한 것도 그 이유 중 하나이다. 교회 안 역시 소박하다. 몇 개의 작은 예배용 나무 좌석이 놓여 있고, 중앙과 벽에는 성화상이 걸려 있으며 그 옆으로는 기도용 촛불이 은은히 타 들어가고 있다. 나는 비록 신도는 아니지만 어느 곳이든 믿음이 배어든 성스러운 곳을 방문할 때면 마음이 경건해지고 편안해짐을 느낀다. 골목을 걷다가 어느 작은 교회를 발견하고는 거의 무의식적으로 그 안으로 발을 들여놓았다. 헌금통에 내키는 대로 동전을 집어넣고는 나도 작은 초 하나를 집어 들고 불을 붙인다. 가족들의 건강과 여행의 안전을 기원하며 짧은 기도를 올린다. 한결 든든해진 마음으

로 교회 문을 나서는 내 발걸음이 가볍게 느껴진다. 이런 것이 바로 일상에서 신앙을 실천하는 것이 아닐까.

그럼에도 뭔가 아쉬운 것은 있었다. 이렇게 교회가 많은 섬이니 그 중에 유명한 곳 하나쯤은 있지 않을까 싶은 마음에 가이드북을 이리저리 뒤적이다 보니 한 교회가 눈에 들어온다. 바로 16세기부터 17세기에 걸쳐 지어졌고 섬에서 가장 오래되고 아름답다는 교회로 알려진 '파라포르티아니 Paraportiani'이다. 궁금한 마음으로 교회가 위치하고 있다는 항구 근처로 달음질치듯 걸어간다. 교회는 기대와 달리 근처에 모여 포즈를 취하고 사진을 찍어대는 나와 같은 여행자들이 없었다면 그냥 지나칠 만큼 작고 소박하다. 어쩌면 기대도 신앙도 내 스스로 쌓고, 혼자서 무너뜨리는 것이라는 생각이 들었다.

교회를 찾느라 지쳐 한쪽 구석에 쉬고 있으니, 서서히 해가 진다. 붉게 물

든 해를 따라 교회도 조금씩 물들고 있었다. 고개를 들어 찬찬히 바라본 교회는 아까와는 다른 느낌으로 다가왔다. 자세히 뜯어보니 눈, 코, 입이 모두 예쁘게 생긴 수수한 처녀처럼 교회 역시 그랬다. 앙증맞은 십자가, 부드러운 곡선의 단아함, 오랜 세월 바닷바람을 맞으며 자리를 지켜온 고집도 느껴지는 듯하다. 그러고 보니 이곳에선 국적이나 종교에 상관없이 모두들 즐거워했다. 중국에서 여행 왔다는 불교신자인 아주머니도 연신 웃으며 교회를 배경으로 사진을 찍고, 스페인과 일본, 독일에서 온 사람들 모두 교회와 함께 저물어가는 저녁을 즐기고 있었다.

나는 '신'의 존재를 믿지만 종교적 색깔은 없는 나일론 신자이다. 종교란 사람이 살아가는 데 있어서 기쁠 때나 슬플 때, 혼자의 힘으로는 극복할 수 없는 많은 일들로 힘겨울 때 마음의 평정을 되찾고 평화로운 삶을 살아갈 수 있게 해 주는 근본적인 믿음인 것 같다. 그 너머에는 더 복잡하고 큰 의미가 존재하겠지만 어쨌든 평화롭게 살고자 믿게 되는 종교일 텐데 아이러니하게도 지구촌 곳곳에는 아직도 종교 때문에 분쟁이 많이 일어나고 있다. 그 현실이 안타까울 뿐이다.

신이 진정 원하시는 것은 무엇일까? 믿음으로써 세상을 더욱 평화롭게 만들어가는 날이 오기를 기도한다. 그나저나 나일론 신자인 나는 여행을 가면 성당에도 가고, 교회에도 가고, 절에도 가고, 이슬람 사원에도 들어가서 기도를 드린다.

나는 과연 종교가 있는 것일까, 없는 것일까?

01 Mykonos

비둘기 집

"비둘기처럼 다정한 사람들이라면 포근한 사랑 엮어갈 그런 집을 지어요."

그리스에서는 다정한 사람들이 비둘기에게 집을 지어준다. 미코노스 섬의 거리를 걷다가 사각형의 하얀 탑 모양에 벽에는 동그라미, 직사각형, 삼각형 혹은 마름모꼴의 문양으로 장식한 독특한 건축물을 만났다. 특이하고 예뻐서 사진을 찍고는 돌아서는데 얼마 못 가서 또다시 비슷한 모양의 건축물이 눈에 들어온다. '뭐지? 이곳에서 유행하는 건축 스타일인가?' 의문을 품은 채, 차를 타고 작은 마을들을 지나가는데 도로 옆의 농가에도 비슷한 스타일의 하얀 탑들이 듬성듬성 서 있다. 나중에 안 사실로 그것들은 비둘기 집The Dove-Cotes이라고 했다. 그러고 보니 몇 마리의 새를 본 것 같기도 했다. 비둘기 집이라니! 왠지 동화 속 이야기 같잖아.

여행을 하면 좋은 것이 있다. 살면서 나도 모르게 차곡차곡 쌓아왔던 내 안의 변하지 않는 것들, 선입견, 정형화된 의식 등이 여행을 하는 동안 깨어지고 재탄생된다. 그 속엔 인정하기 싫은 것도 많지만 꼭 나쁘지만은 않다. 이렇게 크고 예쁜 건물이 비둘기 집일 것이라고 누가 상상이나 할까. 비둘기 집은 먼 옛날 베네치아인들이 비둘기 사육을 위해 지은 것이라고 한다. 그리스 전역에서 발견되는 것은 아니고 에게 해의 몇몇 섬에서만 볼 수 있다. 현재 미코노스 섬의 비둘기 집은 실제로 비둘기들이 날아와서 둥지를 틀고 사는 것보다 그 미적 가치 때문에 건물의 장식 용도로 지은 것이 많다.

노아가 홍수가 끝났는지 알아보기 위하여 날려 보낸 비둘기가 배로 다시 돌아올 때 올리브 가지를 물고 왔다고 한다. 그래서 홍수가 이미 끝났음을 알게 되었고, 그로 인해 오늘날 비둘기는 희망과 평화, 행복을 가져다주는 상징이 되었다. 그렇게 집으로 돌아오는 귀소 본능을 가졌다는 비둘기. 비둘기 집을 보고 있으니 나 역시 떠나 온 집이 아른거린다. 집 안의 오래된 낡은 소파도 그립고 따뜻한 방바닥도 그립고 조그만 상을 펴서 차려먹는 소박한 집밥도 그리워진다. 돌아갈 곳이 있다는 사실이 이토록 행복한 일인지 떠나기 전엔 깨닫지 못했었다.

돌아갈 '집' 이 있기에 떠남도 아름다울 수 있는 것임을 새삼스레 깨닫는 길. 내 발걸음은 어느새 그날의 '돌아갈 곳' 으로 향하고 있다.

누군가 그랬다.

웃을 기분이 들지 않더라도
거울을 보면서 잠시라도 웃으면 정말 멋진 기분이 들 거라고.
우리는 행복하기 때문에 웃는 게 아니라
웃기 때문에 행복한 것이라고.

거울을 보면서 잠시라도 웃어볼까?
여행 중에는 그럴 필요가 없었다.
여행 중의 나는 늘 웃고 있었다.
새로운 풍경에 웃음 짓고, 지나가는 행인에게 웃음 짓고,
길을 물어보며 웃음 짓고,
밥을 먹는 식당에서도, 물건을 사는 시장에서도 웃음 지었다.

여행을 하면 절로 웃게 되었고
그러면 나는 행복해졌다.

Santorini

Chapter 02 | 산토리니 섬 이야기

산토리니는 키클라데스 제도의 남쪽 끝에 위치한 작은 섬이다. 공식적인 이름은 티라Thira지만 대체로 산토리니로 불린다. 섬의 크기는 96평방 킬로미터, 해안선은 69킬로미터에 달하며 약 11,000명의 사람들이 살고 있다. 산토리니는 화산 폭발로 생긴 칼데라 지형인 까닭에 대부분의 집과 숙박시설들이 깎아지른 듯한 절벽에 자리 잡고 있는데, 대표적인 마을이 바로 이아Oia, 이메로비글리Imerovigli, 그리고 메인타운인 피라Fira이다. 섬 서쪽의 높은 칼데라 지대와 비교할 때 동쪽 해안 지역은 바다를 향해 완만한 경사를 이루고 있다. 그래서 이 지역에는 페리사Perissa, 까마리Kamari와 같은 해수욕을 즐기기에 안성맞춤인 멋진 해변이 발달되어 있다. 이런 설명은 여러 번 읽고 또 읽어도 한 번에 와 닿지 않는다. 여행이란 그저 눈으로 보고 마음으로 느끼면 그것으로 충분할

때도 있다. 그래도 지나칠 수 없는 한 가지가 있긴 하다. 그 어떤 정보보다 내 마음을 설레게 했던 것은 산토리니 섬이 과거에 바다 속으로 사라진 대륙 '아틀란티스'의 일부분일지도 모른다는 그리스인들의 굳은 믿음이었다.

02 Santorini

절벽 위에 핀 선물

Dear God,

늘 듣는 음악이 그날따라 귀에 '번쩍' 하고 '필' 이 꽂힐 때가 있습니다. 정확하게 기억이 나지는 않지만, 아마도 9시 뉴스를 볼 때였을 거예요. 그것은 마치 카운트다운을 마친 우주선이 머나먼 우주공간 속으로 발사될 때 혹은 큰 경기나 축제의 시작을 알리는 순간 연주될 법한 흥겹고 신나는 빠른 템포의 음악이었습니다. 그날부터 그 배경음악을 찾기 위한 저의 조사 작업은 시작되었지요.

"혹시, 그 음악 들어 보셨나요? 뉴스가 시작할 때 빰~ 빰빠 빰빰빰~ 하고 나오는…?"

저의 엉성한 질문으로 어찌어찌 알아낸 그 음악의 제목은 뜻밖에도 〈산토리니Santorini〉였습니다. 음악을 작곡한 사람은 야니Yanni라는 이름을 가진 음악가로, 그리스가 배출한 아주 유명한 뮤지션입니다. 그는 특이한 장소에서 공연을 한 것으로도 유명한데 그리스의 아크로폴리스, 인도의 타지마할, 중국의 자금성과 같이 공연장으로 우리가 전혀 생각하기 힘든, 한마디로 허가가 어려운 곳에서 성공적으로 공연을 하여 눈길을 끌었지요. 아마도 그런 장소였기에 그의 음악이 더욱 빛을 발한 것인지도 모르겠습니다. 제가 탄 배가 미코노스 섬을 출발하여 푸른 하늘과 흰 구름 외에는 아무것도 보이지

않는 망망대해를 달린 지 몇 시간이 흐르자 저 멀리 어렴풋이 무언가가 눈에 띄기 시작하였습니다. 마치 사막의 신기루처럼 말이지요. 그때 뱃머리에서 누군가가 외칩니다. "저길 봐! 섬이야!" 사람들은 저마다 카메라를 주섬주섬 챙기더니 순식간에 뱃머리로 몰려듭니다. 섬은 점점 희미했던 윤곽을 뚜렷이 드러내고 있었습니다. 그 순간 너나 할 것 없이 카메라 플래시를 터트리고 섬은 레드 카펫의 여배우처럼 수줍은 듯 당당하게 그 자태를 뽐내더군요. 그때 저도 모르게 그 음악이 떠올랐습니다. 산토리니! 그가 왜 음악의 제목을 그렇게 지었는지 자연스럽게 깨닫게 된 것이지요.

사랑하는 누군가를 위해, 마음을 준 대상을 위해 애정을 담아 음악으로 표현한다는 일. 그것은 예술가의 축복이라는 생각이 들었습니다. 저는 눈으로, 가슴으로, 그리고 카메라로 그것들을 열심히 담았습니다. 표현하기 힘들다면 기억하고 싶었습니다. 멀리서 본 산토리니 섬의 모습은 정말 인상적이었습니다. 깎아지른 듯한 절벽 위에 하얀 집들이 옹기종기 모여 있는 모습은 마치 케이크 위에 생크림이 살짝 발라진 것 같기도 하고, 눈 오는 날 밖에서 뛰어 노는 까까머리 아이의 머리 위로 살포시 내려앉은 눈 꽃송이 같기도 하더군요. 그것은 사람의 손으로 이루어진 것이 아니라 마치 절벽 위에 하얀 마을이 하나 둘씩 자연적으로 피어난 것처럼 보였습니다.

처음 보는 것에 대한 신기함과 경이로움은 가끔씩 온갖 상상력을 불러일으킵니다. 당신을 섬기던 사람들이 더 이상 당신을 두려워하지 않게 되자 당신은 분노한 것일까요? 당신은 오랜 옛날 이곳에 화산 폭발이 일어나게 했지요. 당신의 노여움은 날이 갈수록 더해갔고, 마침내 거대한 폭발로 인하여 섬은 가운데 부분이 함몰되어 바다를 품게 됐습니다. 마치 물을 담은 냄비처럼요. 섬의 지도를 보면 가운데는 화산 폭발로 인해 바다가 마치 호수처럼 되어 있고 바다는 섬으로 빙 둘러싸여 있는 듯한 형상이지요. 그런 지형인 까닭에 오늘날 대부분의 집과 숙박시설들이 절벽에 매달리듯 아슬아슬하게 자리 잡게 되었습니다.

그것은 당신의 노여움으로 시작되었지만 결국은 당신이 내린 축복이 되었습니다. 결코 사람의 힘으로는 만들어 낼 수 없는 자연의 선물인 셈이지요. 그 선물 위에 사람들은 집을 짓고 다시 당신을 섬기기 시작했습니다.

그래서일까요. 섬에는 유난히 교회가 많습니다. 대부분의 교회는 작고 소박하고 귀엽기까지 합니다. 교회마다 그저 조그맣고 앙증맞은 십자가만 붙어 있어서 처음엔 교회인 줄도 모르고 그 안을 기웃거리기도 했지요. 그 중 제일 눈에 띄는 교회는 절벽 가운데 자리 잡은, 푸르고 둥근 지붕을 가진 키클라딕 건축 양식의 교회입니다. 섬을 방문하는 사람이라면 누구나 이 교회를 배경으로 사진을 찍습니다. 이곳 사람들에게 교회는 삶의 지표요, 여행자들에게는 길을 찾을 때 유용한 이정표가 되기도 하지요. 또한 산토리니

섬 방문 기념의 단골 사진 모델이 되어 주기도 합니다. 저 역시 사진을 찍고는 교회에 스르르 몸을 기대어 바다를 바라봅니다. 당신이 주신 선물에 무척 감사하는 마음으로요.

추신.
아름다운 선물은 이제 충분하니 다시는 노여워하지 마시길 바라며.

“모든 예술의 본질은 속박에서의 해방입니다.
틀은 갖되 속박되지 않는 훈련,
감정은 갖되 감정에 치우치지 않는 것
그것이 자유입니다.
나는 스스로를 속박에서 해방시켜
보다 자유로워지기 위해 음악을 합니다.”

그리스의 음악가 야니가 이런 말을 했다고 한다. 그가 음악을 하는 이유이다. 나는 ‘예술’ 이라는 단어를 ‘여행’ 으로 슬쩍 바꾸어서 다시 한 번 되새김질해 본다.

“모든 여행의 본질은 속박에서의 해방입니다.
틀은 갖되 그에 속박되지 않는 훈련,
감정은 갖되 감정에 치우치지 않는 것
그것이 자유입니다.
나는 스스로를 속박에서 해방시켜
보다 자유로워지기 위해 여행을 합니다.”

어쩌면 난 자유로워지기 위해 여행을 하는지도 모른다. 그것이 여행을 하는 이유의 전부일 수는 없지만 내가 여행을 하는 중요한 뿌리임은 분명하다.

02 Santorini

588 계단의 끝

깎아지른 절벽. 그곳에 놓인 588개의 계단 끝에 피라 마을이 있다. 항구에서 마을로 이어지는 얕은 계단에는 번호가 쓰여 있다. 그냥 계단이 아니고 번호가 붙은 계단은 계단에게 왠지 의미를 부여하는 듯한 느낌이 든다. 계단은 사진을 찍을 때도 참 유용하다.

"거기 말고. 조금 더 뒤로요. 네. 580번 계단 위에 서세요. 좋아요. 하나 둘 셋, 찰칵!" 어디 그뿐인가. 여러모로 편리할 때가 많다. "이 기념품 참 예쁘다. 어디서 산 거야?" "573번 계단 왼쪽 가게에서 샀어." 아무리 하찮은 것에도 의미를 부여하는 건 꽤 보람 있는 일이다. 언젠가 텔레비전을 통해 집에서 기르는 화분 하나하나에 모두 이름을 붙여 기르는 사람을 본 적이 있다. 그는 화분에 물을 줄 때마다 하나하나 이름을 불러주었다. 이름이 주

305
584
583
580
579
578

어진 화분은 주인의 부름에 응답하며 하나도 시들지 않고 무럭무럭 자라났다.

김춘수 시인의 시, 〈꽃〉처럼 우리는 모두 누군가에게 무엇이 되고 싶은 존재다. 나는 너에게 너는 나에게 잊혀지지 않는 하나의 의미가.

피라 마을은 산토리니 섬의 수도로 각종 식당과 숙박시설, 은행, 상점, 슈퍼마켓, 카페 등 거의 모든 편의시설이 밀집해 있어 섬에서 가장 활기찬 기운이 느껴지는 곳이다. '조그만 섬 마을에 뭐 볼 게 있겠어?' 라고 생각했다가 피라 마을에 흠뻑 빠져들어버렸다. 피라 역시 골목의 로망을 충족시키기에 더할 나위 없이 좋은 곳이다. 내가 좋아하는 인사동 분위기의 골목들이 마치 사다리 타기 놀이하듯 이어진다. 그 수많은 골목에 자리 잡고 있는 예쁜 상점들과 멋스러운 카페들 때문에 발걸음은 자꾸만 더디어진다. 골목을 이리저리 사다리 타다 보면 좋은 물건을 건지기도 하고 마음에 꼭 드는 장소를 발견하는 재미

도 있다. 지도가 있지만 아무도 지도를 들여다보는 사람은 없다. 사다리 타기에 지도가 있으면 스릴은 사라지는 법이니까! 그냥 발길 닿는 대로 걷다 보면 내 몫의 장소에 어느덧 닿아 있다. 그렇게 도착한 곳은 푸른 바다가 발 아래 펼쳐지는 절벽 위의 어느 카페. 여기서 잠시 쉬어가기로 한다. 이어폰에서는 이승열의 노래가 흐른다.

"여행을 떠나보면 찾을 수 있을까요. 끝이 없겠죠. 늘 처음 같을 걸 알아요. 숨, 숨이 차면 조금 쉬어 갈 수 있겠죠. 세상은 발 아래 가만히 세워두고, 늘 오늘만큼 날 열어 둘 수 있다면. 고마워요. 오늘도."

친구들 덕분에 알게 된 좋은 음악. 오늘따라 더없이 내 마음에 감긴다. 나도 오늘만큼만 나를 열어 둘 수 있다면 얼마나 좋을까!

여행하는 마음으로

자리를 툴툴 털고 일어나
여기 저기 골목을 걸어 다니는 사이
어느덧 해가 뉘엿뉘엿 진다.

해지는 모습이 참 곱다.
밝지도 않은, 그렇다고 어둡지도 않은 오묘한 빛깔.
그때가 되면 내 마음도 그 빛을 닮아가는 것만 같다.

한껏 고조됐던 기분은 서서히 사그라지고
마음 상했던 일들도
점차 누그러진다.
해가 질 때의 그 순간이 너무나 짧듯
나의 그런 마음도 아주 짧게 지속될 뿐이지만
하루 중 제일 평온한 시간을 맞이한다.

서서히 밤이 찾아 든 피라의 골목은 또 다른 분위기를 연출한다.
상점마다 불이 켜지고 거리는 은은한 불빛으로 물든다.
이럴 때 피라의 밤은 낮보다 아름답다.
어디가 어딘지도 모르고 밤의 골목들을 무작정 헤맨다.
길을 잃어도, 좀 전에 지난 곳을 또 지나도 마냥 좋다.
지금은 여행 중이니까 길을 잘못 드는 건 당연한 거야.
살면서 이런 나날들이 과연 얼마나 있을까.

떠나 온 곳에서의 난 조금만 길을 잃고 헤매도
금방 짜증이 나고 덜컥 두려워하는 사람이었는데.
단지 장소가 달라졌다고 해서
나의 마음까지 변하다니.

늘 여행을 하고 살 수는 없지만,
적어도 '여행하는 마음'으로 살면 어떨까.

Florita's
Fine Leather
Kodak
ΤΣΙΓΑΡΑ
ΕΦΗΜΕΡΙΔΕΣ
ΠΕΡΙΟΔΙΚΑ
INTERNATIONAL
PRESS

숨 참기

조금만 숨을 참아.
잠깐이면 돼.
하나. 둘. 셋. 찰칵.
그때까지만.

지금 이 순간.
귓가를 스치는 바람.
피부에 와 닿는 따뜻한 온도.
들뜬 발걸음.
행복한 마음.
이런 내 기분.

지금 이대로의 모습을 한 장의 사진 속에 담아야지.
이 순간을 영원히 간직할 수 있게.
그러니 가능한 한 실제와 똑같이 찍어야 해.
흔들리면 안 돼.

그럼 내 마음도 흔들릴 테니.

02 Santorini

당나귀 로드

산토리니 섬에서 내가 묵었던 숙소는 피라 마을에서 도보로 15분 정도 떨어진 비교적 한적한 곳이었다. 숙소 방은 1층이었는데 방문을 열고 조그만 앞뜰을 지나 도로 하나만 건너면 바로 바다와 절벽이 내려다보이는 곳이어서 아침마다 청량하고 시원한 공기가 방안으로 들어오는 것이 상쾌했다. 딸랑딸랑. 아직 잠에서 덜 깬 이른 아침인데 방울 소리가 저 멀리서 들려온다. 딸랑딸랑. 이번엔 더 크게 소리가 울린다. 졸린 눈을 비비며 덧문을 열고 밖을 빠끔히 내다보니 바로 숙소 방 앞의 도로에 당나귀 떼들이 지나가고 있다. 꿈인가 싶어 카메라를 집어 들고 잠옷 바람으로 나가본다. 당나귀를 몰던 아저씨가 내게 경례를 붙이면서 인사를 하시는 걸 보니 꿈은 아니었다. 당나귀들은 모두 알록달록한 안장에, 머리 가운데는 예쁜 장식까지 달고서 멋지게 치장을 하고 있다. 지금은 당나귀들의 출근 시간인 것이다. 나귀씨들은 매일 아침 이렇게 잔뜩 치장을 하고 올드 포트old port로 나가서 새로운 손님을 기다린다. 다음날 아침도 여지없이 방울 소리가 들렸고 이제 그 소리는 자명종이 되어 나를 깨웠다.

대개는 같은 숙소 방이라 할지라도 창 밖 경치가 어떤가에 따라 가격이 다르다. 바다를 바라보는 '오션 뷰' 인지 산을 바

라보는 '마운틴 뷰' 인지에 따라 방값이 결정되곤 한다. 내가 묵었던 방은 그런 분류와 상관없는 '그냥 방' 이었지만 내 나름대로 '당나귀 뷰' 로 부르기로 했다.

"그 방은 말이에요, 매일 아침 당나귀가 지나가는 걸 구경할 수 있답니다. 참, 숙소에 모닝콜은 신청하실 필요가 없어요. 당나귀들이 아침 일찍 방울 소리로 잠을 깨워 주거든요. 그리고 당나귀 등에 탄 아저씨들과 아침 인사하는 것도 잊지 마세요."

구 항구가 있는 피라 마을은 항구에서 약 270미터 정도의 높이에 위치해 있어 항구에서 마을로 오가려면 절벽 위에 지그재그 형태로 난 길을 따라 올라가거나 내려가야 한다. 방법은 딱 세 가지. 걷거나 케이블카를 이용하거나 아니면 당나귀 등을 타고 올라가야 한다. 물론 대부분의 선박들은 '아티니오스 포트Athinios port' 로 불리는 신 항구로 들어오기 때문에 이런 수고를 하지 않아도 된다. 하지만 많은 여행자들이 일부러 구 항구를 찾는 수고스러움을 마다하지 않는다. 바로 '당나귀' 때문이다. 당나귀를 타고 길을 오르는 것은 수년 동안 섬을 방문하는 전통적인 방법이었다. 그 길에 당나귀들의 라이벌인 케이블카가 생긴 것은 십여 년밖에 되지 않았는데 산토리니 섬을 왕복하는 선박 회사의 오너인 노미코스Nomikos란 사람이 기증하였다. 그 후론 배를 타고 섬에 도착하는

사람들이 보다 쉽게 항구에서 마을로 이동할 수 있게 된 것이다. 그렇다면 당나귀들의 운명은? 케이블카 수익의 일부가 당나귀 주인들에게도 돌아간다고 하니, 당나귀 소유주들이 그리 피해를 보는 것은 아니었다.

그 내막이야 자세히 알 수는 없지만 케이블카가 들어서는 것을 반대하지 않았던 당나귀꾼들이나 케이블카를 기증한 선박 소유주, 덕분에 생활이 편리해진 섬 주민들 그리고 섬을 찾은 나와 같은 여행자들 모두에게 불공평하지 않은 상황이 마음에 들었다. 세상은 더불어 살아갈 때 그만큼 자라나는 것 같다. 세상이 아무리 좋아지고 편리해져도 옛 방식을 고수하는 사람들이 있고 그것을 좋아해 주는 사람들은 있게 마련이다. 지금 이 순간에도 저 길은 옛 방식을 지키고 그것을 좋아하는 사람들로 자라나고 있겠지.

당나귀의 까맣고 둥그런 눈은 참 착해 보인다. 그래서 저렇게 순종적인 건가 싶어 슬퍼 보이기도 한다. 당나귀는 동화나 우화 속에서 약간은 어리석고 우스꽝스러운 존재로 그려지지만 실제로 보면 순하고 착하다. 조심스럽게 당나귀의 머리를 쓰다듬어 본다. 꼬리를 팔랑 하고 흔든다. 당나귀꾼이 내가 당나귀를 타고 싶어하는 줄 알고 손가락 세 개를 내어 보이며 다가온다. 항구까지 3유로라는 뜻. 웃으며 손을 저었다. 나는 왠지 동물의 등에

타는 것이 무섭기도 하고 별로 내키지 않아 거절했지만 많은 여행자들이 당나귀를 타고 섬을 오르내린다. 이것은 산토리니 섬에서 체험할 수 있는 독특한 경험이고, 여행 후 산토리니를 떠올리면 제일 먼저 생각나는 추억이 될 수 있다. 단, 당나귀 길에 진동하는 나귀들의 배설물 냄새만 참을 수 있다면!

나는 당나귀보다 당나귀꾼들에게 더 관심이 갔다. 대부분 푸른색 셔츠에 어부 모자를 쓴 사십대쯤으로 보이는 아저씨들이다. 내가 그리스 섬에 왔다는 사실이 이들을 보고 나서야 실감이 났다. 때로는 낯선 풍경보다 그 풍경에 무척이나 어울리는 사람을 봤을 때 '아, 내가 참 멀리 왔구나' 문득 깨닫게 된다.

02 Santorini

아무것도
하지 않을
자유

어딘가를 '동네' 혹은 '마을'이라고 부르는 것이 좋다. 피라, 이아, 이렇게 이름만 부르기보다는 뒤에 마을을 부쳐주면 왠지 익히 알고 있던 장소인 것 같은 정겹고 편안한 느낌이 든다. 피라 마을에서 버스를 타고 구불구불 아스라한 절벽을 따라 20여 분간 달리면 섬의 북쪽 끝에 다다르게 된다. 그곳에 이아 마을이 있다. 사실 사람들이 머릿속에서 그려보는 그리스 섬의 이미지는 대부분 이아 마을의 풍경이다. 내가 이아 마을을 처음 본 것도 텔레비전 광고 속에서였다. 그 어떤 풍경이든 상상만 하던 모습을 두 눈으로 확인하는 순간 대개는 화면발, 사진발임을 알게 된다. 하지만 실제로 본 이아 마을은 실물이 훨씬 아름다웠다. 사진을 아무리 못 찍는 사람이라도 이곳에선 카메라만 들이대면 엽서 같은 사진을 만들어 낼 수 있다. 찍은 사진들을 아무리 들여다봐도 눈앞에 펼쳐진 풍경만 못하다. 이아 마을은 피라 마을과 비교했을 때 상대적으로 훨씬 조용하고 평화로운 분위기가 감돈다. 짙푸른 바다를 굽어보며 절벽 위에 아슬아슬하게 지어진 하얀 건물들 사이로 햇볕이 촘촘하게 내려앉는 시간이면 동네 어르신들은 조그만 마을 광장에 마실을 나와 담소를 즐기고 여행자들은 아무렇게나 앉아서 햇볕을 쬐며 주어진 시간을 즐긴다. 나는 한가한 오후를 쪼개어 동네 고양이들과 놀아주기로 한다. 집에서 가져온 조그만 사료봉지를 흔들자 고양이가 갑자기 친한 척을 한다. 다 먹고 나서도 자리를 뜨지 않고 동그란 눈을 반짝이면서 졸졸 따라온다. 따라오는 걸 뿌리치고 내 갈 길을 가자니 녀석들이 자꾸만 눈에 밟힌다. 이아 마을에선 사실 별달리 할 게 없다. 그저 경치에 취해 시간을 보내거나 바다를 보며 사색을 할 수 있다는 것이 이곳의

최대 장점이다. 뭔가 할 게 없을까? 이곳 서점에서 산 가이드북을 뒤적거려 보지만 별다른 정보가 눈에 들어오지 않는다. 순간 이상하게도 마음이 편안해진다. 이런 심정을 뭐라고 표현해야 할까.

언젠가 어디선가 들은 말이 기억난다.

“행복하라고 말하지 않아도 돼. 지금도 충분히 행복한데. 자꾸 그러니까 지금은 왠지 행복하지 않은 것 같잖아.”

‘행복하세요’ 라는 말은 최고의 덕담이지만 모두들 행복해야 한다고 일상적 인사말처럼 내뱉는 사회에서는 왠지 행복도 강요당하는 기분이 든다. 예전 같으면 아무것도 할 게 없는 동네에 여행을 가는 일은 하지 않았겠지만 이제는 그런 곳에 발보다 마음이 먼저 간다. 유적을 보지 않아도 되고 박물관에 가지 않아도 된다. 오랜 전통이 깃든 유명한 레스토랑이나 카페에 일부러 찾아가지 않아도 좋다. 그저 자연이 사람들에게 베푸는 배려를 받아들이기만 하면 된다. 바다 냄새를 맡으며 가만히 앉아 있으면 바람은 머리를 매만져 주었고, 태양은 등과 어깨를 따뜻하게 감싸주었다. 돌아다니지 않아

도 되는 자유. 그래도 마음이 편한 자유. 그래서 아무것도 하지 않아도 되는 자유가 그곳엔 있었다. 그런 자유에서 벗어나 돌아다닐 자유를 원하는 사람들을 위해 이곳에도 볼거리는 있다. 조그만 해양박물관이 있으며 아트 갤러리를 비롯해 수공예품과 기념품, 보석과 예술품 등을 파는 멋스러운 가게들이 골목마다 행인을 유혹한다. 그리고 지중해풍의 예쁜 카페와 레스토랑 역시 매혹적이다. 처음엔 나도 그 유혹들을 뿌리치지 못하고 발바닥에 불이 나도록 돌아다녔다. 늘 끊임없이 어딘가로 이동하고 빨리빨리 돌아가는 도시 생활에 익숙한 나는 오랜만에 주어진 이런 자유가 처음엔 어쩐지 어색했던 것이다. 하지만 시간이 흐르면서 곧 자유에 서서히 적응해갔다. 첫 만남부터 아름다운 곳이긴 했지만 꼭 무언가를 해야 한다는 강박관념만 벗어버리면 더없이 훌륭한 곳이기도 했다. 그리고 이상한 것은 마음을 놓으면 열심히 다닐 때보다 더 많이 보인다는 사실이었다. 어느새 내 마음속에는 돌아가서도 이렇게 살 수 있을 것 같은 '용기' 가 조금씩 자라나고 있었다.

미코노스 섬이 파란색으로 상징된다면
산토리니 섬은 하얀색이라 부르고 싶다.

하얀색 때문에 더 눈이 부시다.
태양빛을 받아 반짝거리는 푸른 바다와 흰색 집들을 바라보다가
다른 곳으로 시선을 옮기면 갑자기 멍해지기도 한다.

하얀색은 빨강, 파랑, 노랑, 초록처럼 자신만의 독특한 색깔을
갖고 있진 않지만
그 어떤 색과도 잘 어울리는 색이기도 하다.

나는 항상 내 자신이 강렬한 색이기를 바랬다.
열정적인 빨강이었으면,
시원한 파랑은 어떨까? 따뜻한 노랑은?
싱싱한 초록도 좋겠다.

하지만 하얀색은 그저 깨끗하고 하얗기만 할 뿐
밋밋하고 개성 없는 색이라고 생각했다.
하지만 알고 보면, 혼자 소리 없이 모든 색을 안아주는 색,
다른 색을 더 돋보이게 해주는 색,
튀지 않지만 제 할일 다 하는 색이다.

그런 사람들이 있다.
조용히 소리 내지 않고 주위를 보듬으며
제 몫 이상을 하는 하얀색 같은 사람들 말이다.

산토리니 섬이 유달리 아름답다고 느꼈던 이유.
바로 '하얀색' 때문인 것 같다.

02 Santorini

꿈꾸는 서점

누구나 그런 로망 하나쯤 가슴속에 품어본 적 있지 않을까? 한적한 바닷가 같은 경치 좋은 곳에서 조그만 식당을 운영하며 멀리서 찾아오는 손님을 위해 시간에 구애 받지 않고 정성스런 음식을 만들어 내는 로망. 혹은 여행을 하다가 '여기 참 좋다' 란 생각이 들어 아예 그곳에 눌러 앉아 여행자들을 위한 카페를 열고 맛있는 커피를 끓여내는 것. 또 책을 좋아하는 사람이라면 소박하지만 주인만의 개성이 뚝뚝 묻어 나오는 서점을 운영하면서 손님에게 자신이 좋아하는 책을 추천해주고 좋아하는 작가에 대해 이야기도 한다. 그러다 영화 속 〈노팅힐〉의 주인공처럼 운명의 상대를 만나게 될지도 모르는 로망 말이다.

원래 '소설' 이라는 뜻의 프랑스어 '로망Roman' 은 영어로는 '로맨스

Romance', 일본식 한자 표기로 '낭만'이라고 부른다. 우리가 흔히 말하는 로망은 말 그대로 소설 같은 일일까? 상상 속에서만 존재하다 끝나는 것일까? 산토리니 섬에서 소설 같은 공상을 현실의 세계에 옮긴 사람들로 인해 그런 로망 하나를 만났다. 이아 마을을 걷다가 우연히 눈에 들어온 곳. 바다를 향한 절벽 위에 작지만 제법 근사하게 꾸며진 비밀 공간 같은 곳의 이름은 '아틀란티스 서점Atlantis Books'. 이름도 참 멋지게 잘 지었다. 그리스 사람들은 산토리니 섬이 사라진 대륙 '아틀란티스'의 한 부분이라고 굳게 믿고 있다. 그런 면에서 서점 이름에 백점을 주고 싶다. 이곳은 외관부터 꽤 멋스럽다. 굳이 말하지 않아도 서점이라는 것을 한눈에 알 수 있는 예쁜 책꽂이 장식이 눈길을 끈다. 사람이 지나다니는 길보다 약간 아래에 위치한 입구로 향하는 계단 오른쪽으로는 알록달록한 책들이 가득한 나무상자가 마치 보물상자처럼 입을 벌리고 미래의 주인을 기다리고 있다.

관심이 없는 사람에게는 아무것도 아닐 테지만 이런 특이한 서점을 좋아하는 나는 입구부터 감탄을 연발하며 단숨에 계단을 내려간다. 서점 안은

그리 크지 않았지만 생각보다는 넓은 공간이다. 내부 역시 외관처럼 독특한 개성과 스타일이 흠뻑 묻어 있다. 나무로 직접 만든 듯한 책장에는 책들이 빽빽하게 꽂혀 있고 소설, 에세이, 과학, 역사 등 책의 분류도 제법 잘 되어 있다. 책장 한쪽엔 사다리를 이용하여 '철학자의 탑'이라는 재미난 공간을

만들어 철학 책을 꽂아두고, 그 위로는 알베르트 카뮈, 헤밍웨이와 같은 작가들의 사진까지 매달아 놓았다. 사소한 것이지만 주인의 유머와 센스가 돋보인다. 또한 어두운 코너 자리는 은은한 스탠드를 켜 놓아 분위기를 돋우고 창문이나 벽 등 사소한 부분에까지 책들을 보기 좋게 잘 진열해 놓아 책이 아닌 서점 구경만 해도 재미가 쏠쏠하다. 작지만 알찬, 주인과 손님이 '함께' 즐길 수 있는 이

런 '비밀스러운' 공간이 매우 매력적으로 느껴진다. 둘러보니 영어뿐 아니라 독일어와 프랑스어로 된 책을 비롯해 간간이 일본어 책도 눈에 들어왔다. 새 책도 많지만 중고 책도 많은 것으로 보아 여행자들이 다 읽은 책들을 이곳에 팔기도 하는 것 같았다. 여행하면서 이런 멋진 곳을 발견할 때마다

기쁨도 잠시 안타까움이 밀려든다. 내가 사는 동네에도 이런 서점이 하나쯤 있었으면 하는 바람과 지금 내 앞에 수북이 쌓인 '영어로 된' 좋은 책들을 그림의 떡처럼 바라만 봐야 하는 아쉬움 때문이다. 한 가지 더 보태자면 이런 곳에도 한글로 된 책들이 자랑스럽게 팔리고 거래가 됐으면 하는 마음까지 든다. 내 옆에서 두꺼운 소설책 몇 권을 뚝딱 골라 사가는 캐나다인 커플이 갑자기 부러워진다. 자격지심이겠지만 어쨌든 영어권에서 태어난 사람들은 살면서 딱 그만큼의 수고를 '덜' 한다는 생각을 안 할 수가 없다. 게다가 여행 중 다 읽은 책은 되팔 수도 있고 같은 여행자들끼리 서로 돌려볼 수도 있으니 얼마나 좋을까. 나의 어학 실력 탓은 멀리 밀어 넣고 언젠가 이곳에 우리말로 된 책을 가져다 놓겠다는 소망에 불을 지핀다.

이쯤 되면 이 서점의 히스토리가 궁금하지 않을 수 없다. 책들을 대충 둘러 보니, 그리스 음식에 대한 책은 없는 듯 보여 점원에게 말을 걸기 위해 일부러 슬쩍 물어보았다. "혹시 그리스 음식에 관한 책은 없나요?"

"얼마 전에 몇 권 있었는데 지금은 없네요. 어떤 책을 원하는지 알려주시면 저희가 주문해 드릴 수 있는데 섬에는 얼마나 더 머무를 예정이세요?"

갈색 곱슬머리에 검은 뿔테 안경을 써서 학구적인 분위기가 나는 점원 아가씨는 무척이나 상냥하다.

"이런. 내일이면 저는 산토리니 섬을 떠나거든요. 안타깝네요. 근데 이 서점, 정말 근사해요. 한국에 돌아가면 꼭 친구들한테 소개해야겠어요."

그녀는 웃으며 엽서가 가득 꽂힌 상자를 가리켰다.

"그렇게 말해주셔서 감사해요. 이 엽서 원래는 파는 건데 기념으로 드릴게요. 원하시는 걸로 한 장 고르세요. 그리고 이건 명함인데요, 여기에 저희 서점 홈페이지 주소가 있거든요. 들어가 보시면 서점에 대해 자세히 나와 있답니다."

2002년 봄, 영국의 두 젊은이가 산토리니 섬에서 휴가를 보냈다. 그들은 섬에 서점이 단 한 군데도 없다는 것을 발견하고는 그들의 로망을 이야기한다. 이 아름다운 곳에 서점이 없다니, 우리가 서점을 내면 어떨까? 그저 공상으로 끝나버릴 수도 있는 로망은 친구들과 함께 돈을 모으고, 책을 구하고, 여러 우여곡절을 겪은 끝에 2년 뒤인 2004년 봄, 현실로 이루어졌다. 또한 여름이면 바다가 바라보이는 서점 위 테라스에 모여 석양을 바라보며 시를 낭독하거나 기타를 연주하는 작은 이벤트도 벌어진다고 한다.

'작은 서점 하나 여는 그까짓 거'라고 생각할 수도 있겠지만 그들에게는 빛나는 로망이었을 것이다. 크든 작든 가슴속에 품은 로망을 실천하는 일은 생각만큼 쉽지가 않다. 대부분 일상에 치이고 현실에 쫓겨 한때의 낭만적 감상으로 끝날 때가 많다. 내 안에도 그런 로망들이 무럭무럭 자라나고 있지만, 역시나 실천은 늘 뒷전으로 밀려나고 있다. 로망은 로망으로 존재할 때가 더 행복할 수 있을 것 같다는 생각도 들지만 이렇게 세상 밖으로 걸어 나온 로망을 만날 때면 가슴속 깊은 곳으로부터 터지는 감동을 얻곤 한다.

서점을 나오는데 천장 위에 뚫려 있는 구멍 사이로 조각 하늘이 보였다. 그곳에는 헤밍웨이의 『노인과 바다』에 나오는 한 구절이 구멍을 통해 들어오는 햇빛을 받아 반짝거리고 있었다.

“이럴 땐 인간이 별을 죽일 필요가 없는 것이 얼마나 다행인가.
날마다 사람이 달을 죽여야 한다고 상상해 보라.
아마 달은 달아나 버릴 것이다.
또 날마다 해를 죽여야 한다고 상상해 보라.
그러나 인간이 그러지 않아도 된다는 것은 얼마나 다행인가.”

그렇다. 얼마나 다행인가!
이런 서점을 알게 되었다는 사실이!

should have
thought.
- Hemingway
GULAG
History
THE PEOPLE'S PEACE
1421
THE BEAT
ENGLISH ARCHITECTURE
Science
Essays
Intercourse
THE LESSONS OF TERROR
The Boundaries of Blackness
LOST LIBERTIES

DREAMLAND
THE HOUSE OF EXILE
TIME
NORMAN MAILER
Judge Not
Girard
TOMORROW
TRUST
PRACTICAL ETHICS
Murakami
Marie Antoinette

02 Santorini

세상에서 가장 아름다운 노을

산토리니 섬의 이아 마을은 세상에서 가장 아름다운 노을을 볼 수 있는 곳 중 하나로 유명하다. 그래서 저녁 시간이 가까워 올수록 이 작은 마을은 지는 해를 보려고 몰려드는 사람들의 열기로 가득 찬다. 노을을 바라보는 평화로운 시간들을 기대하며 이아 마을을 가기 전부터 내 마음은 잔뜩 기대에 부풀어 있었다. 노을을 보기 전부터 그 모습을 머릿속에 그리며 좋은 자리를 잡기 위해 여전히 뜨거운 햇빛 속을 무작정 탐색한다.

아직 해가 지려면 한참이나 남았는데도 불구하고 명당자리로 보이는 곳은 이미 부지런한 누군가가 차지하고 있다. 미리 좋은 자리에 카메라를 세팅해 놓고 사진을 찍기 위한 만반의 준비를 갖춘 선수들도 있고, 전망 좋은 카페에 앉아 차를 마시며 해지기를 기다리는 사람들도 많다. 엽서 가게에서 친구들에게 보낼 엽서를 고르고 주변의 가게도 기웃거려보고 사람들도 구경하면서 나도 노을을 기다린다.

귀에 꽂힌 이어폰에서는 엔리오 모리꼬네가 작곡한 영화 〈러브 어페어Love affair〉의 피아노 솔로Piano solo가 나직이 흐른다. 나는 왠지 이 음악이 노을과 잘 어울린다는 생각을 하곤 했다. 그리스로 여행을 떠나는 짐을 꾸릴 때 제일 먼저 한 일은 이 음악을 나의 구식 엠피스리 플레이어에 담는 일이었다. 사실 여행 그 자체도 즐거운 일이지만 떠나기 전 준비하는 이런 과정들이 얼마나 설레는 행복인지 경험해 본 사람은 알 것이다. 음악을 고르고 책도 두어 권 집어넣고 갈아입을 여분의 옷들과 세면도구, 약간의 화장품과 비상약, 그리고 편한 샌들 하나만 집어넣으면 가방 꾸리기는 완료된다. 하지만 아무리 간단하게 최소한의 짐을 꾸려도 막상 나가 보면 가방 속에서 한 번도 꺼내지 않고 도로 가져오는 물건이 항상 생긴다. 무거운 짐 때문에 고생을 한 끝에야 나는 그 물건이 필요 없는 짐이었다고 후회하곤 한다. 그렇게 쓸데없는 욕심은 고생을 부른다.

다행히 지금의 내 가방은 첫 배낭여행을 시작했던 때에 비하면 그 부피가 점점 줄고 있다. 그동안 시행착오를 많이 겪은 탓이다. 그런 점에서 삶도 여행과 비슷하다는 걸 알게 되었다. 우리가 살아가는 데는 그렇게 많은 물건이 필요하지 않다. 꼭 필요할 것 같아서 고집을 부리면 나중엔 결국 후회하고 만다. 조금씩 마음을 비우고 욕심도 덜어내면 여행이든 생활이든 그만큼 자유롭고 편안해진다.

여행은 살아가는 데 진짜로 필요한 것이 무엇인지 깨닫게 해 주는 '연습'인 것 같다. 누군가 인생에는 연습이 없다고 하던데 틀린 말은 아니겠지만 그렇다고 맞는 말도 아니다. 나는 여행을 통해 조금씩 인생 연습을 해 볼 수

있다고 생각한다. 이렇게 말하는 나 역시 이것저것 욕심을 버리지 못한 채, 버리고 비우고 다시 채우고 떠나고를 반복하면서 계속해서 '연습 중'이다.

그렇게 떠나 온 곳에서 풍경을 바라보면서 그 풍경에 어울리는 음악을 들었다. 이 또한 얼마나 행복한 일인지! 자꾸만 바다와 가까워지는 해를 바라보며 눈가가 촉촉해져 온다. 주위는 조금씩 붉게 물들고 구경하러 몰려든 사람들의 얼굴도 서서히 붉은 물이 든다. 파랗던 바다는 어느새 금빛으로 일렁인다. 절벽에 위치한 하얀 건물 사이사이 좁은 길에는 어디에 있다 나왔는지 사람들로 빼곡하다. 노을이 사라지기 전에 추억할 사진을 남기려는 플래시가 여기저기서 터지고 어떤 이는 무엇이 그리 좋은지 흥에 겨워 큰 소리로 노래까지 부른다. 그때 어디서 시작됐는지 몰라도 사람들이 박수를 치기 시작했다. 박수는 곧 파도타기가 되어 순식간에 번져나갔다. 사람들은 누가 시작했는지 모를 박수에 세계 각국어로 환호의 인사를 보내고 그 일대는 공연장이 된 듯한 분위기에 휩싸였다. 박수를 치며 서로 포옹하고 키스를 나누는 연인들도 눈에 띈다. 무대의 주인공은 노을이었다. 하지만 우리가 본 노을이 세상에서 가장 아름다운 것이어서 박수를 친 것은 아니었다.

사실 멋진 노을이라고 한다면, 동남아의 어느 한적한 해변에서 바라보는 노을이나 서울의 한강에서 혹은 부산의 바닷가에서 바라보는 노을이 훨씬 아름다웠다. 하지만 이아 마을의 노을이 전 세계로부터 온 여행자들의 발길을 사로잡을 만큼 아름답다고 하는 이유는 그것을 기다리는 시간의 설렘과 기다림 끝에 타오르는 노을을 누군가와 '함께' 나누기 때문은 아닐까. 내가 그동안 마주했던 노을은 기다림의 노을이 아니라 어쩌다 마주친 우연의 노을이었다. 산토리니 섬은 혼자서 여행하는 사람이 드물다. 사랑하는 연인과 또는 친구들과 아니면 혼자 여행을 왔다 하더라도 누군가를 만나서 같이 여행을 하게 되기 때문에 이곳에선 노을을 '함께' 볼 수밖에 없는 것이다. '섬'이란 참 이상도 하여 도시에서는 혼자 여행을 잘 다니던 사람들도 섬에 와서는 자의반 타의반 꼭 동행을 하게 만든다. 행여 혼자 왔더라도, 노을을 보러 갈 때는 아무나라도 꼬셔서 같이 가야 한다. 누군가와 아름다운 것을 함께 나누는 일만큼 아름다운 풍경이 또 있을까. 그런 모습 때문에 사람들은 입을 모아 이곳의 노을이 세상에서 가장 아름답다고 말하는 건지도 모른다.

여행 후, 나는 가끔씩 노을을 기다려보곤 한다. 늘 멋진 노을이 만들어지는 것이 아니라서 허탕을 치기가 일쑤였지만 오랜 기다림 끝에 드문드문 진짜 멋들어진 노을을 만나는 날에는 그날을 떠올리며 혼자 박수를 쳤다. 그 장소가 비록 지친 하루를 정리하며 어둠으로 눅눅해진 우리집 거실이라고 해도 말이다. 사랑하는 가족과 '함께' 집의 거실에서 바라보는 노을이야말로 내게는 '세상에서 가장 아름다운 노을'이 되어 주었다.

노을과 함께 노을을 기다리는 사람들을 구경하는 것은 정말 재미있었다. 우리 모두는 노을보다는 그것을 기다렸던 시간을 즐겼던 것 같다. 해가 지기 전부터 몇 시간 동안 가게와 사람들도 구경하고, 엽서도 쓰고 차도 마시면서 그 시간들을 즐겼다.

노을은 그 기다림의 시간들을 아름답게 덧칠해 주었다.

Palia Kameni

02 Santorini

별 보며 잠드는 밤

늦은 밤 시간까지 북적거리는 피라 마을의 달뜬 분위기와는 달리, 이아 마을은 노을이 지면 곧 고요한 세계가 찾아 든다. 해가 바다 속으로 안녕을 고하고 사람들 역시 버스로, 숙소로 제 갈 길을 바삐 찾아간다.

"세상 풍경 중에서 제일 아름다운 풍경.
모든 것들이 제자리로 돌아가는 풍경.
세상 풍경 중에서 제일 아름다운 풍경.
모든 것들이 제자리로 돌아오는 풍경"

시인과 촌장의 노래, 〈풍경〉을 흥얼거리며 나도 숙소로 발걸음을 옮긴다.

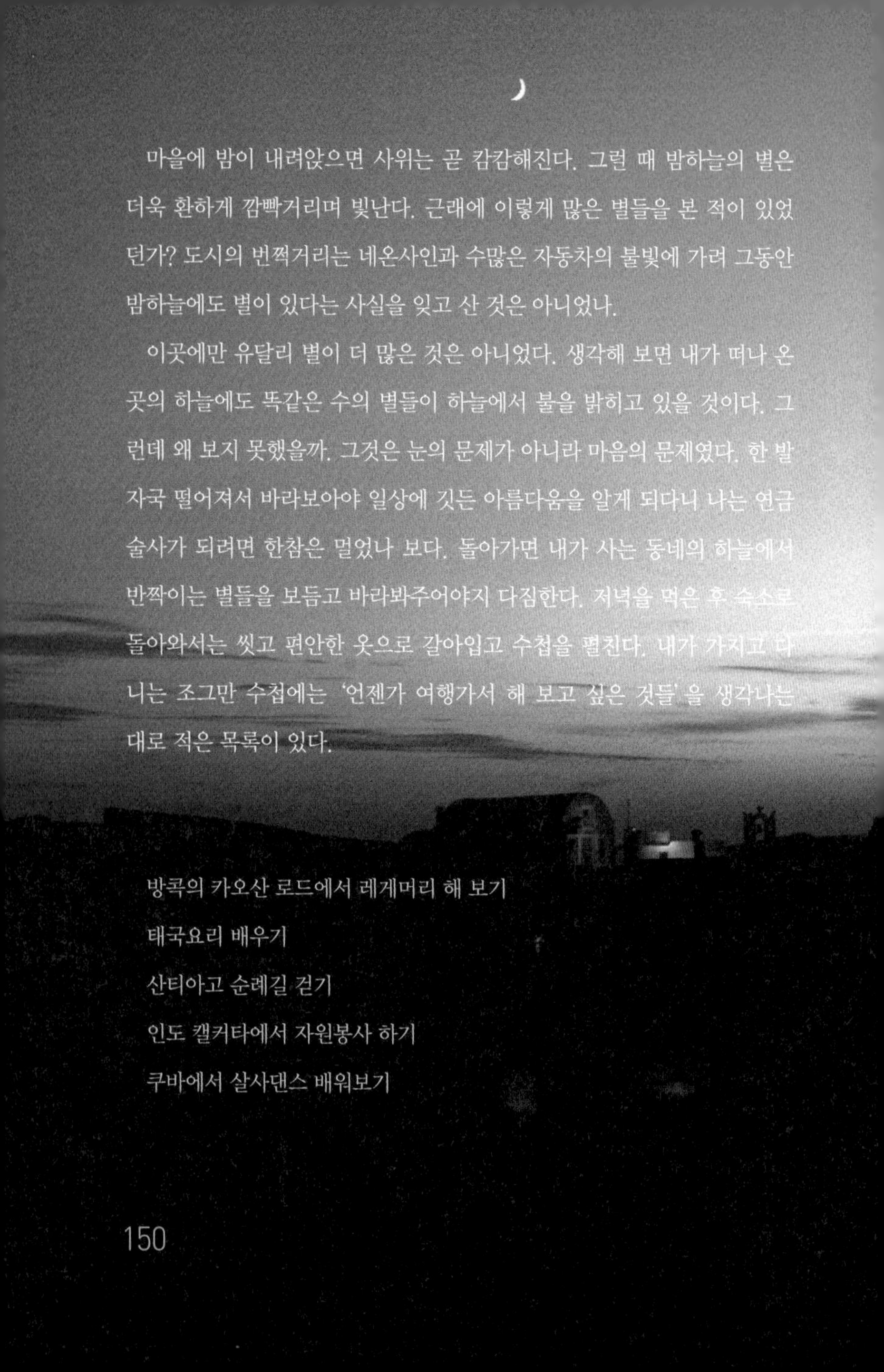

마을에 밤이 내려앉으면 사위는 곧 캄캄해진다. 그럴 때 밤하늘의 별은 더욱 환하게 깜빡거리며 빛난다. 근래에 이렇게 많은 별들을 본 적이 있었던가? 도시의 번쩍거리는 네온사인과 수많은 자동차의 불빛에 가려 그동안 밤하늘에도 별이 있다는 사실을 잊고 산 것은 아니었나.

이곳에만 유달리 별이 더 많은 것은 아니었다. 생각해 보면 내가 떠나 온 곳의 하늘에도 똑같은 수의 별들이 하늘에서 불을 밝히고 있을 것이다. 그런데 왜 보지 못했을까. 그것은 눈의 문제가 아니라 마음의 문제였다. 한 발자국 떨어져서 바라보아야 일상에 깃든 아름다움을 알게 되다니 나는 연금술사가 되려면 한참은 멀었나 보다. 돌아가면 내가 사는 동네의 하늘에서 반짝이는 별들을 보듬고 바라봐주어야지 다짐한다. 저녁을 먹은 후 숙소로 돌아와서는 씻고 편안한 옷으로 갈아입고 수첩을 펼친다. 내가 가지고 다니는 조그만 수첩에는 '언젠가 여행가서 해 보고 싶은 것들'을 생각나는 대로 적은 목록이 있다.

방콕의 카오산 로드에서 레게머리 해 보기

태국요리 배우기

산티아고 순례길 걷기

인도 캘커타에서 자원봉사 하기

쿠바에서 살사댄스 배워보기

가능성이 작더라도 꿈꾸는 것만으로도 충분히 행복한 일들이 많다.

그 중 장소가 어디가 되었건 꼭 해 보고 싶었던 한 가지가 바로 별을 보며 잠드는 밤을 맞이하는 일이다. 이아 마을에서 별은 하늘에서만 반짝거리는 것이 아니다. 지상에서도 반짝인다. 어둠이 찾아들면 마을의 숙소와 식당, 가게 그리고 집집마다에는 하나 둘씩 불이 켜지고 테라스에는 은은한 촛불이 어둠을 밝힌다. 화려한 불빛이 아닌 밤하늘의 별만큼 빛나는 빛들의 향연이다.

산뜻한 밤바람을 맞으며

하늘 한 번 쳐다보고

땅 한 번 쳐다보고

내 눈에는 어느새 별이 스며든다.

눈을 감으면 사라지는 그 별들을

가슴에 품고 잠드는 밤.

세상 모든 것들이

제자리로 돌아가는 꿈을 꾸는 밤.

수첩에 적힌 줄 하나를 지워나가는 밤.

02 Santorini

신의 물방울

붉은 빛을 띠는 것은 적포도주요, 노란 빛을 띠는 것은 백포도주라. 와인 두 병을 앞에 놓고 나는 종종 고민에 빠지곤 한다. 도대체 이 두 와인의 맛의 차이가 무엇이란 말인가? 내 입에는 다 쓰기만 한데. 굳이 차이점을 꼽으라면 색깔이 다르다는 것과 조금 덜 쓰고 조금 더 쓰다는 것이다. 나는 와인에 관해서라면 지식이 거의 전무한 편이다.

그런 내가 조금씩 와인에 대해 관심을 가지게 된 계기가 있었으니 바로 『신의 물방울』이라는 만화책 때문이었다. 와인이라는 소재도 신선하게 다가왔지만 무엇보다 내 마음을 끈 것은 와인이 만들어지는 과정과 와인을 만드는 사람들에 대한 이야기였다. 그것은 지금까지 와인에 대한 나의 잘못된 선입견을 어느 정도 무너뜨려 주었다. 싸구려 와인이든 비싼 와인이든 아무런 노력 없이 거저 얻어지는 것은 없다는 것을 말이다.

잘 만든 와인은 맛도 훌륭하거니와 와인에서 그 포도가 자라났을 장소의 배경이 느껴진다고 한다. 햇빛과 토양, 포도밭 주변으로 어떤 과실이며 꽃이 피어 있었는지까지 보통 사람의 미각으로는 절대로 알기 힘든 것들이다. 와인 문외한인 나로서는 '당연히 거짓말이겠지' 하면서 믿지 않았지만 곰곰이 생각해 보니 그럴 수 있을 것 같기도 했다. 곧고 올바르게 잘 자란 사람에게서 부모의 모습이 보이듯이 와인도 그런 것이었다.

산토리니 섬에 포도밭이 있는 줄 몰랐다. 피라 마을에서 차를 타고 '메갈

로호리'라는 작은 마을을 향해 가는 길. 짧은 시간, 깜박 졸았다가 깨어나보니 창 밖으로 들판이 펼쳐져 있다. 여름이라면 초록색으로 푸르렀을 들판이었겠지만 때는 가을이라 초록과 갈색 중간 정도의 빛을 띠는 키 작은 나무들이 듬성듬성 서 있고 저 멀리 들판 한가운데에는 작은 교회 한 채가 나무처럼 심어져 있다. 얼핏 스쳐 지나간 도로 옆 간판에는 '와이너리'라고 쓰여 있었던 것 같기도 했다. 그런데 차가 갑자기 그 간판이 세워져 있는 곳으로 우회전을 한다. 함께 차를 타고 온, 미코노스 섬에서 만나 산토리니 섬까지 동행한 그리스인 친구인 칼로티나와 엘리사는 신이 난 표정으로 가타부타 설명도 없이 내 의사를 묻는다. "은경, 와인 안 살 거야? 산토리니 섬은 와인으로 아주 유명하거든. 사람들은 프랑스나 이탈리아 같은 곳에서만 좋은 와인이 생산되는 줄 아는데 천만의 말씀!" 아무 생각 없이 그녀들의 뒤를 따라 들어간 곳은 와이너리였다. 두 사람은 벌써부터 이곳은 포도주를 직접 생산도 하고 판매도 하는 곳으로 시내보다 저렴한 가격에 질 좋은 와인을 살 수 있다며 와인 고르기에 여념이 없다. 가격표를 슬쩍 보니 고가의 몇몇 와인을 제외하고는 대부분이 슈퍼에서 과일 주스를 사서 마시듯 그냥 부담 없이 구매하여 즐길 수 있는 착한 가격대이다. 싼 가격에도 불구하고 와인에 대해 관심이 없는 나는 그냥 와인을 만지작거리거나 와인 진열대의 사진만 찍는다. 그런 나를 보고서 한 여인이 와이너리의 매니저라고 자신을 소개하며 내게 붉은 빛이 도는 와인 한 잔을 권했다. 머뭇거리며 받아 마신 와인은 향긋하고 달콤하며 맛이 좋았다. "이 와인은 하나도 쓰지 않고 달고 맛있네요. 와인은 그저 쓴 줄만 알았는데." 달콤한 와인처럼 미소 지으며 그녀

가 대답한다. "이건 '빈산토Vinsanto' 라는 와인이에요. 아주 달콤한 맛을 내지요. 하지만 달아서 싫어하는 사람들도 종종 있답니다. 주로 남자들이 여자들에게 작업 걸 때 많이들 주문해요. 괜찮다면 제가 훌륭한 산토리니 와인에 대해 설명을 해도 될까요? 지하에 포도주 저장 창고가 있어요. 원하신다면 구경시켜 줄게요." 와인에는 관심이 없어도 포도주 저장창고를 보여준다니 귀가 솔깃해진다. 그녀를 따라 내려간 지하 저장창고에는 나무로 만든 포도주 저장용 원통들이 차곡차곡 줄을 지어 영글어가고 있었다.

산토리니 섬에서 가장 중요한 생산품은 바로 포도이다. 화산 지대인 섬은 양질의 화산 토양을 갖추고 있어서 이것이 지중해의 눈부신 태양과 적정 온도, 그리고 알맞은 습도와 만나 좋은 포도를 생산한다. 다만 바람이 많이 불기 때문에 포도나무들이 전부 난쟁이처럼 키가 작다. 그러고 보니 아까 차에서 바라보았던 풍경들이 전부 포도밭이었던 거다. 가을에는 포도 수확이 끝난 뒤라 그냥 들판처럼 보인 것이지만 한여름에는 조그만 포도나무들이 무럭무럭 자라 초록의 포도밭을 볼 수 있다고 한다. 나는 머릿속으로 영화나 잡지 등에서 많이 보아왔던 프랑스의 크고 멋들어진 포도밭을 떠올렸

다. 영화 〈프렌치 키스〉에서 주인공 맥 라이언이 변심한 애인을 찾아 니스로 향하던 기차에서 그만 복통을 일으켜 어느 시골 기차역에서 내리게 되고 그곳에서 보게 된 크고 아름다운 포도밭 말이다. 그런 곳에 비하면 이곳의 포도밭은 초라해 보일 수밖에 없었는데 설명을 해 주는 그녀의 눈은 더없이 반짝거린다. 이곳에 올 때 칼로티나와 엘리사가 그랬던 것처럼 그녀 역시 자신들의 포도밭과 와인에 대한 자부심으로 가득했다. 의심할 여지없이 '정말로 그렇게 생각하는구나' 믿게끔 하는 눈빛에서 진심이 전해진다. 갑자기 장난기가 발동한 나는 슬쩍 농담을 건다. "에이, 세상 어디를 가나 다들 자기 나라 와인이 최고라고 하던데요. 미국 사람들은 캘리포니아 와인을, 호주 사람들은 호주 와인을, 칠레 사람들은 칠레 와인을. 참, 우리나라에도 최고의 와인이 있어요. 레드 와인의 종류인데 '복분자' 주라고 불러요." 우리는 다 함께 웃는다. 그녀의 눈빛은 여전히 자부심에 가득 차 있었다. 그런 자부심은 어디서 나오는 걸까. 자신의 것을 진정으로 사랑하는 마음에서 우러나는 그녀의 눈빛이 부러워지는 순간이다.

마지막 한 모금까지 다 비우고 약간은 몽롱한 기분으로 와이너리 앞에 펼쳐져 있는 가을의 허허로운 포도밭을 거닐어 본다. 단 한 잔의 와인으로 얼굴은 단풍잎처럼 발그레해지고 몸과 마음은 따뜻해진다. 술기운 탓일까. 가을이지만 아직도 햇살은 따사롭고 바다에서 불어오는 바람은 감미롭기만 하다. 지금 내가 서 있는 여기 하늘과 땅, 바람과 햇살이야 말로 신이 주신 선물은 아닐까. 문득 『러브 앤 프리』 책 속에 나오는 한 구절을 떠올리며 이곳의 모든 와인을 나는 감히 '신의 물방울' 이라고 부르고 싶어진다.

한 손을 쓰지 못하는 할아버지가

한 송이 한 송이 포도를 키워

한 방울 한 방울 증류시켜

한 병 한 병 소중하게 만든 붉은 포도주.

어렸을 적 도시락에서 어머니의 손맛을 느꼈던 것처럼

이 와인은 할아버지 맛이 났다.

'오늘은 할아버지 인생에 건배!'

마음을 넣어 만든 작품에는

하찮은 와인 한 병에도 '혼'이 깃들어 있다.

마음을 담아 하는 모든 일들은 그렇게 반짝거린다. 그녀는 이곳을 기억해 달라며 와인 한 병을 선물로 주었다. 신의 물방울을 마실 때마다 무뎠던 내 혀는 기억해 낼 것이다. 키 작은 포도나무, 바다와 햇빛, 감미롭던 바람, 그것과 함께했던 시간까지도. 그리고 반짝거리던 눈빛도.

"그 눈빛에 건배!"

Wine | 와인 좋아하세요? |

ΟΔΟΣ ΜΙΧ. ΣΟΛΩΜΟΥ

화산 지대인 산토리니 섬은 양질의 화산 토양과 지중해의 많은 일조량 그리고 적정한 온도와 습도로 인해 품질 좋은 포도가 자란다. 우리에게 와인으로 잘 알려진 이탈리아나 프랑스, 칠레 등과 같이 대규모로 생산되지는 않지만 나름대로 자부심을 느낄 만한 훌륭한 와인이 생산된다. 와인 애호가들이라면 한 번쯤 시간을 내어 와이너리를 방문해서 좋은 경험과 공부를 하고 가면 좋을 것 같다. 와이너리에서는 와인을 직접 구입할 수도 있는데 시내에서 사는 것보다 가격이 저렴하다. 다만 선물 용도로 한국으로 가져올 경우, 기내에 가지고 탈 수 없기 때문에 따로 짐을 부쳐야 하므로 포장을 꼼꼼하게 해야 한다.

Boutari Winery | 메갈로호리Megalochori에 위치 |

Tel : +30 22860 81011 | www.boutari.gr | Open: 3월~12월 중순

Santo Wines | 피르고스Pyrgos에 위치 |

Te l : +30 22860 28058 | www.santowines.gr | Open: 4월~11월 말

02 Santorini

바다 이야기

"이게 정말 아이들이 찍은 사진이란 말이야?"

생생한 색감, 독특한 구도, 거짓 없는 표정. 다큐멘터리 〈꿈꾸는 카메라〉 속 아이들이 찍은 사진은 전문가 못지않았다. 감독은 인도 캘커타의 홍등가에서 1년간 그들과 함께 생활하며 사진학교를 열어 사창가의 아이들에게 사진을 가르친다. 무섭기도 하고, 으슥하며, 지저분한 배경과는 대조적으로 아이들의 표정은 하나같이 해맑다. 그곳 아이들의 작은 손에 하나씩 들려진 카메라는 그때부터 아이들의 꿈이 되기 시작한다. 늘 바라보던 지겨운 풍경도 카메라를 통해 바라보면 재미있는 그 무엇이 된다. 사창가의 아이들은 부모가 대부분 매춘에 종사하므로, 그곳에서 자라면 자연스러운 수순으로 그 일에 종사한다. 다른 꿈을 꾸어볼 기회 자체가 자라지도 못하고 꺾이는

것이다. 혹은 꿈을 꿀 수 있다는 생각조차 못하고 사는 것인지도 모른다. 그런데 아이들은 낯선 이방인이 건네 준 '카메라'를 통해 사진이 아닌 '꿈꾸는 방법'을 배울 수 있었다.

아이들이 찍은 많은 사진 중에 유달리 내 마음을 끈 사진이 있다. 바다의 풍경이 담긴 사진이다. 바닷가 모래사장에서 사람들이 즐겁게 뛰어다니고 해변까지 밀려온 파도는 사람들의 발을 부드럽게 감싼다. 바다를 보며 자란 나는 바다에 대한 애착이 많다. 바다는 어린 시절의 추억을 떠올리게 해서 좋고, 그 한없이 넓고 시원한 푸르름이 좋고, 무엇보다 바다는 다른 세계와 연결되어 있어서 좋다.

지금에 와서 돌이켜보면 바다란 내게 아이들의 카메라와 똑같은 존재였다. 바다를 통해 나는 꿈꾸는 방법을 배웠고 꿈을 꾸었다. 이른 아침에 바다에서 해 뜨는 것을 바라보면서, 커다란 배 한 척이 수평선 저 너머로 사라지는 것을 지켜보면서, 늦은 저녁 시커먼 바다 옆을 나란히 걸으면서도 나는

꿈을 꾸었다. 그럴 때마다 바다는 언제나 그 자리에서 묵묵히 나의 이야기를 들어 주었다. 꿈이라고 해서 달리 거창한 것은 아니다. 생각하면 우습지만 어렸을 때는 '꿈' 이라고 하면 어른들이 바라는 훌륭한 그 무엇이어야 한다고 믿었다. 하지만 그 꿈들이 자라나면서 세상과 부딪히고 깨지는 사이 점점 작아진다 하더라도, 자신이 진정 원하는 모습을 찾아간다. 지금 누군가 "당신의 꿈은 무엇인가요?" 라고 내게 묻는다면 너무나 소박해서 말하기 부끄러울지도 모른다. 하지만 그 꿈을 생각할수록 내 가슴은 더워진다.

산토리니 섬의 바다는 바다 자체가 마치 꿈을 꾸고 있는 듯하다. 말로 표현할 수 없을 만큼 싱싱하고 풋풋한 바다의 색깔은 온갖 미사여구를 떠올리게 한다. 크리스탈 클리어, 에메랄드 빛, 터키 블루 등 시시각각 변하는 바다의 모습에 갖다 붙이는 수식어구도 그때그때 다르다. 사람들은 그런 바다를 지그시 바라보며 차를 마시고, 해변에서 느긋하게 휴식을 취하거나 바다의 품에 첨벙 안기기도 한다. 산토리니 섬은 지중해성 기후로 날씨가 일찍 따뜻해지기 때문에 5월부터 10월까지 바다에서 마음껏 수영을 즐길 수 있다. 섬 곳곳에 크고 작은 해변이 있어 굳이 수영을 하지 않더라도 산책을 겸해서 쉬엄쉬엄 쉬어가기에 좋다. 그래서인지 그냥 아무 생각 없이 바다만 바라보는 시간만으로도 충분히 얻고 가는 느낌을 준다. 그런 시간들이 쌓일수록 꼭 무엇을 해야 본전이라도 챙긴다는 생각에서 나는 많이 자유로워졌다. 마음이 충만해져가는 느낌이 점점 좋아진다.

검은 해변 까마리

고대 산토리니 유적지를 오르는 길은 정말 멋지다. '고대 티라'라고 불리는 이곳은 과거 로마 시대와 비잔틴 시대 유적의 잔재들이 남아 있어 역사적으로 아주 중요한 장소로, 높은 언덕에 위치하고 있기 때문에 차를 타고 올라가거나 걸어서 등반을 해야 한다. 따가운 햇볕을 온몸으로 받으며 올라가는 길, 문득 뒤를 돌아다 보니 발 아래 새파란 바다가 펼쳐져 있다. 그곳으로부터 불어오는 시원한 바람은 여행자의 발목을 그만 붙잡고 만다. 이 순간만큼은 나도 한 마리의 새가 되어 저 바다 위를 휘 돌아 날고 싶다. 땀을 뻘뻘 흘리며 고대 유적으로 오르는 다른 여행자들을 뒤로 하고 가던 길을 돌아 비틀비틀 해변으로 다시 내려간다. 푸른 바다를 끼고 있는 해변의 이름은 '까마리Kamari'. 까마귀처럼 검은 모래 해변이 이곳의 특징으로 '페리사Perissa'와 더불어 산토리니 섬에서 가장 사랑받는 해변이다. 해변으로 가서 샌들을 벗고 검은 모래를 밟아본다. 한참 태양에 데워진 모래는 후끈해서 발이 데일 정도다. 달궈진 검은 프라이팬 같은 모래 위에서도 사람들은 여유를 만끽하고 있다. 저마다 꿈을 꾸기도 하고 꿈을 실천하기도 하면서 시간은 무럭무럭 검은 모래 위에서 익어가고 있었다.

붉은 절벽 아래 쪽빛 바다

만약 아는 사람이 산토리니 섬에 간다면 개인적으로 꼭 가 보라고 추천해 주고 싶은 곳이 바로 '레드 비치'이다. 붉은 화산암 절벽이 해변을 감싸고

있기 때문에 그런 이름이 붙여졌다. 도보로는 갈 수 없고 차를 이용해 근처까지 간 다음, 붉은 절벽 길을 십여 분 걸어가면 에메랄드빛 세상과 만날 수 있다. 가는 길이 다소 귀찮지만 이런 것도 마음에 든다. 아름다운 것을 쉽게 손에 쥐는 것보다 조금은 수고스럽게 얻는 것이 그것을 더 귀하게 느끼는 방법일 것이다. 해변도 그리 크지 않아 분위기가 단출한 것이 마음에 든다. 그리스 사람이지만 산토리니 섬에는 정말 오랜만에 왔다는 에반겔리스 역시 이곳의 풍경에 감탄하며 카메라 셔터를 눌러대기 바쁘다. 이곳은 뛰어들어 즐길 수 있는 바다로 안성맞춤이다. 바닥까지 훤히 내다보이는 투명한 블루는 보기만 해도 시원하며 해변에서 조금만 헤엄쳐 가면 중간중간 솟아난 바위 위에 누워 선탠을 즐길 수도 있다. 벌써 몇몇 커플들은 웃통까지 훌훌 벗어젖힌 채 주변의 시선에는 아랑곳하지 않고 태양을 만끽하고 있었다. 바다는 이렇듯 사람을 용감하게 만들기도 한다. 미처 수영복을 챙겨오지 않은 것을 이렇게 후회해 보기는 처음.

바다에 그리움을 실어 카메라 셔터를 꾸욱 누른다. 바람이 불어 물은 돌고 도는 거니까, 저 바다도 흐르고 흘러 언젠가는 내가 사는 곳에도 도착하겠지?

작은 것이 아름다울 수 있는

카르멘이 아테네로 떠나면서 산토리니 섬에 있는 친구를 소개시켜 주었다.

"그녀가 산토리니 섬의 구석구석을 잘 안내해 줄 거야."

"카르멘, 나는 이번이 두번째 산토리니 섬 여행이어서 웬만큼은 알아."

"그래도 든든한 현지인이 있다는 건 많은 도움이 될 거야."

그렇게 해서 두번째 산토리니 여행의 동반자를 만나게 되었다. 그리스어가 유창한

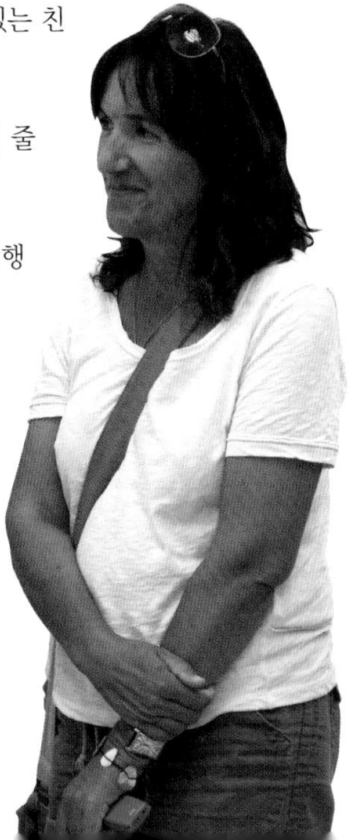

그녀의 이름은 헬가. 이름에서 느껴지듯 그녀 역시 그리스 사람은 아니었다. 헬가는 독일 사람으로 젊은 시절 배낭여행으로 산토리니 섬에 놀러 왔다가 그만 섬의 매력에 풍덩 빠져버려 이곳에 눌러앉게 되었다는 것이었다. 흰 면 티셔츠에 헐렁한 면바지, 갈색 가죽가방을 옆으로 멘 단발머리의 헬가는 나이보다 꽤 젊어 보였다. 아마도 밝은 얼굴 표정 때문일 것이다. 사실 그녀의 정확한 나이는 모른다. 여행에서 만난 인연들이 좋은 이유 중 하나가 서로 부담이 되는 질문을 할 필요가 없기 때문이다. 단지 '이름' 만 아는 누군가와 며칠씩이나 함께 여행을 한다는 것은 내가 사는 곳에서는 어려운 일이었다. 하지만 낯선 여행 길 위에선 그런 것은 전혀 방해가 되지 않는다. 국적과 이름을 주고받는 순간, 자연스럽게 친구가 되는 것이다. 몇 살인지, 무엇을 하는 사람인지와 같은 그 사람이 가진 배경은 순식간에 날라간다. 백지 상태에서 마음을 여는 순수함. 아마도 사람을 향한 순수함이 그리워 자꾸만 길 위에 서고 싶은 것인지도 모른다.

헬가는 벌써 십여 년을 주변의 다른 섬을 비롯해 산토리니 섬에서만 살았다고 했다. 무엇이 그토록 그녀를 사로잡은 것인지 궁금했다. 산토리니 섬은 확실히 아름다운 곳이긴 하지만 나는 여기서 살 자신은 없다. 내가 어떤 곳을 여행하면서 그곳을 좋아할 수 있었던 것은 어쩌면 그저 잠깐 동안 머물러 갈, 내가 살아가야 할 곳이 아니었기 때문인지도 모른다. 삶의 환경을 갑자기 바꾸는 것은 내게는 일종의 모험인 것이다. 그만큼 산다는 것은 여행하는 것과는 다르다. 서점에 나와 있는 수많은 여행 서적들을 보며 사람들에게 만일 그곳에서 살아야 한다고 하면 계속해서 예찬을 할 수 있을까 궁금하다. 여행은 때로 지금 내가 살고 있는 곳의 고마움과 좋은 점을 부각시켜주기도 한다. 물론 여행을 다니면서 여기서 몇 년만 살아봤으면 하는 마음이 드는 곳도 있었다. 하지만 누구나 한 번쯤 흘러가며 품은 마음일 뿐 실천하며 살기란 정말 어렵다. 대개는 현실로 돌아와 그곳을 가끔씩 그리며 살아가는데 이따금 여행자로 계속 흘러가는 사람을 보았을 때 무엇이 그토록 이들을 바깥 세계로 부유하게 만드는지 궁금해진다.

"이아 마을이나 피라 마을이야 뭐 다 알 테고, 작지만 예쁜 전통 마을을 구경시켜 줄게." '전통 마을' 이라는 말에 당장 오케이 사인을 보낸다. 피라의 골목골목을 다 가 보고 이제는 지도까지 그릴 수 있게 된 상황에서 피라의 복잡함을 피해 조용하고 호젓한 곳으로 가 보고 싶던 찰나였다. 복잡다단한 일상에서 벗어나 피라로 왔건만 또 다시 여행자들로 넘치는 이곳을 벗어나려 하다니 인간의 마음이란 참 간사하다. 전통 마을로 가는 길. 역시 조그만 전통 마을 중 하나인 '엑소고니아' 란 곳에서 점심을 먹기로 한다. 무척 작은 마을이라 마을에 단 하나밖에 없는 시골스러운 타베르나에서 먹는 점심은 무척 맛있었다. 그런데 그리스로 온 이후부터 줄곧 그리스 음식만 먹었더니 슬슬 한국 음식이 그리워지기 시작했다.

"헬가는 독일 음식이 그립지 않아? 난 한국 음식이 그리워. 한국 사람은 틈틈이 매운 걸 먹어줘야 힘이 나거든."

헬가는 독일 음식이 그다지 그립지 않다고 했다. 그리고 어쩐 일인지 독일도, 집도 그렇게 그립지는 않다고 했다.

"혹시 '사우어크라우트'라는 음식 알아? 독일 양배추 요리인데 그건 가끔 그리워. 여기에서도 먹을 수 있긴 한데 이상하게 독일에서 먹는 그 맛이 절대로 안 난단 말이야."

하지만 고향에 대한 그리움으로 가득 차 있어 보이는 그녀의 눈을 보니 외롭지 않다는 말은 진심이 아닌 것 같았다. 잠깐 떠나 온 나도 벌써 집이 그리운데 어떻게 외롭고 그립지 않겠는가. 왜냐고 묻지 않았다. 외로웠지만 그럴수록 "나는 외롭지 않아!" 하고 애써 외쳤던 지난 기억이 떠올랐기 때문이다. 혼자 영화를 보러 갔다가 슬픈 장면이 나오는데 누가 볼세라 눈물을 꾹 참았던 경험처럼.

피르고스

점심을 먹고 섬의 내륙에 위치한 '피르고스Pyrgos'라는 마을로 향한다. 그리스의 다른 지역에도 '피르고스'라는 이름이 많이 존재하는데 그리스어로 피르고스는 성castle이라는 뜻이다. 마을은 산등성이에 위치하고 있어 가벼운 등산을 하는 기분이 든다. 이곳은 오래된 전통 가옥과 언덕 위의 베네치안 성Kasteli, 그리고 몇 개의 비잔틴 시대의 교회를 볼 수 있다. 그 중 마을의 중심, 제일 위에 있는 성에 올라 아래를 내려다보는 경치가 단연 일품이다. 멀리 바다가 한눈에 들어온다. 마을은 한 시간 정도면 다 둘러볼 정도로 작고 아담하다. 담벼락에 그림액자처럼 붙어 있는 작고 아담한 간판들은 동네의 이정표 역할을 한다. 광장을 제외한 마을 중심을 통틀어 호텔이 하나, 카

페가 하나, 그리고 몇 개의 식당이 전부. 하지만 하나밖에 없는 호텔은 꽤 유명한 고급 호텔로 객실이 몇 호실로 불리는 숫자가 아닌 호텔 소유주의 가족과 친척들의 이름으로 불린다고 한다. 하나밖에 없는 카페도 무척 예쁘다. 하나밖에 없다는 것은 그들에게 얼마나 의미 있고 소중할까. 많으면 많을수록 좋은 도시 생활은 선택의 폭은 넓지만 소중함은 그만큼 줄어드는 건지도 모른다.

메갈로호리

메갈로호리Megalochori 마을로 가는 길에는 드문드문 키 작은 포도밭이 펼쳐져 있다. 포도밭 가운데에는 작은 교회 한 채가 허수아비처럼 밭을 지키고 서 있어서 밋밋한 풍경에 재미를 더해준다. 메갈로호리는 '큰 마을' 이라는 뜻이지만 실제로는 400여 명의 주민들이 살고 있는 작은 동네이다. 그래서 여행자들의 발길도 뜸해 여유로움과 평화로움을 동시에 만끽할 수 있다. 오래된 동네의 골목 계단에는 고양이들이 낯선 이의 방문에도 아랑곳하지 않고 달콤한 낮잠을 즐기고 있고 바람으로 인해 삐걱거리는 문소리까지 들릴 만큼 동네는 조용하다. 이곳에서 조용히 사색하며 동네 한 바퀴를 도는 발걸음이 산뜻하다. 굳이 볼거리를 찾자면 마을 광장으로 내려가는 길에 있는 오래된 종탑Bell Tower과 키클라딕 스타일의 전통 가옥을 기웃거리는 일 정도이다. 메갈로호리 역시 마을을 전부 통틀어 호텔이 하나, 식당이 두 개뿐이다. 이곳 호텔은 〈툼레이더〉 영화 촬영을 위해 안젤리나 졸리가 투숙하면서 유명해졌다. "공짜로 묵고 갔나요?"라는 나의 뜬금없는 질문에, "무슨 소리! 일반인보다 돈을 훨씬 많이 버는데 더 많이 내고 갔어요."라는 당연하다는 듯한 대답이 돌아온다.

텅 빈 골목에서 바람이 불어온다. 숨바꼭질의 술래가 되어 구석구석 숨어 있는 동네 주민들을 찾아내는 양 이 골목 저 골목으로 좁은 길을 내달려 본

다. 다들 어디로 숨은 거야? 그때 저 아래 골목에서 헬가가 『이상한 나라의 앨리스』에 나오는 토끼처럼 나를 부른다.

"서둘러! 이제 다음 마을로 가야 해."

엠포리오

섬의 남쪽 내륙에 있는 전통 마을 엠포리오Emporio는 정말로 여행자들의 발길이 뜸한 곳이었다. 사람 한 명 겨우 지나다닐 정도의 좁은 골목이 이 마을의 매력이다. 토끼가 되기를 자청한 헬가의 뒤를 이상한 나라의 앨리스가 된 기분으로 따라다녔다. 마을의 북쪽에 있다는 15세기 베네치아 시절에 지어진 요새를 구경하러 가는 도중 동네 사람들로 북적북적한 골목과 맞닥뜨렸다. 어느 집 문 앞에 사람들이 줄을 서서 웅성거리고 있었다. 그런데 아무도 말을 하지 않고 조용히 서 있기만 한다. 무슨 이유라도? 자세한 것은 모르겠지만 종교와 관계된 일이라고 했다. 동네 주민들을 거의 볼 수 없었던 피르고스와 메갈로호리에 비해 이렇게 단체로 사람들을 만나니 갑자기 반가운 마음이 앞서 골목에 있던 아이들과 장난도 치고 사진도 찍으며 시간을

보냈다. 아마 사람들이 없었다면 이곳 역시 다른 마을과 별반 다르지 않았을 것이다. 풍경은 기억 속에 금방 잊혀져도 그 풍경 속에서 사람들과 부대끼며 보낸 시간들은 쉽사리 잊혀지지 않는다. 여행 후 섬에서 찍었던 수많은 사진들을 정리하는데 마을의 모습들이 워낙 비슷해서 많이 헷갈렸다. 하지만 사람들 사진을 보는 순간 금방 알아볼 수 있었다.

"그래, 여기 이 마을, '엠포리오' 였어."

헬가와 함께 한 전통 마을로의 여행은 무척이나 재미있었다. 산토리니 섬과 마을에 대한 이런저런 설명도 듣고 간간이 개인적인 이야기도 하면서 피곤한 줄도 모르고 돌아다녔다. 나는 왜 그녀가 고향에 돌아가지 않고 이곳에 이토록 오랫동안 뿌리를 내리며 사는지 묻지 않았다. 누구에게나 삶의 기준은 있지만 그 기준은 사람마다 다르다. 많은 사람들이 나아가는 방향이 꼭 모두에게 올바른 방향이라고 말할 수는 없을 것이다. 세상에는 많은 길이 있고, 많은 사람들이 택하지 않은 길이라고 해서 도태되거나 외진 길은 아니다. 우리가 보지 못한 곳에 아름다운 길도 많다. 그 길 위에서 때로는 외롭겠지만 자신이 택한 길이기에 행복을 느끼며 걸어갈 것이다. 멀리 있는 행복을 좇는 것이 아니라 지금 가까이에 있는 행복을 느끼면서 길을 가다 보면 언젠가는 그 길 또한 많은 사람들로 붐비게 될 테지. 그러고 보니 헬가에 대해 아무것도 아는 것이 없다고 생각했는데 한 가지는 확실하게 아는 것이 있다. 그녀가 지금 살고 있는 이곳, 산토리니 섬을 무척이나 사랑하고 있다는 것. 그래서 행복해 보인다는 사실이었다.

누구나 한 번쯤 가 보고 싶어 하는 멋진 풍경 속에서
사는 사람들은 얼마나 좋을까?
하지만 과연 그럴까? 라는 의문도 품어본다.
여행과 생활의 간극은 생각보다 더 클지도 모른다.
설령 어쩌다 몇 년 눌러 산다고 해도 그곳에 뿌리내리고
살아야만 하는 사람들과는 그 마음가짐에서 차이가 날 수밖에 없다.

어쩌면 여행은 '연애' 와도 같고 생활은 '결혼' 과도 같은 것이 아닐까?
연애를 할 때는 상대방의 장점만 눈에 보이거나
단점이 있다고 해도 그것은 별로 신경이 쓰이지 않지만
결혼을 하면 보려고 하지 않아도
장, 단점이 눈 앞에 확연히 드러난다.
그럼에도 불구하고 그 단점까지도 끌어안아
이해하고 사랑하며 살아가는 것이다.

여 행 자

나는 여행을 다닐 때 여행자인 내가 바라보는 세상과
생활자인 그들이 바라보는 세상이
어떻게 다른지 그것이 항상 궁금하다.

아름다운 곳이라고 해서 삶 또한 늘 아름답지는 않으리.
척박한 곳이라고 해서 삶 또한 늘 그늘지지는 않으리.

행복, 슬픔, 즐거움, 괴로움, 웃음 그리고 눈물… 똑같이 공존한다.
세상 어디나 사람 사는 모습은 다 비슷하니까.

지구 반 바퀴를 돌아와서야
비로소 간단한 삶의 공식 하나를 익히게 된다.
나머지 반 바퀴를 돌면 또 어떤 공식을 배우게 될까.
인생, 참으로 거저 얻어지는 것은 없구나.

무수한 삶의 공식을 찾아나서는 여행 길.
그래서 여행은 즐겁지만 가슴 한편으로는 시리다.

생활자

02 Santorini

암브로시아 & 넥타

이아 마을의 거리를 걷다 보면 같은 이름의 간판을 내건 식당과 종종 마주친다. 가끔은 식료품 가게의 간판에서도 그 이름을 찾을 수 있는데 바로 '암브로시아Ambrosia'와 '넥타Nectar'가 그것이다. 이 이름들은 그리스 신화에서 가져온 것이다. 암브로시아는 신들이 먹는 음식으로, 어떻게 만들어진 음식이었는지는 확실하게 전해지지 않으나 그것을 먹으면 죽지 않고 영원히 사는 것

으로 여겨진다. 또한 넥타는 신들이 마시는 음료로 이것을 마시면 영원한 젊음과 생명을 얻는다고 한다. 델로스 섬에서 태어난 태양의 신 아폴론 또한 암브로시아와 넥타를 먹고 자라 며칠만에 어른이 되었다는 신화 속 이야기도 있다. 흔히 마시는 캔 음료를 '넥타' 라고 부르기도 하는데 이것은 바로 신화에서 유래된 것이다.

신들의 음식이라? 신화 속 이야기이긴 하지만 왠지 관심이 간다. 그 이름에 걸맞게 '암브로시아' 라는 간판을 내걸고 있는 레스토랑들은 어딘지 모르게 세련되고 고급스러워 보인다. 밖에 걸린 메뉴판을 슬쩍 훑어보았다. 신들이 먹는 음식이라 그런지 다른 레스토랑보다 가격이 비싸다. 돈 앞에 작아지는 여행자의 신세로 이내 근처의 맛있고 저렴한 타베르나로 발걸음을 돌리고 만다.

영원히 산다는 건 어떤 느낌일까? 그렇게 살 수 있다면 과연 행복할까? 예전에 어떤 영화를 보았는데 영화 속 남자 주인공은 자신이 저지른 잘못으로 인하여 저주를 받은 몸이었다. 그 저주는 영원히 사는 것. 그러니까 죽을 수 없는 저주였다. 그는 저주에서 벗어나기 위해 자살도 여러 번 시도해 보지만 그에게 돌아오는 것은 여전히 절대로 죽을 수 없는 인생의 슬픔이었다. 이런 상황이라면 영원히 산다는 것이 과연 무슨 의미가 있을까?

나는 죽는 것이 두렵지만 영원히 산다는 것도 두렵다. 인도 바라나시 갠지스 강가에는 사람이 죽으면 그 시체를 태워 강물에 흘려 보내는 화장터가 있는데 인도 사람들의 평생 소원 중의 하나는 죽은 뒤 그곳에서 화장되어 신성한 갠지스 강에 뿌려지는 것이라고 한다. 이유인즉슨 그렇게 하면 환생의 고리를 끊을 수 있어서 힘든 이 세상에 다시 태어나지 않고 영원히 극락왕생할 수 있다는 믿음 때문이다. 산다는 것은 기쁜 일이지만 또 한편으로는 누구에게도 호락호락하지 않은 것이기도 하다.

사람들은 누구나 젊게 살기를 소망하며 금전적으로나 체력적으로나 노력을 아끼지 않는다. 하지만 젊게 사는 것보다 더욱 중요한 것은 생명이 있는 모든 것이 세월의 흐름에 따라 나이를 먹고 늙어간다는 자연의 이치를 이해하고 받아들이는 일이다. 육신은 나이를 먹어감에 따라 기력이 떨어지고 노쇠해질지라도 세상을 바라보는 눈과 마음은 오래된 나무와 같이 풍성해 지리라 믿는다. 세상을 향해 칼날 같던 마음은 한층 부드러워지고 혈기로 총총하던 눈빛은 보다 지혜롭게 반짝일 것이다. 그런 마음과 눈을 가질 수 있다면 늙어서도 영원히 아름다울 수 있으리라. 한 가지 아쉬운 것이 있다면 나이가 드는 것은 나쁘지 않지만 지금 알고 있는 것을 그때도 알았더라면 얼마나 좋았을까 하는 생각이다.

나는 살 수 있는 날까지, 순리대로 자연스럽게 늙어갈 수 있기를 소망한다. 바라는 게 있다면 내 마음이 이끄는 대로 무언가를 할 수 있다면 좋겠고, 살아있는 동안 마음껏 사랑하고, 힘껏 세상을 보듬다가 그렇게 갈 수 있다면 더 이상 바랄 것이 없을 것 같다.

그러고 보니 나는 신이 아닌 '인간' 이라 얼마나 다행인가!

오후의 낮잠

죽은 '개' 아닙니다.
단지, 오후의 낮잠을 즐기고 있을 뿐이랍니다.

현재의 삶이 힘들어서 '떠남'이 아닙니다.
그저, 다른 곳에서 일상을 '연장'한 것뿐이랍니다.

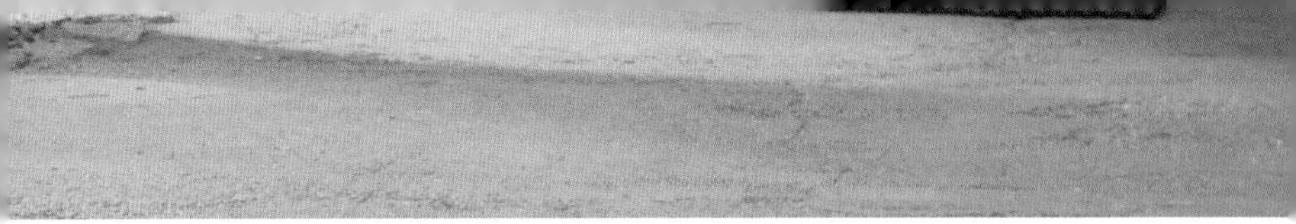

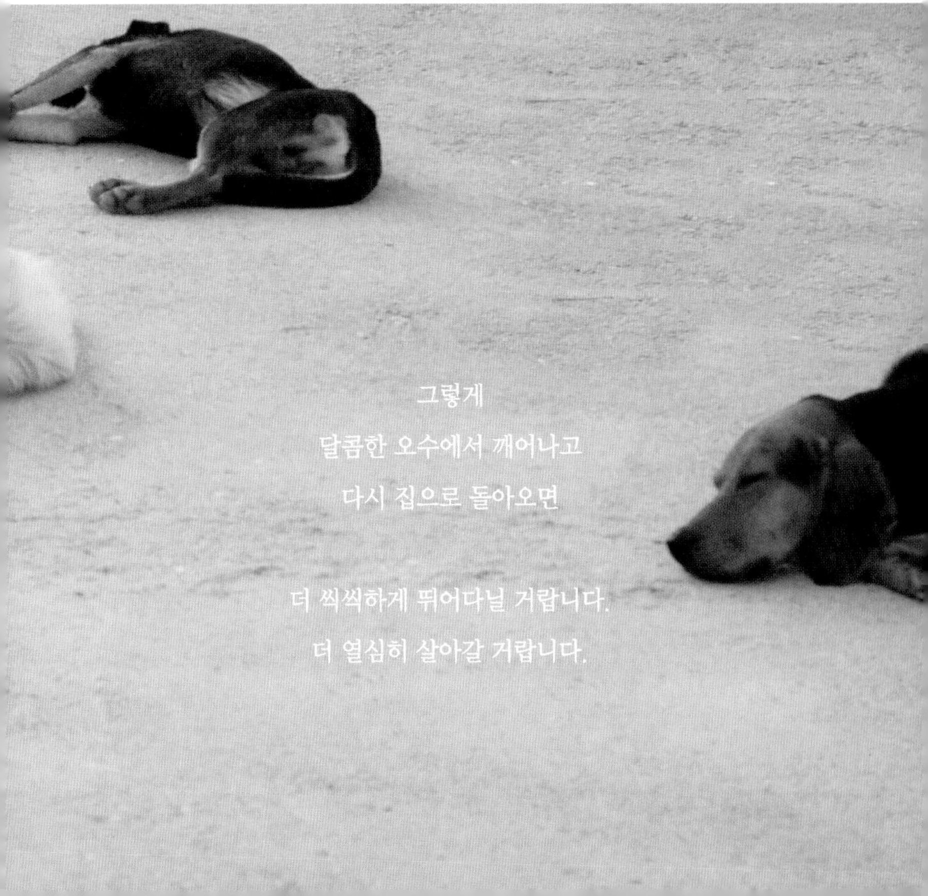

그렇게
달콤한 오수에서 깨어나고
다시 집으로 돌아오면

더 씩씩하게 뛰어다닐 거랍니다.
더 열심히 살아갈 거랍니다.

Creta

Chapter 03 | 크레타 섬 이야기

크레타 섬은 영어로는 '크리트' 섬이라고 부른다. 그리스의 최남단에 자리 잡은 길쭉한 섬으로, 가로 길이만 해도 250여 킬로미터나 되어 섬이라고 불러야 할지 의문이 가기도 한다. 섬은 행정 구역상 크게 하니아, 레심노, 이라클리오, 라시티의 네 개 주로 나뉘어 있다. 크레타 섬은 유럽 최초의 문명이라 일컬어지는 '미노아 문명'과 함께 에게 문명이 시작된 곳으로 유럽 문명의 어머니 같은 존재이며 신화 속 제우스 신이 자라난 곳으로 알려져 사람들의 상상력과 호기심을 자극한다. 자기 자식에게 지배권을 빼앗기고 만다는 신탁 때문에 자식이 태어나는 족족 삼켜버리는 시간의 신인 '크로노스'를 피해 레아가 아기 제우스를 안전한 곳으로 피신시킨 곳이 바로 크레타 섬이다. 또한 크레타 섬은 그리스의 위대한 작가 '니코스 카잔차키스'가 태어난 곳이자 그의 소설 『그리스인 조르바』의 무대가 된 곳으로 오늘날

그와 조르바의 흔적을 찾아오는 사람들의 발길이 끊이지 않고 있다. 물론 이곳의 아름다운 바다와 태양, 활기 넘치고 친절한 크레타 사람들, 다양하고 맛있는 음식 또한 빼놓을 수 없다. 신화와 소설 그리고 자유를 찾아가는 여행이 있는 곳. 그래서 크레타 섬을 여행할 때는 그 어떤 장소보다 눈 대신 가슴과 머리가 힘차게 살아 움직임을 느낀다.

03 Crete

웰컴 투 크레타!

낯선 곳에 도착해서 홀로 길을 알아가는 것도 재미있지만 의지할 누군가가 있다는 사실은 꽤 안심이 된다. 호탕한 웃음소리, 허풍이 섞인 유머감각, 크레타 섬에 대한 대단한 자존심을 가진 그의 이름은 야니스. 그러고 보면 그리스 남자 열 명 중 절반이 야니스라는 이름을 가진 것 같다. 그에게 내 이름은 '은경' 이라고 알려주자, 몇 번 틀리게 발음하더니 너무 어렵단다. 사실 내 이름이 좀 어렵긴 하지. 외국 사람들에게는 '은' 이라는 발음도 힘들고 '경' 은 더더욱 힘이 드니까.

"발음이 좀 어렵지? 그런데 한국에서는 진짜 쉽고 흔한 이름 중 하나야. 영어 이름의 '제인' 처럼 말이야."

"그래? 그럼 그냥 제인이라고 부를게."

갑자기 내 이름이 제인으로 둔갑하는 순간이다. 어쩜 한 번의 망설임도 없이 너무한 거 아니야? 이렇게 급한 성격을 숨기지 못하는 야니스. 그를 만난 건 역시 한국에서였다. 크레타 섬 홍보를 위해 출장을 온 그를 박람회장의 홍보관에서 우연히 만나게 되었는데 그는 한국엔 아직 많이 안 알려졌지만 크레타는 정말 아름다운 섬이라며 꼭 놀러 오라고 했다. 그래서 우리는 진짜 크레타 땅을 밟게 된 것이다. 젊은 나이에 벌써 조그만 여행사의 사장이기도 한 그는 대학에서 역사 과목을 가르치기도 한단다. 그래서인지 조국 그리스와 자신이 태어난 땅 크레타 섬에 대한 자부심이 온몸에서 철철 넘쳐흘렀다. 나는 백 퍼센트 크레타 사람이라고 자랑스럽게 말하는 야니스 덕분에 크레타 섬의 여러 곳을 알게 되었고, 크레타 사람들의 따뜻한 미소와 정감 어린 환대를 느낄 수 있었다. 그가 없었더라면 나는 크레타 섬의 겉만 보고 실망했을지도 모른다. 산토리니 섬이나 미코노스 섬이 첫눈에 반하는 상대라고 한다면 크레타 섬은 시간을 두고 천천히 알아가면서 반할 수 있는 상대라고 말하고 싶다. 아름다운 풍경과 그 속에 깃든 오래된 역사도 좋았지만 무엇보다 크레타 사람들 때문에 크레타 섬에 반할 수 있었다.

여행 후 친구들이 묻는다. “크레타 섬 어디가 좋았어?”

나는 대답한다.

“응, 사람들, 사람들이 참 좋더라.”

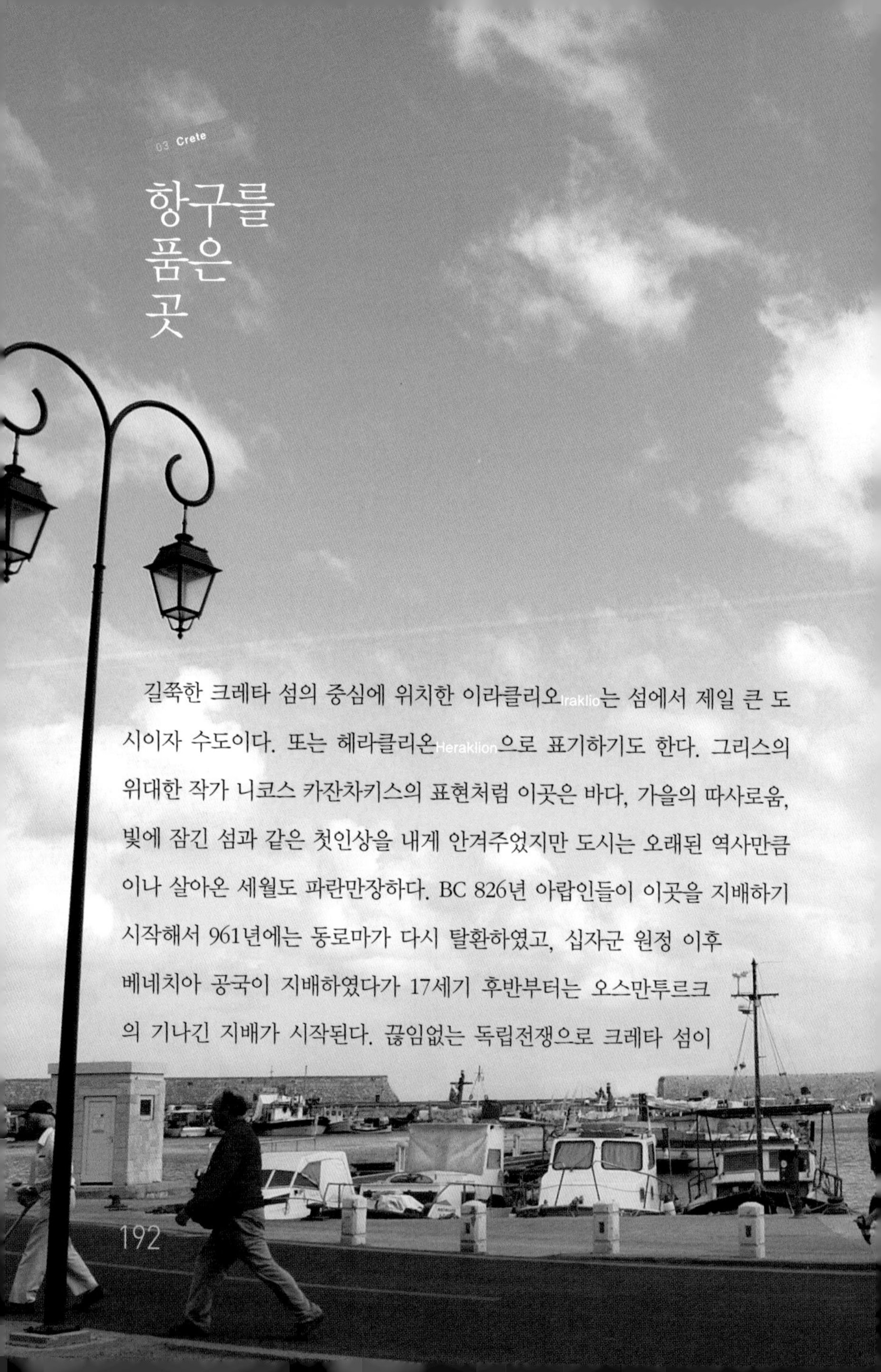

항구를 품은 곳

길쭉한 크레타 섬의 중심에 위치한 이라클리오Iraklio는 섬에서 제일 큰 도시이자 수도이다. 또는 헤라클리온Heraklion으로 표기하기도 한다. 그리스의 위대한 작가 니코스 카잔차키스의 표현처럼 이곳은 바다, 가을의 따사로움, 빛에 잠긴 섬과 같은 첫인상을 내게 안겨주었지만 도시는 오래된 역사만큼이나 살아온 세월도 파란만장하다. BC 826년 아랍인들이 이곳을 지배하기 시작해서 961년에는 동로마가 다시 탈환하였고, 십자군 원정 이후 베네치아 공국이 지배하였다가 17세기 후반부터는 오스만투르크의 기나긴 지배가 시작된다. 끊임없는 독립전쟁으로 크레타 섬이 그리스 령이 된 것은 1913년. 이 땅의 오랜 역사를 생각할 때 그리스 사람들이 비로소 주인 행사를 할 수 있게 된 것은 정말 짧은 시간인 것이다. 집은 분명 나의 소유인데 자꾸만 다른 사람들이 문패를 바꿔가며 집주인 행세를 했으니 진짜 주인의 속은 그동안 얼마나 아프고 힘들었을까. 그런 아픔을 아는지 모르는지 하늘은 눈부시게 맑고 바다는 옥빛을 띠며 푸르기만 하다. 아무래도 오래된 것에는 아픔과 아름다움이 공존하고 있는 것 같다.

야니스의 도움으로 푸른 바다를 끼고 있는 구 항구와 베네치안 요새 Koules - Venetian Fortress가 내려다보이는 창문이 달린 곳에 숙소를 잡았다. 멀리 바다가 보이는 창문은 참 낭만적이라는 생각이 든다. 창문을 열고 숨을 크게 들이쉬니 바다가 가슴 한가득 들어온다. 그곳에서 불어오는 짭조름한 바다 내음이 허파에 와 닿는 느낌이 좋다. 짐을 대충 풀어 놓고 항구로 산책을 나간다. 그리스 섬의 웬만한 곳은 모두 항구를 품고 있어서

사람의 감정을 늘 자극한다. 그곳엔 항상 떠나는 아쉬움과 만나는 기대감이 교차한다. 여행도 그런 것 같다. 현실과 이상의 경계에 있는 듯한 느낌. 그 교집합 속에서 때론 방황도 하고 때론 신선한 자유를 느낀다. 그래서인지 이제는 항구가 지겨울 만도 하건만 여전히 항구를 보면 설렘이 인다. 얼마 뒤면 나도 저 항구를 통해 그런 감정을 느끼게 될 것이다.

항구에 있는 베네치안 요새로 가는 길은 휘파람이 절로 나온다. 하늘엔 흰 구름이 둥둥, 바다 위엔 배들이 동동. 요새는 그 이름에서 알 수 있듯 16세기 베네치아 지배 시절에 만들어졌다. 베네치아가 물러나고 터키가 지배할 때는 반란군들을 수감하는 감옥으로도 쓰였다는데 지금은 그저 동네 주민들과 여행자들의 좋은 산책코스가 되어 주고 있을 뿐이다. 파도가 와서 부딪히는 요새의 뒤편 한쪽에서는 거리의 악사가 아코디언으로 음악을 연주하고 있고 그 옆으로 바다를 향해 뚫린 조그만 통로에는 꼬마 아이가 혼

자 앉아 꾸벅꾸벅 졸면서 책을 읽고 있다. 그 모습을 보니 나도 덩달아 졸음이 밀려든다. 졸음을 깨기 위해 시내로 발걸음을 돌린다. 이라클리오 시내는 여느 시내와 다를 바 없이 활기차고 현대적이다. 대단한 것을 기대하고 온다면 실망하기 딱 좋지만 실망하기에 앞서 여행자의 기대가 얼마나 높았는지와 이곳에 머물렀던 시간이 얼마나 되는지부터 물어야 할 것 같다. 나는 그랬다. 첫째 날보다는 둘째 날이 좋았고, 둘째 날보다는 그 다음날이 더 좋았다. 시내 구경은 베네치아 시절에 만들어진 '사자 분수'라는 이름으로 더 유명한 모로시니 분수Morosini Fountain가 있는 베니젤로우 광장Plateia Venizelou에서 시작된다. 분수를 에워싸고 있는 이곳은 도시의 중심으로 타베르나와 카페가 가득해서 누구나 이곳에서 커피 한 잔 즐기는 여유를 가진다. 다음은 어디로 갈까? 그 행선지로는 어떻게 가야 할까? 지도를 보며 작전을 짜는 일종의 베이스캠프 같은 역할을 하는 것이다. 나도 한 곳에 자리를 잡고 진한 그리스 커피 한 잔을 마시며 지도를 들여다본다. 이라클리오는 지도 속에 역사를 담고 있기도 하다. 지도를 가만히 들여다보면 몇 개의 길 이름이 나란히 눈에 뜨인다. '에반스Evans'라는 길은 크노소스 궁전 유적을 발굴한 영국인 에반스A. Evans 경의 이름을 딴 것이고, 그 옆의 '1866'이라는 이름이 붙여진 길은 대학살이 일어난 해로 터키인들에 의해 학살된 그리스 국민들을 추모하

기 위해 붙여졌다고 한다. 바로 그 옆의 길 '1821' 은 터키 지배에 반발해 그리스 독립전쟁이 일어난 해이다. 그렇게 과거는 잊혀지지 않고 현재 속에서 자연스럽게 기억되고 있다.

"야니스, 나 시장에 꼭 가 보고 싶은데 시장은 어디로 가야 해?"

"재래시장은 1866이라는 길에 있어."

"1866? 나, 거기 알아! 고마워!"

예전에 텔레비전에서 이곳 시장의 풍경을 보고 꼭 가 보리라 마음먹었다. 어느 곳이든 시장이 주는 활기는 여행자의 마음을 들뜨게 한다. 흔하게 먹는 채소며 과일도 우리가 먹는 것과 모양이 조금 다르다는 이유만으로 그저 신기하기만 하다.

싱싱한 먹거리들을 바로 눈앞에 두고 발걸음을 돌리려니 숙소에 부엌이 딸려 있지 않은 것이 못내 아쉽다. 다음 여행에는 기필코 그런 방을 얻어서 장바구니를 들고 어슬렁거려 보고 싶다. '그러다 채소를 저울에 슬쩍 올리고 어눌한 현지어로 가격 흥정도 해 봐야지. 그렇게 사 온 재료들로 멋진 요리를 만들어 사람들도 초대해야지.' 이런 상상만 해도 여행자의 마음은 즐거워졌다.

시장은 파장할 시간이 되었는지 한 집 한 집 물건을 안으로 거두기 시작한다. 그러고 보니 아까보다 훨씬 해가 어둑어둑해졌다. 시장을 빠져 나와 다시 시내 번화가로 발걸음을 옮긴다. 낮에 잠깐 들렀던 시내는 어쩐 일인지 썰렁하기 그지없었는데 저녁시간이 다가와 다시 찾은 시내는 여기가 같은 곳이 맞나 싶을 만큼 사람들로 북적거린다. 가게마다 불을 밝히고 멋을 잔뜩 부린 사람들이 거리를 활보하고 있다. 밤의 세계가 문을 연 것이다. 낮 시간 동안 휑하게 느껴졌던 이유는 그때가 바로 시에스타 시간이었던 것.

그리스 본토의 대도시에서는 요즘엔 잘 지켜지지 않는다고 하지만 그리스에도 지중해 국가답게 시에스타가 존재한다. 사람들은 한낮의 더위를 피해 점심 시간부터 이른 오후 시간까지 대부분 가게 문을 닫고 휴식에 들어간다. 그래서 저녁 식사는 오후 여덟시나 돼서야 시작하는 사람들이 많다. 밤이 찾아든 시내는 시민들과 여행자들이 어울려 즐거운 소음을 쏟아내고 있었다. 여행도 어쩌면 '시에스타' 같은 것일지도 모른다.

일상으로 돌아가서 즐거운 에너지를 쏟아내기 위해 지금은 잠깐 휴식 중.

만남과 헤어짐이 교차하는 그곳에서

내 가슴은 뛴다.

03 Crete

길 위의 스승

밤새 쌀쌀하게 불어오던 바람이 지나가고 아침이 되니 숙소 방 창문을 통해 조금은 따스해진 바람이 솔솔 불어온다. 여행을 떠나서 하게 되는 중요한 일과 중 하나는 매일 아침 눈을 뜨면 창문으로 달려가 오늘의 날씨를

확인하는 것이다. 날씨가 좋은 날엔 안도의 기지개를 켜고 세수를 한 다음 가벼운 복장에 카메라를 올러메고, 창문 너머 어렴풋이 느껴지던 햇살과 바람을 맞이하러 아침 산책길에 나선다. 항구로 가는 산책 길. 집시처럼 보이는 아이들 두 명이 갑자기 무언가를 손으로 가리키며 내 쪽으로 다가온다. 그간의 여행 경험으로 인해 본능적으로 지갑이 들어 있는 가방의 지퍼가 열려 있는지 확인한다. 하지만 아이들의 손이 가리키는 것은 내가 메고 있던 카메라였다. 그 다음 손으로 가리킨 것은 바로 자기 자신.

아이들이 원한 건 그저 사진이었다. 그제서야 나는 한 템포 느리게 웃으며 아이들 사진을 찍어 준다. 카메라의 눈을 통해 본 아이들은 장난스러운 몸짓으로 내게 아침 인사를 건네 오고 있었다. 사진을 찍은 후 액정화면에 나타난 그들의 모습을 보여주니 아이들은 서로 얼굴을 바라보며 키득키득 웃는다. 사진을 보내달라고 한 것도 아니고 결국은 낯선 이방인의 카메라에 담겨져 잊혀질 텐데 무엇이 그리 좋은지 해맑게 웃고 있는 아이들을 보니 얄팍한 여행자의 마음은 금세 후회로 가득 찬다.

얘들아, 아주 잠깐이지만 오해해서 미안해. 오늘 아침 또 이렇게 무언가를 깨닫게 되는구나. 길 위에서 만나는 모든 사람이 나에게는 가르침을 주는 스승이 된다는 것을 말이야. 고마워. 너희들의 웃음을 가슴에도 담아둘게.

03 Crete

과거로 향하는 시간 여행

나는 박물관이나 유적지에 관심이 없는 편이다. 거기에는 학창시절 국사 과목을 유달리 못했던 이유도 한몫을 한다. 아무개가 쓴 무슨 책, 그 시대의 뛰어난 건축물 등 그 책이 어떤 내용인지 그 건축물이 왜 유명한지 생생하게 느껴보기도 전에 교과서 안의 활자로 건조하게 만나는 역사는 언제나 날 심드렁하게 만들었다. 그로 인한 후유증은 여행을 가서도 좀체 나아지질 않아서 아무리 유명하다 한들 내가 알지 못하는 유적지엔 잘 가지 않게 되었다. 가이드북에서 추천하는 꼭 가 보아야 할 명소보다 나의 마음을 끄는 것은 늘 이름 모를 골목이나 사람들의 활기가 느껴지는 시장, 현지인들의 소소한 일상 같은 것이었다. 그래서 나는 현재진행형의 삶에만 관심이 있는 사람이라고 생각해 왔다. 그런데 여행을 하면 할수록 현재의 나는 과거의

내가 쌓여서 이루어진 모습이 아닌가 하는 깨달음 아닌 깨달음이 찾아왔다. 생각해 보면 지금 '과거'라고 부르는 것이 과거에는 '현재'였을 것이다. 그런데 현재의 삶은 소중하고 과거의 삶은 관심이 없다고 하는 것은 무언가 앞뒤가 맞지 않는 것 같다. 그렇게 생각하자, 과거를 찾아가는 여정이 한층 더 즐거워졌다.

그 여정은 크레타 섬에서도 이어졌다. 유럽 문명의 어머니와 같은 존재이자 에게 문명이 시작된 크레타 섬. 섬에 발걸음을 들여놓게 되면 아무리 역사에 관심이 없는 사람도 박물관이나 유적지를 한 번쯤은 가지 않을 수가 없다. 크레타 섬 방문의 최대 이유가 바로 '과거'이기 때문이다. 차곡차곡 쌓인 시간의 과거가 없었다면 오늘날의 크레타 섬도 존재하지 않았을 테니까. 나와 같은 동양인들에게는 크게

와 닿지 않을 수도 있는 과거지만 서양인들에게 크레타 섬은 분명 그들의 정신적 고향과 같은 역할을 한다. 먼 곳에서 비행기에 몸을 싣고 배를 타기도 하며 빛바랜 유적을 찾아오는 일은 마치 멀리 입양된 자식이 자신의 뿌리를 찾기 위해 잃어버린 부모를 찾아오는 일 같아 보인다.

그 여정의 중심에 바로 '크노소스Knossos궁전'이 있다. 수도인 이라클리온에서 차를 타고 20분쯤 달리기만 하면 미노아 문명의 중심에 손쉽게 닿을 수 있다. 미노아 문명은 기원전 1600년 경, 그러니까 약 4천 년 전에 만들어진 인류 고대 문명이다. 4천 년이라니! 언뜻 얼마나 오랜 세월인지 가늠이 안 된다. 만일 사람이 백 년을 살 수 있다고 가정한다면 마흔 번이나 죽었다 다시 살 수 있는 세월인 것이다.

크노소스 궁전이 사람들의 발길을 잡는 이유는 고대 문명의 흔적 말고도 신화 속 '미로의 궁'으로 유명하기 때문이다. 크레타의 왕 '미노스'의 부인인 왕비 '파시파에'는 어느 날 한 마리의 황소에게 흑심을 품게 되었다. 손재주가 좋았던 '다이달로스'는 그런 왕비에게 나무로 만든 가짜 소를 만들어 주었고, 그 가짜 소 안에 숨어든 왕비는 황소의 씨를 받아 아이를 낳게 되는데 아이는 얼굴은 소의 모습을 하고 몸은 사람의 형상을 한 괴물 '미노타우로스'였다. 사람을 잡아먹고 사는 이 괴물은 아주 골칫거리였지만 엄연히 왕비가 낳은 생명이므로 죽일 수는 없는 노릇. 그래서 미노스 왕은 다이달로스에게 부탁해 한 번 들어가면 절대로 밖으로 빠져나올 수 없는 '미궁'을 만들어 괴물을 가둬 달라고 한다. 그리고 아테네 왕국의 사람들을 괴물의 먹이로 바치도록 했다. 자신의 나라 사람들이 제물로 바쳐지는 걸 보다 못한 아테네의 왕자 '테세우스'는 괴물을 죽이기 위해 자신이 직접 제물이 되어 미궁으로 들어간다. 테세우스는 괴물을 죽이고 무사히 미궁을 빠져 나오게 되는데 이는 미노스 왕의 딸 '아리아드네' 덕분이었다. 그녀는 왕자가 미궁에 들어갈 때 그의 손에 실타래 하나를 쥐어 주었다. 이것이 바로 '아리아드네의 실타래'이다. 그는 미궁의 입구에 실을 묶고 실타래를 들고 들어갔다가 나올 때 다시 실을 되짚어 밖으로 빠져 나온 것이다. 그녀에게 실타래를 알려준 것은 바로 미궁을 만든 다이달로스였다. 이에 화가 난 미노스 왕은 다이달로스와 그의 아들 이카루스를 함께 미궁에 가두어 버린다. 그들은 새의 깃털을 몸에 붙이고 날아서 미궁을 탈출하는데 이카루스는 태양에 너무 가까이 올라가는 바람에 밀랍이 태양에 녹아 추락하고 만다. 누구나 한 번쯤은 들었을 '이카루스의 날개' 이야기다.

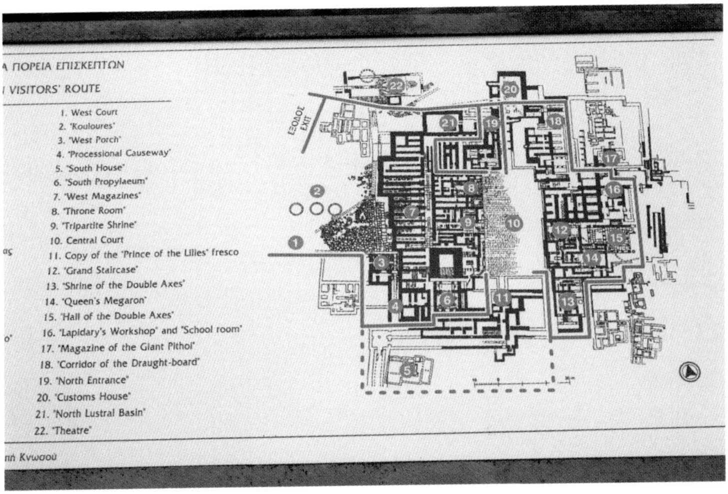

역사와 마찬가지로 나는 '신화' 역시 좋아하지 않았다. 일단 신화 속 수많은 이름들은 책을 아무리 여러 번 읽어도 머릿속에서 뒤죽박죽되어 매번 누가 누군지 헷갈렸고, 무엇보다 '이런 말도 안 되는 이야기를 왜 읽어야 하는가' 라는 마음이 들었다. 하지만 신들의 땅이라고 부르는 그리스를 여행하면서 내 눈앞에 고스란히 펼쳐지는 신화 속 배경으로 인해 다시 신화를 찬찬히 읽어보았고 그 이후로는 생각이 많이 바뀌었다. 책 속에서 저자는 말한다. 신화란 무엇인가?

"무수한 신들이 연출하는 이야기는 훗날 인간 세상에서 그대로 되풀이된다. 신화를 아는 일은 결국 인간을 아는 일이다. 신화가 인간을 이해하는 열쇠가 되기 때문이다."

말도 안 되는 것 같은 신화 속 이야기는 결국 우리들 인간의 이야기다. 산다는

일은 어쩌면 미궁과도 같지 않을까. 미리 실타래를 준비하는 사람은 잘 빠져 나올 수 있을 것이고, 무사히 빠져 나왔다고 해도 자칫 욕심을 내면 이카루스처럼 다시 추락하게 될지도 모르는 일이니까. 미로처럼 복잡한 궁전의 지도를 보며 다음 발걸음을 옮겼다.

크노소스 궁전은 지금도 계속해서 발굴 중이기 때문에 어떻게 보면 꼭 짓다만 건물처럼 보여서 과거에 1400여 개의 방을 가진 미로 형태의 복식 4층 건물이었다는 것이 믿기지 않는다. 함께 동행한 카르멘 역시 흥미롭게 이곳저곳을 둘러보다 나를 부른다. "여기가 궁전에서 가장 인기 있는 곳이야. 다른 곳은 한산한데 여긴 줄을 서야 되거든." 아니나 다를까 이곳만 유달리 사람들이 길게 줄을 서 있다. 나도 호기심에 이끌려 줄을 선다. 이곳은 왕좌의 방. 안으로 들어가니 그저 작은 방이었지만 벽에 그려진 그리핀독수리 머리에 사자의 몸을 한 신화 속 동물의 모습이 독특하다. 방을 한 바퀴 돌아 밖으로 나오니 오후의 햇빛에 눈이 부시다. 과거에서 다시 현실로 돌아왔구나.

사람들은 크노소스 궁전을 방문하면 찬란했던 문명의 흔적에 감동을 받는다는데 나는 부서진 기둥 사이를 걸으며 머리에 내리쬐는 햇빛과 어디선

가 솔솔 불어오는 바람을 만끽하는 것이 더 마음에 와 닿았다. 게다가 세 여인이 그려진 고대의 벽화 그림을 감상하는 것보다 그 앞에서 세 여인이 즐거이 웃으며 사진을 찍는 모습을 보는 것이 더 재미가 있으니 어쩌면 좋은가. 아마도 잃어버린 시간의 잔재 위를 걸으며 잃어버린 나에 대해 생각하는 시간들이 훨씬 소중하게 느껴져서 그런 것이 아닐까. 현재의 이 시간도 조금 후면 과거가 될 운명. 그러니 지금 주어진 이 시간에 충실하리라.

잃어버린 시간을 찾아가는 길

크노소스 궁전은 이라클리오에서 남동쪽으로 5킬로미터 정도 떨어져 있는 가까운 거리에 위치하므로 버스로 손쉽게 갈 수 있다. 크노소스 궁전뿐 아니라 크레타 섬은 섬 전체가 하나의 고대 박물관이라고 해도 될 만큼 아름다운 자연과 풍부한 유적지를 가지고 있어서 크레타 섬 어디로 가든 시간을 거슬러가는 여행을 하는 듯한 느낌이 든다. 그 출발은 이라클리오 항구 근처에 위치한 버스 정류장에서 시작한다. 이곳에서 크노소스는 물론 아르하네스, 레심노, 하니아, 아기오스 니콜라오스 등지로 갈 수 있다.

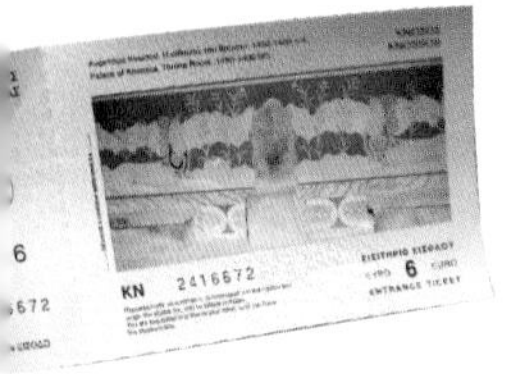

매표소에서 행선지를 말하고 버스 티켓을 구입하면 된다. 단, 그리스에서는 한 번 산 버스표는 무슨 일이 있어도 절대로 환불이 되지 않는다는 점을 명심!

버스 정류장 안으로 들어가면 각 행선지가 몇 번 정류장에서 출발하는지 알려주는 커다란 게시판이 붙어 있다.

레심노, 하니아 등 섬의 서쪽으로 가는 노선은 3번 플랫폼에서 출발한다.

크노소스 행 버스는 사람들이 제일 많이 타므로 금방 눈에 띈다.

고고학 박물관

잃어버린 시간을 찾기 위한 여행에 크노소스 궁전 다음으로 꼭 가 보아야 할 장소는 다름 아닌 '고고학 박물관Archaeological Museum'이다. 고대 크레타 문명의 유물들을 전시해 놓은 곳으로 옛 크레타 인들의 뛰어난 예술적 감각과 기술을 느낄 수 있다. 전시실에는 벽화를 비롯한 여러 조각품, 금 세공품, 도자기 등이 전시되어 있다. 전시품을 보고 있으면 시간의 흐름에 따라 그 모습은 깨어지고 닳을지언정 아름다움을 느끼고 추구하는 마음은 시간의 흐름과 상관없이 영원하다는 사실을 깨닫게 된다.

버스 정류장에서 걸어서 10분 내의 거리에 위치해 있다.

Open 월: 13:00~19:30 | 화~토: 8:00~19:30 | 일요일 휴무

백합 왕자 벽화Prince with the Lilies fresco

황소머리 술잔Bull's Head rhyton

뱀의 여신The Snake Goddess)

파에스토스의 원반Clay Phaestos Disc

03 Crete

마음 속 2퍼센트

"전통 마을 구경하고 싶다고 했지? 내가 잘 아는 예쁜 마을이 있어!"

기꺼운 발걸음으로 야니스와 카르멘을 따라 나선다. 산 아래 위치한 마을 '아르하네스Archanes'는 크노소스 궁전에서 차로 딱 10분 거리에 있다. 동네 입구를 들어서는데 왠지 이곳을 좋아하게 될 것 같은 느낌이 든다. 아침에 눈을 뜨면 오늘은 어쩐지 기분 좋은 하루가 될 것 같은 느낌과 비슷하다고 할까? 그런 기분이 드는 날은 모든 것이 달라 보이고 특별하게 느껴지는 것처럼 아르하네스의 첫 인상도 그랬다. 조용하고 아담한 동네인 이곳의 작은 광장에는 몇 개의 타베르나와 카페가 있어 느긋하게 쉬어갈 수 있다. 나무로 만든 야외

테이블에 앉아 식사를 기다리는 시간은 즐거웠다. 식당 주방장 아저씨가 불 위에 고기를 올려놓고 맛있는 냄새를 피우며 굽고 있는 사이, 오후의 따뜻한 햇살은 테이블 위로 내려앉고 새들의 지저귀는 소리가 상쾌한 공기 속에 퍼진다. 이런 비현실적인 순간이라니! 이 순간을 뚝 떼어 어딘가에 저장이라도 해 놓고 싶다. 카메라로 이렇게 저렇게 사진을 찍어 보지만 그래도 어딘가 2퍼센트 부족하다. 부족한 2퍼센트는 내 마음속에 차곡차곡 채워 넣는다. 하지만 여행을 떠나게 만드는 건 눈에 보이는 98퍼센트가 아니라 마음속을 채우는 2퍼센트 때문인 것 같다. 그 2퍼센트를 마저 채우기 위해 동네 산책에 나선다.

광장을 둘러싼 나지막한 건물들 사이로 동네로 향하는 골목이 나 있다. 골목 양쪽으로 알록달록한 집들이 인상적이다. 오래된 전통 마을이라고 하

기엔 현대적이고, 일반적인 집이라고 하기엔 고풍스럽고 손때 묻은 느낌이 난다. 야니스 말로는 원래는 굉장히 오래된 건물들이었지만 유럽연합 기금으로 리모델링을 한창 진행하고 있다고 한다. 그렇다고 옛 건물을 완전히 허물고 새로 짓는 것이 아니라 약간의 보수 공사를 통해 전통 마을을 그대로 보존하고 있다는 것이다. 그 이유는 아르하네스 마을은 지금은 그 잔재만 남아 있지만 과거 미노안 궁전이 있던 곳으로 고고학적 가치가 큰 마을이기 때문이라고. 마을 사람들은 자신의 마을이 옛 것을 버리고 새롭고 편리하게 재탄생하는 것보다 조금은 불편하더라도 지금 이대로의 모습을 유지한 채 보존하는 것에 큰 자부심을 느끼고 있었다. 그들도 알고 있는 것이다. 눈에 보이는 98퍼센트보다 마음 속 2퍼센트가 더 중요하다는 사실을!

03 Crete

그들만의 공간, 카페네이오

사람은 누구나 자신만의 공간을 갖고 싶어한다. 누구의 방해도 받지 않고 나만의 오롯한 시간을 보낼 수 있는 공간은 그만큼 내 마음에 여유를 준다. 가끔은 세상의 잔소리로부터 도망갈 수 있는 공간이 되어 주기 때문이다.

"여긴 남성들만의 공간이지." 파란색 창틀이 인상적인 길거리의 카페를 가리키며 야니스가 말한다. 금남의 집은 들어봤어도 금녀의 집은 못 들어 봤는데?

"왜? 여자가 들어가면 안 되는 이유라도 있어?"

"이곳은 카페네이오Kafeneion라고 부르는 남자들만의 카페야. 커피나 우조를 마시면서 잡담도 나누고 게임도 즐기는 일종의 사교 장소지. 사실 젊은 남자들은 잘 안 가. 주로 은퇴한 아저씨들이나 노인들이 하루 종일 시간을 때우기 알맞은 곳이거든." 카페 안을 슬쩍 들여다보니 야니스의 말처럼 카페 안의 사람들은 모두 남자들이다. 혼자서 신문이나 텔레비전 중계를 보는 사람도 있고, 한쪽에선 무슨 게임인지 판이 크게 벌어져서 테이블을 빙 둘러싼 아저씨들의 표정이 예사롭지 않다. 아마 우조 사기 내기 게임이라도 벌어졌나 보다. 카페 밖 야외 테이블에 앉아 있는 아저씨들은 그리스 커피를 홀

짝이며 손에는 저마다 묵주와 비슷한 '콤볼로이'를 심심풀이 삼아 돌리고 있다. 차마 안으로 들어가지는 못하고 밖에서 기웃거리고 있으니 카페 안 아저씨들이 자꾸 나를 쳐다본다. 서로가 서로를 구경하는 셈이다. 그런데 구경하는 눈빛들이 참 따뜻하다. 나를 구경하는 눈길에 전혀 불쾌하지도 주눅들지도 않는다. 말은 통하지 않아도 마음으로, 눈으로 소통이 된다는 것을 느끼는 순간이다. 언제부터인가 사람 사진 찍기를 좋아하게 된 나는 상대방의 눈빛을 보면 찍어도 좋을지 아닐지에 대한 판단이 서게 되었다.

눈빛만 봐도 통한다는 것은 얼마나 즐거운 일인지 모른다. 그리고 신기하기도 하다. 언어가 다르면 전혀 소통이 되지 않을 거라고 생각해 왔는데 정작 소통의 부재는 같은 말을 사용하는 사람들 사이에서 더 많이 일어난다.

남성들만의 성역과도 같은 카페네이온은 그리스 전역에 있지만 산토리니나 미코노스 섬과 같은 관광지에서는 쉽게 찾아볼 수 없었는데 크레타 섬에 오니 종종 눈에 띈다. 이라클리오 같은 큰 도시보다 아르하네스처럼 작은 시골 마을의 카페네이온이 더욱 정겹다.

어째서 남자들만 허용되는 카페가 생긴 것일까? 사실 남자들만 출입할 수 있는 것은 아니고 여자들도 갈 수 있다. 단, 그들만의 공간을 침입함으로 인해 생기는 야릇한 공기를 기꺼이 견뎌내고 즐길 수만 있다면 말이다. 이러한 카페네이오는 '오리지널 커피숍'으로서 과거 터키 지배 하에서 생겨난 산물이라고 한다. 아마도 남성 우위의 이슬람 문화권 영향이 아닌가 싶다.

부인의 잔소리를 피해서 혹은 무료한 시간을 달래기 위해 그리스의 남자들은 이곳으로 매일같이 모여든다. 담배를 피우고, 게임을 즐기고, 하릴없이 담소를 나누며 커피나 우조를 들이키거나 혼자서 생각에 빠져 있는 사람들. 약간은 나른하면서도 편안해 보이는 풍경이다. 마음껏 늘어져 있어도 누구 하나 간섭하는 사람도 없고 바삐 돌아가는 이 세상에 아무것도 바라지 않는 진정 자유로운 그들만의 공간인 것이다.

나는 지금껏 '나만의 공간' 만 꿈꿔왔는데 '그들만의 공간' 으로 인해 이제는 다른 사람의 공간에 대해서도 생각을 해 보게 되었다. 그것이 눈에 보이는 공간이든 마음속의 공간이든 말이다. 오늘도 여전히 '나만의 공간' 을 꿈꾼다. 하지만 이제는 혼자만의 공간이 아닌 더불어 자유로워질 수 있는 여유가 스며든 공간을 그려본다.

03 Crete

느린 여행의 미학

"네? 휴가가 육 개월이나 된단 말이에요?"

동그래진 눈, 벌어진 입을 다물지 못하고 믿을 수 없다는 듯이 재차 묻는다. "그리 놀래실 것 없어요. 휴가가 육 개월이 맞긴 한데 월급이 없는 무급 휴가거든요. 그래서 돈을 분배해서 쓰기가 쉽지 않죠. 그리고 일하는 육 개월은 정말 바쁘고 힘들어요. 주말도 없이 거의 하루에 이십사 시간 일하는 거나 마찬가지예요." 크레타 섬의 한 호텔에서 매니저로 일하는 크리스틴의 답변이다. 그래도 나는 부러움의 눈길을 쉽게 거둘 수가 없다. 여행을 좋아하

는 나에게 자유롭게 쓸 수 있는 육 개월의 휴가가 주어진다면 나머지 육 개월 동안은 죽도록 일만 할 수 있을 거란 생각이 들었기 때문이다. 겪어보면 단점도 분명 있겠지만 그렇게 긴 휴식의 시간은 정말 달콤한 유혹이 아닐 수 없다. 그녀의 말로는 크레타 섬에 있는 대부분의 호텔은 봄부터 가을까지만 영업을 하고 겨울 시즌에는 문을 닫는 곳이 많단다. 크레타 섬 역시 따뜻하고 온화한 지중해성 기후 때문에 늦은 봄에서 가을에 걸쳐서는 전 세계에서 여행자들이 몰려들지만, 수영을 할 수 없는 겨울이 되면 더 이상 손님이 오지 않아 문을 여는 것이 오히려 손실이라는 이야기였다. 그때는 문을 닫고 겨울 동면에 들어가는 것이다. 남들 놀 때 열심히 일했으니 이제는 그들이 쉴 차례. 남아서 계속 일을 하는 사람들도 있지만 휴가를 가거나 공부를 하면서 개인적인 발전에 투자할 수 있는 시간들을 보낸다. 크레타 섬의 그들은 특별한 경우에 속하는 것이긴 하지만 다른 유럽 국가 역시 여유로운 휴가 문화를 가지고 있다. 언제나 시간 싸움을 해야 하는 나 같은 여행자에게는 그들의 휴가 문화가 부럽기만 하다.

여행을 다니면서 문득 부러움을 느꼈던 적은 빼어난 경치나 훌륭한 문화유산이 있는 여행지를 볼 때가 아니라 나와 같은 여행자가 나와 다른 여유로움을 가진 것을 볼 때였다. 시간에 쫓기지 않고 한 곳에 머무르며 조용히 사색을 하는 여행자들은 나에게는 항상 부러움의 대상이었다. 내 마음 깊은 곳에서 간절히 원하지만 시간제약상 할 수 없었던 여행을 그들은 하고 있다. 먼 곳으로 떠나 하루 종일 아무것도 안하고 빈둥거리며 한적한 바닷가에 앉아 바다만 바라본다거나 낯선 나라의 공원에서 책을 보다가 늘어지게 낮잠만 자다 올 수 있는 여유는 우리의 휴가 문화를 되돌아보게 한다. 휴가 한 번 내려면 엄청나게 눈치를 봐야 하고 그렇게 해야지 겨우 황금 같은 휴가를 얻을 수 있다. 그 빠듯한 시간, 힘들게 먼 곳으로 날아가 아무것도 하지 않고 여유를 부리다 일상으로 돌아올 수 있는 사람은 그리 흔치 않을 것이다. '어떻게 떠나온 여행인데! 이곳에 다시 오기 힘들 거야!' 라는 강박관념에 사로잡혀 하나라도 더 보기 위해 이곳저곳 끊임없이 돌아다니게 된다. 그래서 느린 여행을 하기 위해 어쩔 수 없이 일상을 과감하게 접을 수밖에 없었던 사람들도 더러 보았다. 느린 여행을 하는 여행자들을 만나면서부터 나는 느린 여행에 마음을 빼앗기기 시작했다.

"언니, 우리나라 아줌마 아저씨들이 왜 그렇게 관광버스에서 노래하고 춤추면서 노는지 알아?" 언젠가, 평소 친하게 지내던 동생이 나에게 물었다.

"난 그런 것 같아. 일 년 내내 갑갑한 일상에 갇혀 있다가 관광버스에 오른 날. 그날만큼은 모든 걸 잊고 자유롭게 자신을 내던지고 싶었던 건지도 몰라. 평소에 여유롭게 놀아보지 못해서 제대로 노는 방법을 몰랐을 뿐인 것 같아."

다만 그 방법을 몰랐을 뿐이라는 그녀의 대답은 나의 가슴에 와서 깊숙이 박혔다.

생각해 보면 여행 중 시간제약에서 비교적 자유로운 학생들을 제외하고 직장인의 몸으로 느린 여행을 즐기는 사람들은 대부분 유럽이나 호주 등지에서 온 사람들이었다. 하지만 그 내면을 자세히 들여다보면 그들이 우리보

다 여행을 더 잘 할 줄 알아서가 아니라 여유 있는 그들의 휴가 문화에서 비롯된 현상임을 알 수 있다.

바람이 있다면, 우리의 휴가 문화가 좀 더 여유로워져서 일상을 당분간 포기하지 않아도 느린 여행을 할 수 있는 시간의 여유가 '사회제도적으로' 있었으면 좋겠다. 어쩌면 점점 각박해지는 세상에 진짜 필요한 건 돈이 아니라 숨 돌릴 수 있는 마음의 여유일지도 모른다.

'여행을 하면서 가장 좋은 여행 방법이 뭘까?' 스스로 질문을 던져본다. 여행의 방법에 정답은 없지만, 가장 좋은 방법이 있다면 여러 시행착오를 거쳐보고 그 중에 '자신이 가장 행복해질 수 있는 방법' 으로 여행을 하면 될 것 같다. 보고 배우는 것이 절실하면 열심히 돌아다니며 보면 되는 것이고, 사람을 만나고 싶은 사람은 마음을 열고 사람에게 다가가면 될 것이다. 또 고민이 많은 사람은 생각할 시간을 많이 가질 수 있는 한적한 곳을 찾으면 되고, 구속받지 않는 자유를 느끼고 싶은 사람은 혼자 떠나면 된다. 또 혼자가 두려운 사람은 여럿이서 어울릴 수 있는 여행을 떠나면 될 것 같다. 많은 사람들이 그렇게 살아간다고 해서 세상이 우리에게 요구하는 방식이 나한테도 꼭 맞으라는 법은 없다. 사는 것 역시 자신이 가장 행복할 수 있는 방법으로 살아가면 되지 않을까. '남들과 다르게' 가 아니라 '가장 나답게' 말이다.

나에게 맞는 여행을 생각해 본다. 나는 여전히 느린 여행을 하고 싶다. 그 방법이 내가 가장 행복해질 수 있을 것 같다. 그래서 여행을 통해 서두르지 않고 한결 부드러워진 마음을 얻어서 삶 속에도 가져 오고 싶다. 그리고 그 안에 내가 찾으려는 진정한 삶의 방식이 있다는 것을 믿는다.

다음달이면 길고 긴 겨울 동면에 들어간다는 크리스틴의 뒷모습, 그녀의 어깨 위로 나의 바람이 내려 앉아 내게 손을 흔들어 주었다.

느린 휴양지, 엘룬다

아기오스 니콜라오스Agios Nikolaos로 가는 길. 산모퉁이의 도로를 돌자 아래로는 푸른 쪽빛 바다 위에 돛을 단 요트들이 두둥실 떠 있고 위로는 파란 하늘에 뭉게뭉게 하얀 구름이 가득. 그 사이에 위치한 조그만 휴양지 '엘룬다Elounda'의 풍경은 멋지게 그려진 수채화 같았다.

여행은 떠나기 전 아무리 계획을 세워도 막상 현지에 오면 계획대로 되지 않는다. 너무나 많은 요소들이 뜻하지 않게 발목을 붙잡고 계획을 자꾸만 수정하게 만든다. 때로는 그래서 더 즐겁고 충만한 여행이 되기도 한다. 애초에 나의 여행 계획에는 없었던 엘룬다. 나는 크레타 섬에 와서야 새로이 알게 된 곳이지만 사실 엘룬다는 그리스 사람들에게는 휴양지나 신혼여행지로 꽤 유명한 곳이다. 휴양지라고 해서 사람들로 북적이거나 번잡스럽지 않고 바다를 보며 한가롭게 시간을 즐길 수 있는 곳이다. 관광을 원하는 사람들은 근처에 조그맣지만 활기찬 항구도 있고 차를 타고 조금만 가면 엘룬다에 비해서 활기가 넘치는 예쁜 항구 도시 아기오스 니콜라우스에도 다녀 올 수 있다. 오후의 이글거리는 태양 아래 황금빛으로 빛나는 이곳의 해변에 잠시 발을 담근다. 조용한 휴양지답게 해변은 느린 여행을 하는 여행자들로 채워져 있다. 크레타 섬에 와서 나는 마음이 무척 바빴다. 시간은 한정되어 있었고 갈 곳은 너무 많았다. 언제 다시 크레타 섬을 방문하게 될지 알 수 없었으므로 벼락치기로 시험공부를 하는 심정으로 오늘은 여기, 내일은 저기를 외쳐대고 있었다. 그런데 이곳의 사람들은 이 먼 곳까지 와서 아무데도 가지 않고 오직 엘룬다만 오롯이 즐기다 간다. 누군가 말했다.

“다른 곳엘 왜 가? 여기면 충분해. 태양과 바다 그리고 자유. 지금 내가 원하는 모든 것이 바로 여기 있는데 무얼 더 바래?” 많은 것을 보지만 하나도 제대로 보지 못하는 것과, 비록 많은 것을 보진 않아도 하나라도 제대로 보는 것. 아직 어느 쪽이 더 좋은지 정답을 내진 못했지만 어쨌든 엘룬다 덕분에 나의 마음은 한결 편안해졌다.

나누는 풍경, 아기오스 니콜라오스

너무나 식상한 문구이지만 그래도 ‘한 폭의 그림’ 같이 아름다운 곳이란 표현이 딱 어울리는 장소가 바로 작은 항구 도시 ‘아기오스 니콜라오스Agios Nicolaos’ 이다. 이곳은 크레타 섬의 동쪽, 라시티Lasiti 주의 수도로, 멋진 풍경 덕분에 여행자들의 발길이 끊이지 않는다. 언덕 위에서 마을을 내려다보는데 감탄이 절로 나온다. 미라벨로 만을 끼고 맑고 푸른 작은 호수까지 품고 있는 도시는 멀리서 누군가 물감으로 슥슥 그려 넣은 것만 같은 모습이다. 가끔 생각지도 않은 이런 장소를 만날 때면 혼자만 몰래 알고 싶은 못된 심보가 생긴다. 금세 입소문을 타고 사람들로 붐비게 되면 나만의 그곳이 망가지게 될까 봐 싫은 것이다. 얼마나 이기적인 생각인가! 아름다운 것은 함께 나눌 때 더 커진다는 것을 살면서 수차례 깨달아 왔으면서 말이다.

눈부시도록 아름다운 그리스의 작은 항구 도시인 니콜라오스, 사랑, 정, 그리고 고마운 마음을 담은 풍경까지. 기꺼운 마음으로 이 멋진 도시의 모습을 카메라에 가득 담는다. 이제 풍경은 더 이상 내 것이 아니었다.

03 Crete

태양의 남쪽, 크레타의 서쪽

크레타 섬을 방문하는 여행자들이 가장 많이 찾는 곳은 크노소스가 있는 수도인 이라클리오가 아니라 섬의 서쪽에 위치한 도시 '하니아'이다. Hania, Xania, Chania라고도 표기해 이름이 다소 헷갈리지만 그 발음은 다 똑같다. 크레타 섬에서 가장 아름다운 도시이자 고대 키도니아Kydonia로 불리기도 했던 오래된 도시 중 하나로, 이라클리오로 수도가 이전되기 전까지 하니아는 크레타 섬의 오랜 수도이기도 했다. 도시의 랜드마크는 항

구. 반짝거리며 출렁이는 물결을 따라 고풍스럽고 알록달록한 건물들이 줄지어 있는 모습이 무척 인상적이다. 이곳은 오랫동안 베네치아 공국의 지배를 받은 탓에 마치 베네치아의 한 부분을 뚝 떼어놓은 듯한 분위기를 자아낸다. 그런데 건너 편 동쪽으로는 터키의 모스크가 보인다. 짐작하건대, 연중 따뜻하게 내리쬐는 태양과 맑고 푸른 바다를 가진 중세 분위기가 물씬 풍기는 이곳도 슬픈 과거를 가졌을 것이다. 아름다운 것들은 원래 굴곡이 있게 마련인가 보다. 그리스는 과거 약 400년간 터키오스만투르크의 지배를 받았다. 그래서 그리스 사람들은 터키를 썩 달가워하지는 않는 듯했다. 베네치아 항구의 동쪽 편, 모스크가 있는 곳에 늘어선 타베르나에서 점심을 먹는 도중 우연히 터키에 대한 이야기가 나왔다. "참, 나 터키 가 봤는데 너무 좋더라." 내 말을 들은 야니스의 표정이 순간적으로 굳어진다.

겉으로는 잘 지내는 것 같아도 지배를 받은 자의 가슴 한편에는 채 아물지 못한 상처가 남아 있다. 30년의 세월도 그러한데 몇 갑절의 세월을 겪었으니, 그들의 아픔을 어렴풋하게나마 이해할 것 같다. 하지만 그들을 이해한다고 터키가 미워진 건 아니다. 터키를 여행한 사람들은 터키를 사랑할 수밖에 없는 매력에 빠져든다. 이렇게 마음 좋고 유쾌한 민족이 과거 그리스에게 안겨준 아픔을 생각하면 쉽게 믿어지지가 않는다. 터키와 그리스.

두 나라를 모두 여행해 본 나는 어느 한 편을 들기가 힘들다. 지배를 당한 자의 아픔에 비할 바는 아니지만 그 속내를 알고 보면 물론 지배한 자 역시 아픔이 없는 것은 아닐 것이다. 하지만 시간이 흘렀다고 그 책임을 피할 수는 없는 법. 방법은 아픔을 애써 외면하거나 회피하면서 그 일을 덮는 것이 아니라 다시는 똑같은 아픔이 생기지 않도록 오래도록 기억하며 치유해가는 것이다. 그런 면에서 하니아는 과거의 아픔을 고스란히 기억하고 있다. 베네치아와 터키의 잔재를 그대로 간직한 고풍스러운 모습은 마치 설탕과 프림이 적절하게 섞인 커피믹스처럼 달콤하고 부드럽게 '하니아' 곳곳에 녹아 있다. 그 매력을 맛보기 위해 오늘도 전 세계에서 이곳으로 사람들이 꾸역꾸역 몰려든다.

항구를 빠져 나와 구 시가지로 향하는 길은 마치 과거로의 시간 여행을 하는 착각에 빠져들게 한다. 베네치아와 터키, 그 오랜 세월의 흔적이 그대로 배어든 낡은 건물들은 그 자체로 멋스럽다. 골목들은 워낙 좁아서 양쪽 건물의 발코니에서 손을 뻗으면 두 사람이 악수를 나눌 수 있을 것만 같다. 몇몇 건물들은 내부를 개조하여 근사한 레스토랑이나 카페, 부티크 호텔로 사용되고 있으며 터키의 공중 목욕탕인 '하맘' 도 지금은 식당으로 개조되어 사용되고 있다. 골목을 돌아다니며 건축 공부를 하는 재미도 꽤 쏠쏠하다. 발코니와 석재 대문이 있는 저택은 베네치안 스타일, 격자 무늬 창문은 터키식 스타일이다. 그러고 보니 그리스 스타일은 찾아보기 힘들었다. 하지만 그리스다운 것은 따로 있었다. 여기는 따뜻한 태양의 남쪽. 오늘날 이곳을 찾는 사람들에게 맛있는 그리스 음식을 대접하고, 흥겨운 그리스 음악을 들려주며, 친절한 그리스인의 웃음과 함께 그리스의 찬란한 태양을 맞이하게 해 준다. 이것이야말로 진정한 그리스 스타일인 것이다. 베네치안, 터키, 그리스. 이 세 가지 스타일이 골고루 스며든 골목의 모퉁이를 돌자, 무시무시한 칼만 잔뜩 파는 가게가 나타났다. 그것도 한 군데가 아닌 몇 군데나! 대부분 단도였는데 자세히 들여다보니 정교한 장인의 솜씨로 만들어진 듯했다. 크레타 섬의 역사를 생각할 때 묻지 않아도 알 수 있을 것 같았다. 이것은 크레타 섬의 전통 칼로 과거엔 남자들이 이 칼을 허리춤에 차고 다니며 나라의 독립을 위해 싸웠을 것이다. 그러나 칼은 이제 주어진 역할을 다하고 지금은 크레타 섬의 지도가 새겨진 채로 관광 기념품으로 팔리고 있었다. 이곳의 세상은 그만큼 평온해졌다.

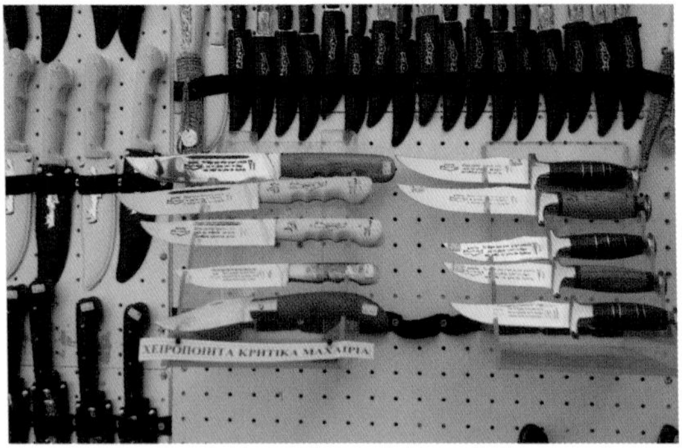

하니아의 빛바랜 골목을 빠져나오며 기대해 본다. 지배하고자 쓰이는 세상의 모든 칼과 무기들이 골목의 기념품처럼 아스라한 과거의 유물로 남겨지는 평화로운 세상이 오길.

행복은 어디에나

항구를 따라 걷는 길.
문득 지금 내가 원하는 모든 것이
여기에 있다는 것을 느낀다.
행복이란 바다, 햇살, 바람
그리고 맥주 한 병과 한 잔의 커피.
지금 이 순간은 이것 말고
더 필요한 것이 없을 것 같은 기분.

소설 『그리스인 조르바』에도
그런 대목이 나온다.

"행복이라는 것은 포도주 한 잔, 밤 한 알, 허름한 화덕, 바다 소리처럼 참으로 단순하고 소박한 것이라는 생각이 들었다. 필요한 건 그것뿐이었다. 지금 이 순간이 행복하다고 느껴지게 하는 데 필요한 것은 단순하고 소박한 마음뿐이었다."

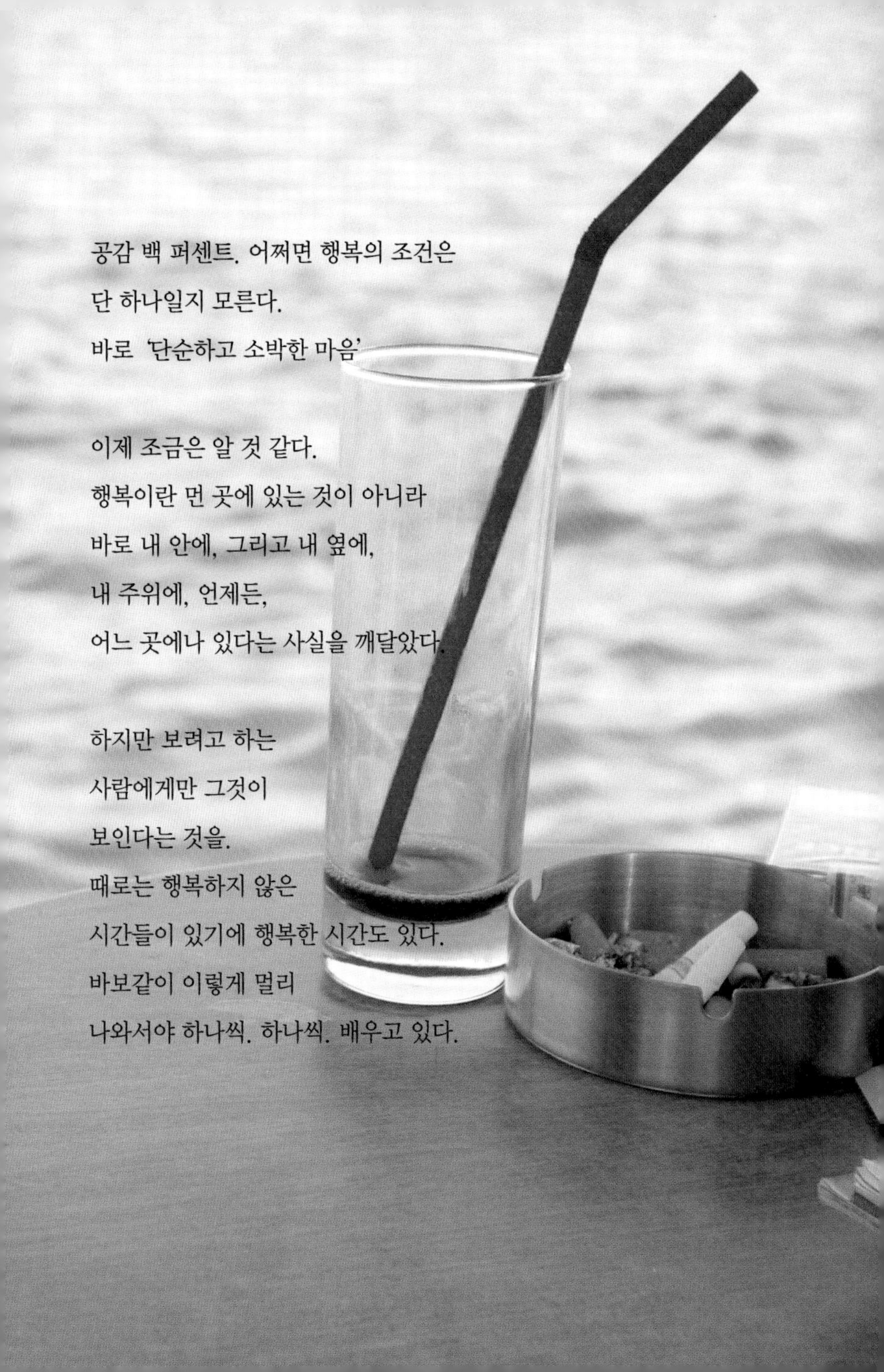

공감 백 퍼센트. 어쩌면 행복의 조건은
단 하나일지 모른다.
바로 '단순하고 소박한 마음'

이제 조금은 알 것 같다.
행복이란 먼 곳에 있는 것이 아니라
바로 내 안에, 그리고 내 옆에,
내 주위에, 언제든,
어느 곳에나 있다는 사실을 깨달았다.

하지만 보려고 하는
사람에게만 그것이
보인다는 것을.
때로는 행복하지 않은
시간들이 있기에 행복한 시간도 있다.
바보같이 이렇게 멀리
나와서야 하나씩. 하나씩. 배우고 있다.

03 Crete

잠수함을 먹다

하하하. 호호호. 깔깔깔.

"뭐가 그렇게 재미있어? 무슨 말을 한 거야? 아, 궁금해." 아주머니가 내뱉는 말끝마다 야니스와 카르멘은 자지러지게 웃느라고 정신이 없다. "너가 그리스어를 할 줄 안다면 분명 배꼽이 빠질 텐데. 이건 통역을 하면 재미없어. 아주머니가 쓰시는 말이 이곳 사투리이기도 하거든. 여하간 원체 재미난 분이셔." 이럴 땐 현지의 언어를 하지 못한다는 사실이 정말 아쉽다. 그리고 통역을 하면 재미가 없어진다는 것도 알 것 같다. "아따, 거시기 허요잉~" "니 그카이 내 그카지, 니 안 그카믄 내 그카나?" 우리네 전라도와 경상도의 이런 구수한 사투리를 어떻게 다른 나라 언어로 그 느낌까지 고스란히 통역한단 말인가! 한 언어가 가진 그 느낌과 감정을 그대로 다른 언어로

전달할 수 있다면 우리나라 문학도 아마 노벨문학상을 여러 번 수상했을 것이다.

"레심노에 아는 분이 계셔. 코미디언 빰치는 재미있으신 분이지."

하니아에서 이라클리오로 가는 길에 야니스의 권유로 '레심노 Rethymno'란 곳에 잠깐 들렀다. 레심노는 레심노 주의 수도로 역시 바다를 끼고 있는 고즈넉하고 아름다운 항구 도시이다. 사람들을 웃음바다로 이끈 레심노의 아주머니는 희끗희끗한 흰머리를 가진 지긋한 연세에도 불구하고 아직도 일을 하시는 열혈 커리어우먼이셨다. 영어도 곧잘 하셔서 중간중간 통역을 해 주기도 하셨는데 그리스어로 말할 때와 영어로 말할 때가 각각 다른 사람 같아 보였다. 말은 알아듣지 못해도 그리스어를 할 때의 아주머니가 나는 어쩐지 더 푸근하게 느껴졌다.

아주머니는 손바닥만 한 작은 접시와 스푼 그리고 시원한 물이 담긴 물잔 여러 개를 내오신다. 작은 접시에는 빨갛고 노란 빛깔의 과일 절임 같은 것이 담겨 있었다. 이것은 '글리코뚜꾸딸유' Gliko tou koutaliou라는 디저트용 음식으로 영어로는 '스푼 스위트' Spoon Sweet라고 부른다고 한다. 그리스에서는

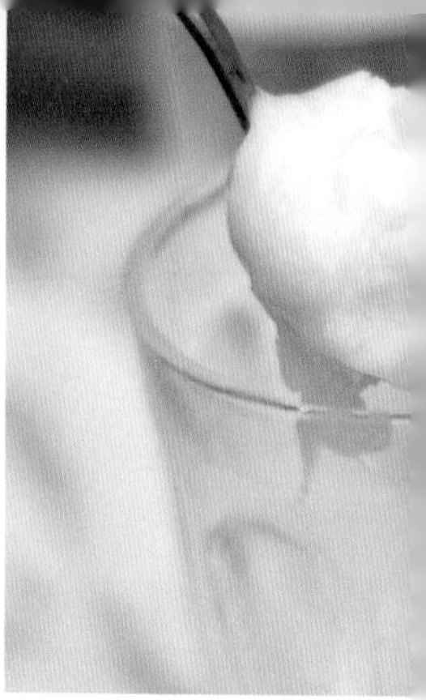

어느 가정에서나 만들어 먹는 디저트로 무화과, 오렌지, 포도 등 각종 과일을 꿀이나 설탕에 절여 두었다가 먹을 때는 작은 찻숟가락을 이용하여 떠먹기에 그런 이름이 붙여진 것이다. 주로 식후 디저트나 손님 접대용으로 먹는다. 집에 손님이 왔을 때 과일을 깎아서 내오는 우리의 모습과 하나도 다르지가 않다. 스푼으로 한입 떠서 먹는 과일 절임은 꽤 달기는 했지만 맛이 매우 좋았다. 한눈에 척 보아도 알 수 있듯 손이 무척 많이 가는 음식이라 식당에선 잘 팔지 않는단다. 한마디로 이 디저트는 '엄마표' 음식이라는 이야기였다. 우리나라에선 '나물요리'를 맛있게 잘 만드는 사람은 다른 요리도 모두 잘한다고들 하는데 그리스에선 과일 절임 디저트를 잘 만들면 다른 요리도 다 잘 한다고 한다.

크레타 섬은 바다와 평야, 풍부한 음식 재료에 다양하고 맛있는 음식들 그리고 가족적인 분위기까지 왠지 우리나라의 전라도와 비슷하게 느껴졌다. 아주머니께서 먼저 시범을 보이신다. 작은 스푼으로 아이스크림 같은 하얀 무언가를 떠서 그것을 시원한 물이 담긴 컵 속에 퐁당하고 집어넣는다. 그리고 잠시 기다렸다 스푼 채로 꺼내면 하얀 그것은 살짝 얼어 있는 것

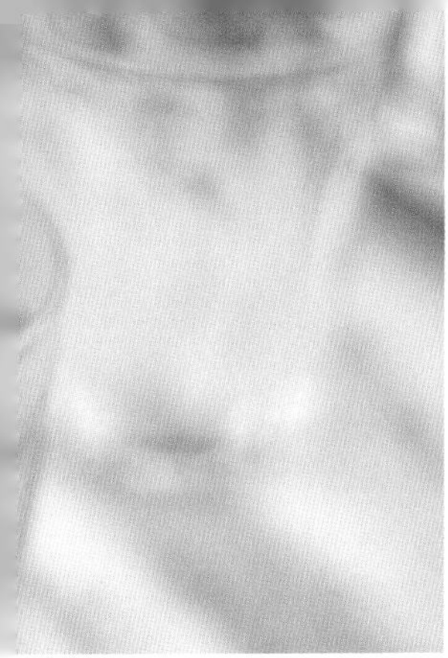

이다. 한입 베어 물면 입안에서 스르르 달콤하게 녹아내린다. 이것은 바닐라를 이용해서 만든 바닐리아Vanilia라고 부르는 디저트인데 그리스 사람들은 그것을 '잠수함' 이라고 부른다고 했다. 잠수함이라? 진짜 재미있는 이름이라는 생각이 들었다. 그러고 보니 물속으로 쏘옥 들어갔다가 다시 나오는 모습이 잠수함이랑 똑같다. 그것이 재미있어서 손톱만큼 베어 물었다가 다시 물속에 집어넣고 또다시 꺼내고를 수 차례 반복해 본다. 어린아이로 돌아가 소꿉놀이를 하는 것처럼 어른들이 다들 그러고 있다. 그러는 사이 주위는 점점 어둑어둑해지고 초는 하나둘 불을 밝힌다.

달콤한 디저트를 사이에 두고 밤이 깊어가는 줄도 모르고 수다는 계속해서 꽃을 피운다. 처음 만나서 어색했던 분위기는 금세 어둠 저편으로 달아난 것 같았다. 물론 아주머니의 재미난 말솜씨도 한몫을 했지만 한편으로는 조그만 접시에 담긴 음식이 화기애애한 분위기를 만드는 데 큰 역할을 하는 것 같았다. 음식이란 참 희한하다. 처음 맛보는 음식일수록 더욱더 그렇다. 음식은 서로 다른 문화를 교류하고 체험할 수 있게 해 주는 동시에 사람과 사람과의 관계를 부드럽게 다독여 주고 때로는 낯선 이들을 하나로 묶어 주기도 한다. 오래된 영화 〈바베트의 만찬〉이 생각난다. 덴마크의 조그만 마을. 그곳에 살고 있는 두 자매에게 바베트라는 프랑스 여인이 찾아 온다. 자매는 오갈 데 없는 그녀를 받아들이고, 바베트는 자매의 집안일을 도우며 함께 지내게 된다. 어느 날 복권에 당첨된 바베트는 돈을 가지고 마을을 떠날 수도 있었지만 두 자매와 마을 사람들을 위해 '프랑스식 만찬'을 준비한다. 만찬에 초대된 사람들은 서로 사이가 좋지 않았다. 서로 의심하고 다투느라 서먹한 그들이었다. 하지만 바베트가 그들을 위해 준비한 만찬 앞에서 생전 처음 먹어보는 신기하고 맛있는 음식들을 먹으며 사람들은 놀라움과 행복을 느끼고 그동안 얼어붙었던 마음들이 일순간 봄날 눈녹듯 녹아내리고 만다. 사실 바베트는 파리에 있는 유명한 식당의 수석 주방장이었고 복권으로 받은 돈을 그날의 만찬을 위해 다 써버린 것이었다. 음식은 아무래도 베풀고 함께 나눌 때 그 진가가 커지는

것 같다. 비단 맛있는 음식 때문만은 아니었을 것이다. 그 음식에 바베트의 따뜻한 마음까지 그대로 스며들어 있었기에 그것을 먹은 사람들의 마음을 넉넉하게 만든 것은 아니었을까. 그날 내가 먹은 디저트에도 크레타 섬 사람들의 친절하고 달콤한 마음이 녹아 있었다. 그 마음을 꺼냈다 담갔다 하며 잊을 수 없는 맛을 안겨 준 잠수함이 오늘따라 그리워진다.

나의 그리스식 피로연

"오늘 밤 열두시에 만나는 거야."

야니스, 우리 오늘 아침부터 하루 종일 돌아다녔잖아. 너무 피곤한데 좀 더 일찍 만나서 보러 가면 안 될까? 무슨 소리! 밤 열두시 전엔 가 봐야 문도 안 열어. 시작도 안 한단 말이지. 크레타 섬에 도착한 날부터 줄곧 야니스는 크레타 섬에서 제일 멋진 연주를 선보이는 부주키Bouzouki : 기타처럼 생긴 그리스의 민속 현악기 공연을 꼭 보여 주겠다고 약속을 한 터였다. 나도 한 번쯤은 꼭 부주키 연주를 듣고 싶었다. 맑고 산뜻하게 그리고 경쾌하게 울리는 그 소리를 직접 들을 수 있다는 생각에 졸린 눈을 비비며, 여행용 가방에 싸온 옷 중 그래도 그나마 제일 괜찮아 보이는 옷으로 갈아입고 밤 열두시가 되기를 기다려 야니스의 차에 올랐다. 그렇게 우리는 깜깜한 한밤중에 만나서 부주키 공연이 있다는 그곳으로 향했다.

"지금 가는 곳은 이라클리오에서 약간 떨어진 곳인데 현지인들만 가는 곳이야. 여행자들은 절대 모르는 곳이지. 진짜 훌륭한 부주키 연주를 감상할 수 있을 거야." 도시를 벗어난 차는 구불구불 어두운 도로를 달리기 시작한다. "혹시 부주키 공연 보러 가는 거 진짜로 맞아? 이거 길이 아무래도 귀곡산장이라도 가는 것 같은데." 이런 첩첩 산중 컴컴한 시골 길에 부주키 공연장이라니. 그런 마음으로 한 시간 여를 달리자 이윽고 거짓말처럼 잠실종합운동장만 한 크기의 건물이 나타났다. 건물 앞에 주차된 차만 해도 백여 대가 넘는다. 오늘 여기 시골 동네에 무슨 잔치라도 있는 거야? 눈이 휘둥그레져서 입구에 들어서니 오늘 마침 이곳에서 결혼식 피로연이 열린단다. 정말? 그렇다면 영화에서나 볼 수 있었던 '나의 그리스식 웨딩' 을 볼 수 있단 말인가!

〈나의 그리스식 웨딩My Big Fat Greek Wedding〉이라는 영화를 처음 보았을 땐 잘 몰랐었다. 그저 서른 살 그리스 노처녀의 결혼이야기라니 좀 심드렁했다. 하지만 그리스 여행 후 다시 꺼내 본 영화는 나를 진정으로 웃게 해 주었고 그리스에 대한 행복한 기억을 떠올리게 했다.

그리스 여자로 태어나서 해야 할 일 세 가지는 그리스 남자 만나기, 그리스 아이 낳기 그리고 그들을 먹여 살리기! 그러나 주인공인 그리스 처녀 '툴라' 는 결혼은 반드시 그리스 남자여야 된다는 아버지의 반대를 무릅쓰고 그리스 남자가 아닌 미국 남자와 결혼을 하고 만다. 미국인인 그의 사촌은 2명, 그리스인인 그녀의 사촌은 27명. 그의 부모님과의 첫 대면은 4명이 조촐하게, 그녀의 부모님과의 첫 대면은 온 일가친척과 함께 먹고 마시고 춤추고 노래하며 시끌벅적하게. 그의 결혼식 하객은 고작 20여 명, 그녀의 결혼식 하객은 100여 명. 그리고 하루 종일 이어지는 흥겨운 피로연. 이것이 바로 '그리스식 웨딩' 혹은 '그리스다운' 것이다.

영화 속 그런 피로연을 볼 수 있다는 생각에 피곤함은 어느새 사라지고 설레고 들뜬 마음으로 피로연장으로 들어섰다. 중앙의 큰 무대는 벌써 춤추는 사람들로 가득하고 테이블도 하객들로 만원이었다. 우리도 한 테이블에 자리를 잡고 앉았다. 하객인 여자들은 모두들 예쁜 드레스나 원피스로 한껏 치장을 하고 남자들 또한 양복을 멋지게 입었다. "이제 곧 부주키 공연이 시작될 거야. 아마 피로연 겸해서 공연을 하려나 본데." 야니스의 말이 떨어지기가 무섭게 부주키를 든 연주자들과 가수가 등장한다. 사람들은 환호를 하고 연주가 시작되었다. 가수는 부주키 연주에 맞춰 열창을 한다. 지금은 새벽 한시. 말 그대로 'This is show time!' 인 것이다. 처음 들어보는 부주키

연주는 훌륭했다. 느린 곡은 느린 대로 빠른 곡은 빠른 대로 무대를 타고 객석으로 흘러드는 선율에 가슴이 쩌렁쩌렁 울린다. 부주키를 연주하는 아저씨의 모습이 꼭 산투리부주키와 비슷한 음색을 내는 그리스의 타현악기를 치는 그리스인 '조르바' 같아 보인다.

"산투리를 다룰 줄 알게 되면서 난 전혀 딴 사람이 되었어요. 기분이 좋지 않을 때나 빈털터리가 될 때는 산투리를 칩니다. 그러면 기운이 생기지요. 내가 산투리를 칠 때는 당신이 말을 걸어도 좋습니다만, 내게 들리지는 않아요. 들린다고 해도 대답을 못해요. 해 봐야 소용없어요. 안되니까요."

"그 이유가 무엇이지요, 조르바?"

"이런, 모르시는군. 정열이지요. 그게 바로 정열이라는 겁니다. 산투리를 치려면 마음이 깨끗해야 하는 거요. 온갖 정성을 산투리에만 쏟아야 해요. 알아듣겠소?"

부주키를 키는 아저씨들 역시 온갖 정성을 부주키에만 쏟아 열정적으로 연주를 하고 있었다. 무언가에 열정을 쏟아붓는 모습은 그 자체로 아름다워 보인다.

이윽고 부주키 연주에 맞춰 사람들도 열정적으로 다리를 움직인다. 아마도 사회자가 이쪽 테이블 식구들 전부 나오라고 한 듯싶다. 제일 오른쪽 테이블에 있던 가족들이 몽땅 나가서 춤을 춘다. 둥글게 원을 만든 다음 서로 어깨동무를 하고 발 장단을 맞춰서 빙글빙글 돌아가며 추는 춤이다. 하사피코Hasapiko라고 부르는 그리스의 전통 춤이란다. 더러는 하사피코에서 파생된 시르타키Syrtaki 춤을 추기도 한다. 시르타키는 영화 그리스인 조르바의 마지막 장면에 나와서 유명해진 것으로 따라 하기도 매우 쉬운 흥겨운 춤이다. 사회자가 다음 가족을 나오라고 하니 그 다음 테이블의 가족들이 전부 무대 위로 올라가서 같은 춤을 반복한다. 아주 어린 꼬마 아이서부터 나이 든 할머니, 할아버지까지 모두 똑같은 춤을 춘다. 남녀노소 모두가 즐길 수 있는 전통 춤이자 누가 시켜서 하는 것이 아니라 스스로 마음에서 우러나오는 춤이다. 특별히 배우는 것이 아니라 생활 속에서 자연히 춤을 익히게 된다고 한다. 춤추는 사람들의 모습에서 즐거움과 활기가 넘쳐흐른다. 전통 춤을 이렇듯 신명나게 이어나가는 모습이 무척이나 부러웠다.

무대 양쪽에서는 꽃을 든 여인들이 객석을 향해 꽃잎을 연신 흩뿌리고 있는데 꽃잎은 돈을 내고 산다. 그러면 여인이 꽃잎을 사람들에게 뿌려주는데 행운을 기원하는 일종의 의식과 같은 것이라고 한다. 음악과 춤, 흩날리는 꽃잎. 나는 갑자기 분위기에 도취되어 무대 위로 올라갔다. 사람들의 발동작을 유심히 보며 몇 번 따라 해보니 생각만큼 쉽지는 않아서 자꾸만 발이

꼬인다. 그들에겐 낯선 이방인인 내가 무대에서 그러고 있으니 몇몇은 웃음을 터트리고 부주키를 키던 아저씨도 나를 보며 미소를 지어주신다. 나는 이런 분위기가 마냥 즐거웠다. 이제 오늘의 주인공인 신랑과 신부가 춤을 출 차례. 그들 주위를 동그랗게 에워싸고 사람들은 박수를 친다. 신랑과 신부는 신이 나서 연신 춤을 추었다. 나도 박수를 쳐주며 그들의 행복을 잠깐이나마 축복한다.

무대에서 내려와 시계를 보니 시간은 어느덧 새벽 세시를 훌쩍 넘기고 있었다. "그런데 이 사람들 대체 언제까지 이렇게 먹고 마시고 춤을 추는 거야? 집에는 안 가?" "응, 아침 여섯시쯤이면 끝날 거야. 그런 다음 다 함께 아침을 먹고 각자의 집으로 돌아가는 거지." "다들 대단해. 체력 약한 사람은 피로연 참석도 못하겠는걸." 아무래도 그리스에서 결혼을 하려면 무엇보다 체력이 뒷받침되어야 할 듯싶다. 체력 약한 우리들은 새벽 네시가 가까워 피로연 장소를 빠져 나왔다.

밖으로 나오니 사방이 쥐 죽은 듯 고요하다. 신나는 꿈을 한바탕 꾸고 깨어난 기분이랄까. 쌀쌀한 새벽 바람을 맞으며 하늘을 올려다본다. 가을 밤 이곳의 하늘엔 별 바다가 펼쳐진다. 우와! 저 수많은 별들 좀 봐. 꼭 피로연에 온 가족들 같네. 언제부턴가 나는 서양식 핵가족을 동경해 왔는데. 친척 많고 대가족이란 거, 어떻게 보면 힘들고 귀찮잖아. 서로를 늘 간섭하고 무엇 하나 결정하는 데 시간도 걸리고 말야. 게다가 가족이라는 명분으로 서로를 힘들게 할 때도 많아. 그런데 말이야. 그동안 내가 잘못 생각한 것 같아. 결국은 나를 생각해 주는 것도 가족이고, 내가 언제든 돌아갈 수 있는 곳도 가족이고, 사랑을 가르쳐 준 것도 가족이었어. 그런 가족들이 많다면 그건 행복한 일인 거지. 이게 모두 오늘 나의 〈그리스식 피로연〉 덕분인 것 같아. 고마워. 그런데 진짜 체력들이 대단해. 신랑신부가 허니문은 무사히 갔을까?

03 Crete

조르바의 땅

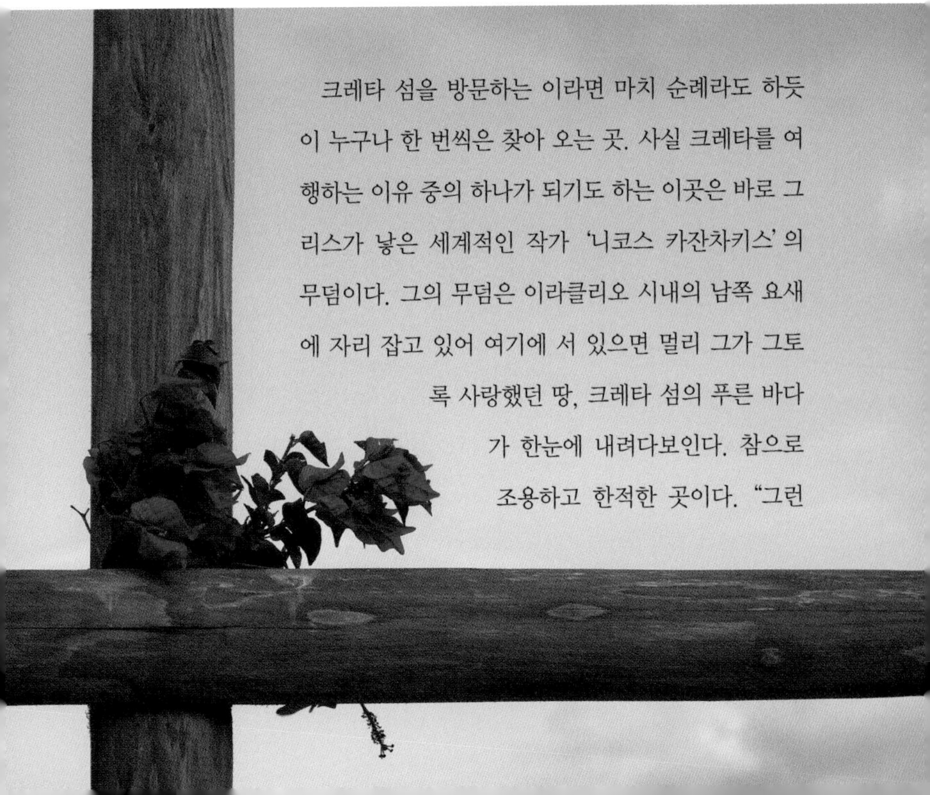

크레타 섬을 방문하는 이라면 마치 순례라도 하듯이 누구나 한 번씩은 찾아 오는 곳. 사실 크레타를 여행하는 이유 중의 하나가 되기도 하는 이곳은 바로 그리스가 낳은 세계적인 작가 '니코스 카잔차키스'의 무덤이다. 그의 무덤은 이라클리오 시내의 남쪽 요새에 자리 잡고 있어 여기에 서 있으면 멀리 그가 그토록 사랑했던 땅, 크레타 섬의 푸른 바다가 한눈에 내려다보인다. 참으로 조용하고 한적한 곳이다. "그런데. 세계적인 작가의 무덤이 좀 쓸쓸해 보이네." 말이 떨어지기가 무섭게 야니스가 얼른 말을 이어받는다. "그는 그리스정교로부터 퇴출을 당해서 교회에 묻히지 못했어. 그 시대에 모두가 정교의 사상에 묶여있을 때 그는 다른 사상도 수용할 줄 아는 자유로운 생각을 가진 인물이었지." 대답을 하는 야니스의 눈빛과 목소리가 꽤나 진지하다. 그래도 그렇지. '조르바'를 세상에 알린 대문호의 무덤이 이토록 작고 소박할 줄이야. 외롭고 쓸쓸해 보이는 무덤 옆 벤치에는 다정한 연인인 듯한 커플이 다리 베개를 하고 누워 책을 보고 있고, 누가 가져다 놓았는지 무덤 앞, 나무로 만든 십자가에는 분홍과 붉은 색의 꽃이 꽂혀 바람에 나부끼고 있었다. 작가 니코스 카잔차키스는 크레타 이라클리오 태생으로 터키 지배 하에서 어린 시절을 보내며 독립전쟁을 겪는 거친 경험 속에서 인간의 진정한 자유와 해방을 찾고 싶어 했다고 한다. 그런 노력으로 나온 책이 『그리스인 조르바』이다. 그의 무덤을 찾아오는 많은 사람들은 그를 보러 왔다기보다는 『그리스인 조르바』를 느끼기 위해 이곳을 찾는 게 아닌가 싶다.

ZORBAS. 조르바는 낯선 이방인에게는 소설 속 인물로 그칠지는 몰라도 그리스인들에게는 하나의 사상이요, 정신적 지주와 같은 역할을 하는 듯 보였다. 거리를 걷다 보면 'ZORBAS'라고 이름 붙인 카페며 레스토랑이 심심찮게 눈에 뜨인다. 그러고 보니 〈나의 그리스식 웨딩〉 영화 속에서 주인공 식구들이 운영하던 식당 이름도 '춤추는 조르바Dancing Zorbas' 였다.

조르바가 춤을 춘다는 것은 아주 의미가 크다. 조르바는 무언가 말로 표

현할 수 없을 때, 감정이 끓어오를 때마다 그것을 춤으로 표현한다. 기쁠 때나 슬플 때나. 남들은 그때마다 미친 사람 취급을 했을지는 몰라도 그는 춤을 추지 않으면 오히려 진짜로 미쳐버릴지도 모를 일이었다. 그의 어린 아들이 죽었을 때도, 주인공인 두목과 대화를 나누다가 기쁨으로 감정이 북받쳤을 때도, 그동안 공들여 만들어 온 사업이 눈 앞에서 모두 망가져 버렸을 때도 그는 춤을 추었다. 그런 조르바의 피가 그리스인들의 몸 속에도 흐르는 것이 분명하다. 그리스인들은 모두 춤추기를 즐긴다. 춤추는 조르바의 모습에서 남의 눈치를 보지 않고 본능과 감정에 충실하며 억압하고 있는 것

들로부터 자유로워져서 스스로를 지배할 줄 아는 한 인간의 위대함이 느껴진다.

사실 『그리스인 조르바』는 산 지 꽤 오래된 책이었지만 나에게는 여느 책과 달리 책장이 쉽게 넘어가는 책은 아니었다. 조르바의 뜬구름 잡는 듯한 대사도 그렇고 줄거리도 썩 재미있는 편은 아니어서 읽다가 책장에 도로 꽂아두기를 여러 번, 그러다 그리스 여행 길에 가지고 온 것이다. 공간은 사고를 지배하는 법. 이곳에 와 있으니 초원의 야생마와 같은 호쾌한 조르바의 대사 하나 하나가 불현듯 내 마음속에 생생하게 와 닿는다.

"'왜요?' 가 없으면 아무것도 못하는 건가요? 그냥 하고 싶어서 한다면 안 됩니까?"

"죽으면 말썽이 없지. 산다는 것은. 두목, 산다는 게 뭘 의미하는지 아시오? 허리띠를 풀고 말썽거리를 만드는 게 바로 삶이오."

"두목, 당신은 모든 걸 가지고 있어요. 단, 한 가지만 빼고. 바로 '광기' 지. 광기가 없으면. 두목은 두목을 묶고 있는 끈을 절대 풀지 못해요."

"두목, 돌과 비와 꽃이 하는 말을 들을 수 있다면 얼마나 좋겠어요. 우리를 부르고 있는지도 모르는데. 우리가 듣지 못하는 것일 거예요. 두목, 언제면 우리가 팔을 벌리고 만물을 안을 수 있을까요?"

"처음부터 분명히 말해 놓겠는데, 마음이 내켜야 해요. 분명히 해둡시다. 나한테 윽박지르면 그때는 끝장이에요, 결국 당신은 내가 인간이라는 걸 인정해야 한다 이겁니다."

"인간이라니, 무슨 뜻이지요?"

"자유라는 겁니다!"

조르바의 대사만 보더라도 그는 인간을 둘러싸고 있는 껍질과도 같은 관습, 제도, 사고방식에서 벗어나 거침없이 말하고, 먹고, 춤추고, 모든 걸 새롭게 바라보고, 또한 사랑하며 살아가는 자유로운 인간임을 알 수 있다. 실제로 그리스에서는 물론이고 여행을 다니다 보면 조르바 같은 사람을 만나기도 한다. 야니스 역시 '조르바계' 라는 생각이 든다. 허풍 떠는 것 같지만 늘 호탕하고 쾌활하며 열정적으로 살아가는 것처럼 보였다. 하지만 일상에서는 볼 수 없었던 이런 조르바들이 여행 길에서는 이상하리만치 자주 나타나는 것을 보면 여행이란 아무래도 사람을 자유롭게 만드는 것 같다. 그 길에서는 때때로 아주 짧은 순간이나마 나 역시 조르바가 되기도 한다. 그 순간에 느끼는 행복감이란!

차를 타고 다시 이라클리오 시내로 돌아가는 길. 야니스가 또 묻는다.

"그의 무덤 비석에 새겨진 글 봤어? 그거 무슨 뜻인 줄 아니?"

I want for nothing. I fear for nothing .I am free.

나는 아무것도 원하지 않는다. 나는 아무것도 두려워하지 않는다. 나는 자유다.

여전히 원하는 것이 너무나 많고, 두려운 것도 많은 나는 자유가 뭔지 아직은 잘 모르겠다. 하지만 자유가 가져다 줄 그 무엇이 어떤 것일지 이제 조금은 알 것 같다. 앞으로 살아가는 동안 조르바를 만나게 된다면 나는 그에게 이렇게 묻고 싶다.

“내게 춤을 가르쳐 줄 수 있어요? 조르바?”

문득 하늘을 올려다보니
푸른 하늘에 흰 구름이 두둥실 떠 있다.
구름을 자세히 보니 꼭 이탈리아 지도 모양이다.
긴 장화 모양에다가 끝에 있는 시칠리아 섬까지 닮았다.
'신기한 걸!' 하며 가방에서 카메라를 꺼내 들고
다시 하늘을 쳐다보니 구름은 어느새
우리나라 지도로 바뀌어 있었다.

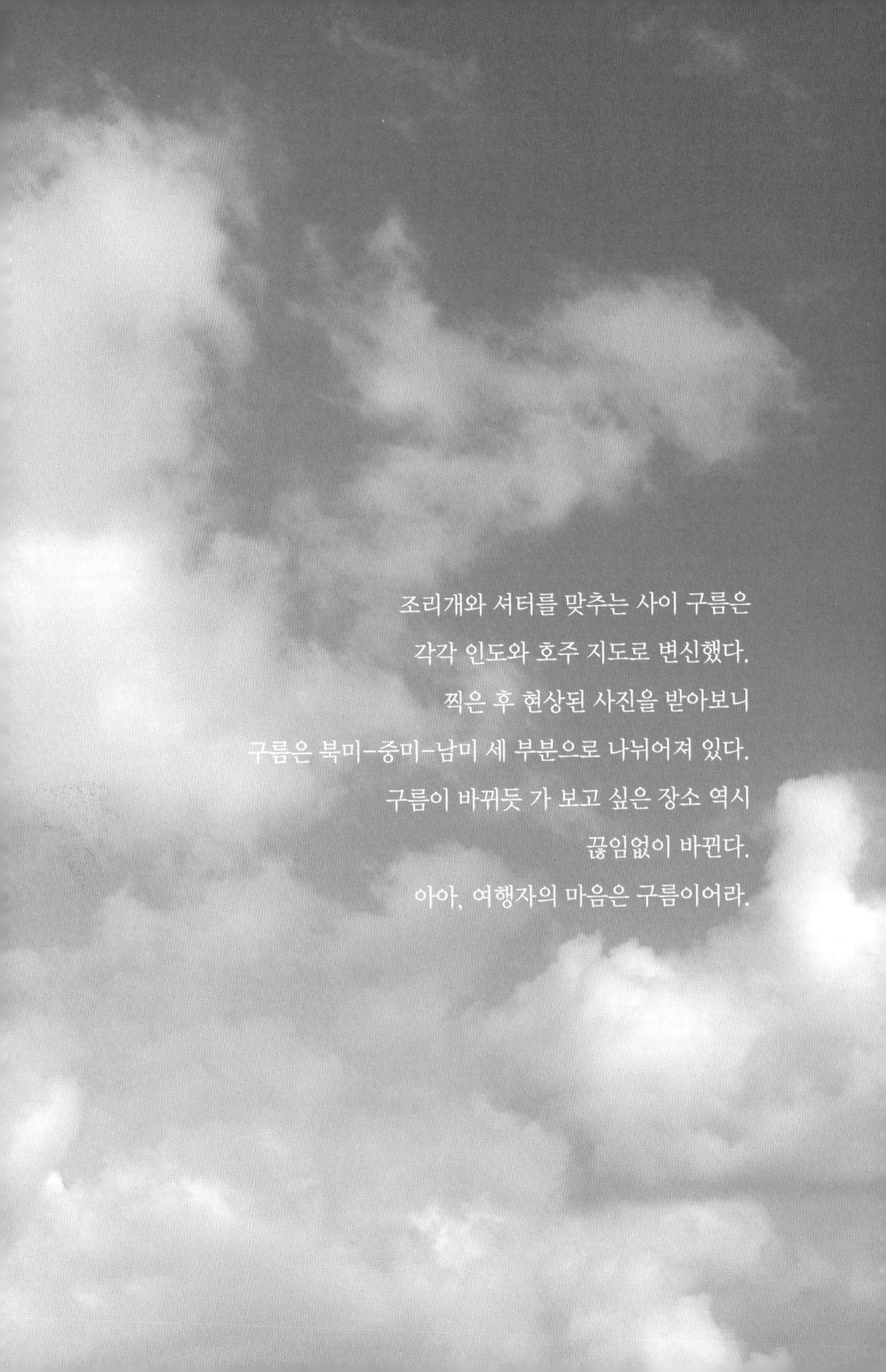

조리개와 셔터를 맞추는 사이 구름은
각각 인도와 호주 지도로 변신했다.
찍은 후 현상된 사진을 받아보니
구름은 북미-중미-남미 세 부분으로 나뉘어져 있다.
구름이 바뀌듯 가 보고 싶은 장소 역시
끊임없이 바뀐다.
아아, 여행자의 마음은 구름이어라.

Stor

f My Greece

Chapter 04 | 나의 그리스 섬 이야기

04 Greek Story

바람에서 비누 냄새가 나는 날

길을 걷다가 어느 이름 모를 골목에 접어들자 희미하지만 상쾌한 향이 코끝을 살짝 건드린다. 금방 빨아 널은 빨래가 바람에 살랑하고 나부끼는 오후. 그날따라 하늘과 구름, 햇살, 바람, 그리고 내 발걸음도 모든 것이 넘실거린다. 자세히 들여다보면 달리 특별할 것도 없지만 남의 집 창문의 빨랫줄에 걸린 작은 빨래집게 하나까지 소중하게 느껴지는 순

간. 그것만으로도 충분한 하루를 맞이한다.

언제부턴가 아무런 이유 없이 집 밖으로 빨래가 널린 풍경이 좋아졌다. 내가 살고 있는 곳에선 더 이상 보기 힘든 풍경이어서 그런지 빨래가 널려 있는 모습을 보면 가던 발걸음을 멈추게 된다. 남의 집 빨래감을 일부러 훔쳐 보는 것이 아니라 빨래가 있는 풍경이 그저 흐뭇한 것이다. 깨끗한 빨래에서 향긋한 비누 냄새가 나는 것만 같다. 햇빛에 뽀송뽀송하게 마른 빨래를 보면서 눅눅한 내 마음도 저렇게 깨끗이 빨아서 햇빛에 말끔히 소독할 수 있었으면 좋겠다. 집으로 돌아가면 바구니에는 미처 빨지 못한 빨래가 가득할 것이다. 여행 길, 남의 집 빨래를 보면서 이곳에서는 사람 사는 냄새가 난다고 생각하지만 일상에서는 빨래 때문에 가끔은 툭탁거리며 신경전도 벌인다. 수많은 여행 길에서 마주친 빨래의 주인들도 나와 같지 않을까? 그렇게 슬그머니 위안을 삼는다.

토요일 오후. 빨래를 널면서 곁눈질로 텔레비전을 본다. 텔레비전 속에서 어느 유명한 피자 가게가 나온다. 식사 시간이면 기꺼이 줄을 서야 피자를 먹을 수 있을 정도로 맛있는 피자를 만들어내는 집이란다. 나르는 UFO처럼 피자 반죽을 연신 날리는 요리사의 모습이 꽤 인상적으로 다가온다. 북적이던 손님들이 물러가고 약간은 한가한 피자 가게의 오후. 철가방을 든 사람이 가게 안으로 들어선다. 모두들 일제히 하던 일손을 멈추고 점심으로 자장면을 아주 맛있게 먹는다. 리포터가 묻는다. “피자집인데 왜 자장면을

시켜 드세요?" 요리사는 대답한다. "피자 가게라고 해서 매일 피자만 먹을 수 있나요? 그럼 지겹죠. 평소에는 오로지 피자만 생각하고 피자에 대해서만 공부하고 피자를 만드는 데 열정을 쏟아붓지만, 식사 때는 이렇게 다른 걸 먹어요. 그리고 힘을 내서 더 열심히 피자를 만드는 거죠."

여행도 그런 것 같다. 매일의 똑같은 일상이 지겨워서만은 아니다. 별반 다를 바 없는 타인의 삶이 더 좋아 보여서도 아니다. 가끔 다른 세상을 맛보고 알게 되면서 여기, 현재, 나의 일상을 들여다볼 수 있기 때문이다. 그래서 나의 일상을 보다 소중히 여기면서, 이해하고 다시 열정을 쏟아부을 수 있기 때문이 아닐까.

바람이 분다. 바람을 타고 빨래에서 풋풋한 비누 냄새가 난다. 문득 그리스 섬 골목의 창가에서 나부끼던 빨래가 떠오른다. 이런 날이면 여행을 몹시 떠나고 싶어진다. 내 삶에 다시 열정을 쏟아부을 수 있도록.

04 Greek Story

커피 한 잔에 담긴 행복

"이것은 악마처럼 검고, 지옥처럼 뜨겁고, 천사처럼 순수하고, 사랑처럼 달콤하다."

술이나 담배가 아닌 '커피'를 좋아하게 된 것은 참으로 다행스러운 일이란 생각이 든다. 어느 나라를 가든지 커피를 마실 수 있으며, 그리 비싸지 않은 값으로 주변의 경치와 분위기를 즐길 수 있으니까 말이다. 때로는 그 나라에 맞게 발전된 독특한 커피를 즐기는 행복도 있다. 외국인들도 좋아하는 우리나라의 커피믹스, 연유가 듬뿍 들어간 베트남식 커피, 진한 터키식 커피, 이탈리아에서는 정통 카푸치노를 맛볼 수 있다.

그리스에 가면 '카페 엘리니코스Cafe Elinikos' 라고 부르는 그리스식 커피를 즐길 수 있다. 사람들은 그냥 그리스 커피Greek Coffee라고 부른다. 아침에 일어나면 꼭 커피 한 잔을 마셔야 하루를 시작할 수 있는 나는 그리스에 도착한 날부터 그 곳을 떠나는 날까지 그리스식 커피를 마셨다.

그리스식 커피는 커피잔이 작아서 우리가 흔히 마시는 에스프레소와 거의 유사한 모양이며 맛 또한 비슷하다. 하지만 바닥에 커피 찌꺼기가 남기 때문에 원샷을 하다간 낭패를 본다. 커피가 나오면 찌꺼기가 커피잔 바닥으로 가라앉기를 잠시 기다렸다가 마시는 것이 요령이다. 터키에선 커피를 다 마신 후 찌꺼기를 쏟아버린 다음 커피잔 바닥에 남은 찌꺼기의 모양을 보고 점을 치기도 한다. 그러고 보니 그리스식 커피는 맛도 모양도 터키식 커피와 똑같다 싶을 정도로 매우 닮아 있다. 그리스에 커피가 들어온 건 터키 지배시절이었고 그런 이유로 커피를 '터키식 커피' 라고 불렀다고 한다. 그 후 '그리스식 커피' 라고 부르게 된 사연을 들여다보면 비극적이기도 하면서 그들의 재치가 엿보인다. 1974년 터키가 키프로스를 침략하자 이에 화가 난 그리스 사람들은 그 후 터키식 커피를 그리스식 커피로 바꿔 부르게 되었다. 그리스 사람들의 자존심을 엿볼 수 있는 대목이다. 터키에서 들여 온 음료이니만큼 마시지 않으면 그만일 텐데 커피만큼은 그럴 수가 없었을 것이다. 이름만 바꿔서 계속 즐기고 싶은 욕망이 말해 주듯 커피는 한번 맛들이면 끊을 수 없을 만큼 중독성이 강하다. 그러고 보면 커피만큼 사연이 많은 음료가 세상에 있을까 싶다. 한 잔의 커피가 탄생되기까지 조그만 커피콩들은 기나긴 여정을 거쳐 와서 수많은 사람들의 눈물과 정성 그리고 욕심까지도 담고 있다. 이런 것을 떠올리면 한 잔의 커피는 단순히 검은 음료가 아닌 구구절절한 사연을 담은 대하 드라마 같다는 생각도 든다. 마치 한 사람의 인생처럼.

"그리스식 커피 만드는 것 구경할래요?" 아저씨의 한마디에 자리에서 벌

떡 일어나 주방으로 달려간다. 이런 재미있는 구경거리를 놓칠 수 없지! 그리스식 커피는 브리키Briki라고 부르는 놋쇠나 구리로 만든 손잡이가 긴 특별한 주전자에 커피와 물을 넣고 끓여낸다. 브리키가 작아서 대개 가스레인지의 받침대가 한쪽은 커피 끓이는 용도로 작게 만들어져 있다. 막대기를 브리키 안에 넣고 커피를 젓는 아저씨의 모습이 꼭 소꿉장난을 하는 어린아이 같다. 커피가 끓으면 설탕을 넣는데 설탕을 넣을지 말지는 미리 주문을 받

는다. 설탕을 넣지 않는 것을 '스케토스Sketos', 설탕 한 스푼 정도의 중간 달기는 '메트리오스Metrios', 달콤하게는 '글리코스Glykos'라고 한다. 하지만 낯선 이방인이 무슨 수로 그리스어를 알겠는가. 그저 슈가Sugar 혹은 노 슈가No Sugar만 알면 된다. 슈가? 하고 묻는 말에 고개를 끄덕이면 내 입맛에 맞게 알아서 척척 타오는 것이 그저 신기할 따름이다.

따뜻한 그리스식 커피와 함께 꼭 즐겨야 할 것이 또한 그리스식 아이스 커피이다. 주문할 때 보통은 '프라페Frappe'라고 부른다. 프라페는 인스턴트 커피에 설탕과 물, 얼음을 넣고 거품이 날 때까지 셰이커로 잘 흔들어 준 다음 우유를 넣고 저어 준다. 진하면서 부드럽고 달콤한 데다가 시원하기까지 하다. 여기에 그리스 술인 우조를 약간 넣으면 훌륭한 커피 칵테일로 변신하기도 한다. 커피를 주문하면 시원한 물 한 잔이 함께 나와서 물이 마시고 싶을 때도 일부러 커피를 시키곤 했다. 그리스에서의 커피는 커피뿐 아니

라 주위 사람들을 벗 삼아 커피와 함께하는 시간의 의미가 크기 때문에 종이컵에 커피를 테이크 아웃하는 사람은 대도시의 커피 체인점이 아니면 보기 힘들다. 어딜 가든 거리의 카페마다 삼삼오오 모여 즐겁게 커피를 나누는 사람들. 나도 그들과 어울려 커피 한 잔을 여유롭게 즐겼던 시간들이 그리워지곤 한다. 그런 시간들과 함께하는 커피만큼은 '중독'이 아닌 '행복'으로 부르고 싶다.

만일 그리스 사람과 함께 카페에 가게 된다면 "무얼 마시겠어요?"란 질문에 그리스식 커피를 주문해 보길 바란다. 그럼 그들은 당신에게 엄지손가락을 치켜세우며 당신을 바라보는 눈빛 또한 반짝반짝 빛날 것이다.

04 Greek Story

행복한 계단의 고양이들

내가 처음으로 고양이를 길러본 경험은 초등학교 때였다.

초등학생의 조그만 두 손 안에 쏙 하고 들어올 만큼 작은 몸집에 한쪽 앞발은 흰색, 또 다른 쪽 발은 갈색을 가진 동그란 눈이 매력적인 '예삐' 라는 이름의 암고양이였다. 시간이 흘러 나는 어느새 어른이 되었고, 이제 우리

집에는 '예삐' 대신 '라나'라는 이름의 예쁜 암고양이가 매일 아침 나를 깨운다. 유난히 동그랗고 큰 눈에 노란색과 초록색의 두 가지 색을 모두 가진 신비한 눈동자, 반짝반짝 빛나는 잿빛 털을 가진 라나는 매일매일 호기심이 철철 넘치는 애교쟁이이자 동시에 사랑스러운 겁쟁이이기도 하다.

하지만 안타깝게도 많은 사람들이 고양이는 '요물' 내지는 무섭고 앙칼진 동물이라고 생각한다. 이런 사실이 고양이를 키우는 사람으로서 놀랍기도 하고 속상하기도 하다. 고양이를 한 번이라도 키워본 사람이라면 이 동물이 얼마나 작고 연약하며 호기심으로 똘똘 뭉친 순진한 '겁쟁이들'인지 알 수 있을 것이다.

그리스 섬엔 고양이가 무척 많다. 특히 산토리니 섬은 전 세계 고양이 애호가들로부터 사랑을 받는 섬이기도 하다. 나 역시 여행을 가기 전부터 그 이야기를 들었고 그래서 더욱더 그리스 섬으로 여행을 가야겠다고 마음먹었다. 고양이가 다 똑같지 뭐. 과연 그럴까? 아니, 다르다. 어떤 곳에 사는 동물의 행동을 자세히 보면 그곳 사람들의 인심을 알 수 있다고 하지 않는가. 그리스에서 고양이의 존재는 단지 길고양이가 아니었다. 사람들은 집 안에서, 고양이들은 집 밖에서 함께 어울려 살아간다. 길에서 살긴 하지만 사람들이 다가간다고 해서 도망가거나 일부러 먼저 사람들에게 다가오지도 않는다. 한마디로 사람들과 고양이들은 서로 방해하거나 방해받지 않으며 서로 공존하고 있다. 서로 말은 통하지 않지만 어울려 살아가는 법을 터득한 것이다. 고양이를 무서워하는 사람도 그리스 섬에서만큼은 그들과 친해질 수 있다. 햇빛 아래서 나른하게 잠자는 털뭉치들은 길에서 살아가는 고양이들이라 깨끗하지는 않았지만 얼굴 표정 하나만큼은 남부럽지 않다. 섬의 고양이들은 또한 좋은 사진모델이 되어주기도 한다. 나도 포즈를 잘 취해 준 고양이들 덕분에 사진을 많이 찍을 수 있었다. 한스 실베스터Hans Silvester라는 고양이 사진으로 유명한 사진작가는 푸른 바다를 벗 삼아 살아가는 그리스 섬 고양이들의 모습을 카메라에 기막히게 포착했다. 그가 찍은 사진 속 고양이들은 어쩌면 현실의 모습과 다를 수 있겠지만 보는 이로 하여금 감탄을 자아내게 만든다. 그래서 그의 지중해 고양이 사진집은 그 어떤 여행 안내서보다 당장 그리스로 뛰어가고 싶게 만드는 힘이 있다.

그 계단을 발견한 것은 산토리니 섬에서 비교적 여행자들의 발길이 뜸한 '피르고스' 라는 작은 마을에서였다. 마을의 좁고 작은 골목들을 서성거리다가 어느 조용하고 한적한 길 모퉁이를 돌아서던 순간 나는 깜짝 놀라고 말았다. 아랫부분이 옅은 하늘색으로 칠해진 야트막한 계단에 고양이들이 서로 즐거운 대화를 나누며 일광욕을 즐기고 있었던 것이다.

"어이, 오늘 날씨가 낮잠자기에 안성맞춤이지 않나?"

분명 내 귀에는 그렇게 들리는 것 같았다. 계단 맨 앞쪽의 고양이는 심지어 웃기까지 한다. 나는 눈을 비비고 다시 계단을 쳐다보았다. 한 마리, 두 마리, 세 마리… 무려 여덟 마리의 고양이들이 계단 여기저기에 사이좋게 앉아 있었다. 내가 다가가도 소 닭 쳐다보듯 꿈쩍도 안하고 오후의 햇살을 즐기는 모습에서 문득 우리 동네 길고양이들이 떠오른다. 먼지를 푸욱 뒤집어 쓴 모양새가 안쓰러워서 먹이를 좀 주고 싶었는데 내가 다가가자 후다닥 줄행랑치고 말았던 모습과 지금 내 눈앞 계단의 고양이들은 너무 대조적이다.

나는 슬그머니 계단에 앉아 고양이들의 오후를 함께한다. 행복한 그들의 모습에 나도 모르게 미소가 번진다. 그곳은 세상에서 가장 행복한 계단이었다.

04 Greek Story

열린 창문 사이로

이런 창문 아래라면 "창문을 열어다오!"라며 고백하기가 한결 쉽지는 않을까? 창문을 보니 영화 〈시네마천국〉에서 토토가 백 일 동안 엘레나의 집 창문 밑에서 그녀가 창문을 열어 주기만을 기다리는 장면이 떠오른다.

이곳의 창문들은 꼭 고백이 아니더라도 창문을 열어달라고 소리치면 왠지 누군가 다가와서 문을 열어 줄 것만 같다. 창문을 열어 주는 것은 마음을 열어 주는 것이다.

꽉 닫혀서 안이 잘 보이지 않는 문보다는 비스듬히 열려 있어 그 안 풍경은 어떨까 호기심을 자극하는 그런 문들이 좋다.

사람의 마음도 마찬가지일 듯. 문이든 사람이든 열려 있을 때만이 바람이 더 잘 통하는 거니까.

Paros & Naxos

ΟΔΟΣ
ΜΙΧ. ΣΟΛΩΜΟΥ

파로스 섬 | Paros |

파로스 섬은 키클라데스 제도에 속한 섬 중 세번째로 큰 섬으로 우리에게는 잘 알려져 있지 않지만 유럽 여행자들 사이에서는 꽤 인기 있는 곳이다. 흰 대리석으로 유명하며, 비잔틴 시대의 교회와 박물관, 에메랄드 빛을 머금은 해변, 그리고 다른 여느 섬처럼 정다운 그리스 사람들을 만날 수 있다.

파로스 섬까지는 비행기 혹은 배편으로 갈 수 있다. 하지만 성수기와 비수기, 날씨 등에 의해 시간이 변경되거나 운항이 취소되는 등 많은 변수가 생기므로 가기 전에 꼭 체크를 해야 한다. 비행기는 아테네에서 연결된다. 40분 소요

파로스 섬의 수도이자 항구는 파리키아Parikia로 아테네의 피레우스Piraeus 항에서 배편으로Speed boat: 2시간 30분, Ferry: 5시간 연결되며, 키클라데스 제도 내의 다른 섬에서도 배편으로 연결 된다. 낙소스 S: 30분, F: 1시간 | 미코노스 S: 1시간, F: 2시간 | 산토리니 S: 2시간 F: 4시간 | 크레타 섬의 이라클리오 항까지는 S: 4시간, F: 8시간 소요

낙소스 섬 | Naxos |

낙소스는 키클라데스 제도에서 제일 큰 섬으로 올리브, 포도, 감자와 같은 작물이 유명하다. 특히 이곳의 포도주는 특별하다고 하는데 그리스 신화를 읽은 사람이라면 '낙소스'라는 단어가 그리 낯설게 다가오지는 않을 것이다. 낙소스는 그리스 신화에 등장하는 '술'의 신인 '디오니소스' 신앙의 중심지였다. 그 이유를 거슬러 올라가면 역시 신화와 관련이 되어 있다. 아리아드네의 실타래 덕분에 미궁에서 무사히 빠져 나온 아테네의 왕자 테세우스는 아리아드네와 결혼을 약속하고 함께 크레타 섬을 떠나지만 도중에 신탁을 받고 그녀를 낙소스 섬에 버리고 떠난다. 홀로 낙소스 섬에 남겨진 아리아드

네는 깊은 실의에 빠지게 되는데 그런 그녀를 술의 신 '디오니소스'가 거두어들여 둘은 결혼을 하고 낙소스 섬에서 살게 되었다는 이야기이다.

전설이나 신화가 깃들여진 장소는 왠지 여행자의 호기심을 자극한다. 그리스에는 그런 장소들이 지천에 널려있다고 해도 과언이 아니다. 아름다운 풍경도 좋지만 돌 하나, 풀 한 포기, 혹은 한 잔의 포도주에도 이야기가 숨어있는 곳. 그 이야기들을 찾아가는 여정. 이것이 그리스 여행의 진정한 매력이 아닐까 싶다.

낙소스 섬은 비행기 혹은 배편으로 연결된다. 하지만 마찬가지로 성수기와 비수기, 날씨 등에 의해 시간이 변경되거나 운항이 취소될 수 있으므로 가기 전에 꼭 미리 체크를 해야 한다. 비행기는 아테네에서 연결된다. 45분 소요

낙소스 섬의 수도이자 항구는 호라로 아테네의 피레우스Piraeus 항에서 배편으로Speed boat: 3시간, Ferry: 5시간 연결되며, 키클라데스 제도의 다른 섬에서도 배편으로 연결 된다. 파로스 S: 30분, F: 1시간 | 미코노스 S: 1시간 30분, F: 3시간 | 산토리니 S: 1시간 30분, F: 3시간 | 크레타 섬의 이라클리오 항까지는 S: 3시간, F: 7시간 소요

좋은 간판상

나는 여행을 다닐 때, 처음에는 풍경이 눈에 들어오지만, 그 다음은 사람이 눈에 들어온다. 마음이 사람을 품으면 이번에는 그들의 일상이 조용히 내 안을 파고든다. 그렇게 점점 눈을 돌리다 보면 나중엔 그곳 길가에 대수롭지 않게 피어 있는 잡초도, 죽을 것 같은 더위도, 비 오는 날의 우중충함도 모두 다 사랑할 수 있을 것 같은 심정이 되어버린다. 길을 걷다가 그들의 일상이 조금씩 다가올 때면 길거리 상점의 간판들도 하나 둘씩 눈에 들어온다. 지금까지 여행 길 위에서 혹은 나의 일상에서도 무수히 마

주치는 간판들. 언제부터인지 나는 간판에 관심이 많이 생겼다. 간판을 보면 왠지 그 집 주인이 어떤 사람일까 짐짓 가늠이 된다. 재미있는 간판을 달고 있는 가게는 주인이 유머러스한 사람일 것 같고, 작지만 깔끔하고 세련된 간판의 주인은 빈틈없고 똑 부러진 성격의 소유자일 것 같다. 눈에 띄지는 않지만 주위 환경과 조화를 이루며 자연스러운 간판을 내건 이는 아마도 더불어 사는 삶을 아는 사람일지도 모른다. 반대로 제멋대로의 미적 감각과 크기로 번쩍번쩍 광을 내고 있는 네온사인이 달린 간판에서는 이기적이고 센스 없는 사람이 연상된다. 그리고 건물을 뒤덮고 있는 빽빽한 간판들은 밤하늘에 별이 빛난다는 사실을 잊게 할 정도로 가슴을 죄어온다. '아, 정말 이런 간판 말고 예쁘고 착한 간판한테 상이라도 주면 안 될까?' 하는 생각이 불쑥 고개를 든다. 나만 그런 생각을 한 건 아니었나 보다. 얼마 전 우연히 〈대한민국 좋은 간판상〉이란 것을 알게 되었다. 나는 그들의 메시지에 깊은 공감을 했다.

우리네 간판은 목소리 큰 사람이 이기는 싸움판처럼 더 크게, 더 많이, 더 화려하게 경쟁하고 있습니다. 숨 막히듯 덕지덕지 붙은 간판은 보는 이를 답답하게 하고, 장소를 가리지 않는 간판들은 보행을 방해하고 안전을 위협합니다. 우리는 지금처럼 자기만 잘났다고 아우성치는 간판이 아니라 정답게 웃고 다정히 말을 거는 간판을 원합니다. 거리에는 좋은 간판들로 가득하기를 바랍니다. 이러한 일은 간판제작자나 상점주들뿐 아니라 거리에서 간판을 만나는 일반 시민들까지 아름다운 간판과 거리에 관심을 가질 때 가능합니다. 이것이 좋은 간판을 찾아내어 상을 주는 이유입니다.

그럼 그리스 섬의 모든 간판들이 아마 간판상의 수상 후보일지도 모른다. 이곳의 간판들은 보는 것 자체가 재미있고 흐뭇하다. 조용조용 작지만 각자의 개성이 충분히 드러나는 간판들은 그 자체만으로도 화려하고 큰 간판보다 강렬하게 보는 이의 머릿속에 각인된다.

간판을 자세히 들여다보면 '그리스다운' 상호가 아주 많다. 주로 신화 속에 등장하는 이름을 딴 것들이다. 아폴론 갤러리, 소크라테스 식당, 디오니소스 바, 아틀란티스 서점, 암브로시아 식료품 가게 등. 그리스 신화에 관심이 있는 사람이라면 상호만 봐도 아! 하며 웃음을 지을 수 있는 간판들이다. 더불어 신화에 대한 그들의 믿음과 애정을 엿볼 수 있기도 하다. 그리고 설령, 그리스 문자로 되어 있는 간판이라 할지라도 무엇을 파는 가게인지 알아 맞추기가 쉽다. 꽃집 간판은 꽃집답고, 신발 가게 간판은 신발 가게 같으며, 서점 간판은 서점스럽다. 조용하지만 정체성이 분명한 개성. 주위와 조화를 이루는 정다움. 소박하지만 가장 자신의 모습다운 당당함. 이 정도면 수상 후보 자격에 충분하다. 과연 어느 간판에 상을 줘야 할까? 나 혼자 몰래 고민하는 것도 어느새 즐거운 일이 되어버린다.

간판은 어쩌면 사람들의 생각과 마음을 고스란히 나타내고 있는지도 모른다. 시작은 '간판 바꾸기' 겠지만 간판상이 진짜로 원하는 바는 '사람들의 변화' 일 것이다. 지금보다 조금 더 정답게 웃고, 다정하게 말을 거는 '사람' 이 많아지기를, 주위와 더불어 사는 '사람' 이 많아지기를, 거리에 좋은 '사람' 들로 가득하기를, 그래서 '세상' 이 더욱더 아름다워지기를!

❶ 타베르나 ❷ 서점 ❸ 꽃집 ❹ 신발 가게 ❺ 갤러리 ❻ 기념품 숍 ❼ 카페

아플 때는 '뱀'이 그려진 간판을 찾으세요

그리스의 약국도 우리네처럼 처방전이 있어야 약을 살 수가 있으므로 평소에 자주 복용하거나 필요한 약 등은 여행 전에 미리 챙겨두는 것이 좋다. 반창고, 소화제 등 가벼운 약들은 처방 없이 구입이 가능하다. 신화에서 뱀은 의술의 신인 아폴로의 아들 '아스클레피오스'의 사자로 여겨진다. 그래서 약국이라는 단어가 갑자기 떠오르지 않을 때는 아픈 시늉을 하지 말고 종이와 펜을 꺼내어 십자를 그리고 그 안에 지팡이와 뱀을 그려 보여주면 친절한 그리스인들은 당신을 약국으로 안내해 줄 것이다.

04 Greek Story

체념 속에서 배우는 여유

“그리스에 있다 보면 자연스럽게 ‘체념’이란 것을 배우게 된다. 전혀 해수욕을 할 수 없어도, 목욕통에 온수가 나오지 않아도, 호텔 주인이 전혀 반성의 기미를 보이지 않아도, 어떻게 할 도리가 없으므로 체념하는 수밖에 없다.”

소설가 하루키의 말에 나는 적극 공감한다. 그리스 땅에 도착한 순간 나도 그가 말한 체념이란 것을 경험했기 때문이다.

내가 탄 비행기는 점심 시간이 가까워 올 즈음 아테네의 공항에 착륙했다. 낯선 땅에 도착했다는 설렘과 기쁨도 잠시, 긴 비행시간 탓에 온 몸은

쑤시고 배도 고픈데 입국심사를 통과하기 위해 길게 늘어선 줄은 줄어들 줄을 모른다. 그도 그럴 것이 비행기에서 내린 승객은 백 명이 넘는데 단 '2명' 의 입국 심사관이 여권을 검사하며 스탬프를 찍어주고 있다. 그것도 빨리 하지도 않고 서로 이야기를 해가면서 슬렁슬렁. 기다린 지 30분째 접어들자 나는 초조해짐을 넘어서 항의라도 하고 싶은 심정으로 왔다갔다 한다. 입국심사관을 뚫어져라 쳐다보지만 그들은 꿈쩍도 안하고 하나도 바쁠 것이 없다는 표정이다. 아마 100만 명의 승객이 줄을 서 있었다 한들 대수롭지 않게 넘길 것 같았다. 그 순간은 넓은 입국심사대에 심사관들이 척척 일사천리로 도장을 찍어 주는 인천공항의 입국심사대가 미치도록 그리워진다. 나는 그만 체념 모드로 돌아선다. 줄을 선 지 한 시간 만에 아테네의 바깥공기를 마실 수 있었다. 기다리면서 주위를 둘러보니 어떤 사람은 책을 읽고 있고, 또 어떤 사람은 친구와 함께 낱말 맞추기 게임을 하며 즐거워하고 있었다. 나는 여전히 투덜투덜인데 똑같이 주어진 상황에서 사람은 이렇게나 다르다.

한 번은 크레타 섬의 이라클리오에서 아기오스 니콜라오스로 가려는 버스표를 살 때였다. 전날 가 본 그곳이 너무 좋아서 다음날 또 가 보리라 마음먹고 버스 정류장 창구에서 표를 샀다. 표를 사고 다시 생각해 보니 왕복 네 시간 가까이 걸리는 그곳을 오후에 다녀오기에는 시간이 너무 빠듯할 것 같아 표를 다시 취소하러 창구로 갔다. 그런데 매표소 창구에서 들려온 대답은 취소가 안 된다는 것이다. 아직 출발하려면 시간이 많이 남았고 다른 사람에게 자리를 되팔 수도 있지 않겠느냐고 항의를 해 보지만 어쩔 수 없다는 표정으로 어깨만 한 번 으쓱할 뿐이다. 내 입장에서 보면 융통성 없는 그들이 야속하지만 그쪽 입장에서 보면 애초에 표를 살 때 신중하지 못했던 나에게 문제가 있는 것이다. 나는 표 환불하기를 포기하고 발걸음을 돌린다. 이렇게 된 김에 근처 박물관에 가기로 마음을 고쳐먹는다. 다행히 박물관 구경은 꽤 재미있었다.

크레타 섬에서 다른 섬으로 가는 배를 탔을 때도 그랬다. 저녁 일곱시에 출발하기로 예정된 배는 떠날 시간을 훌쩍 넘기고도 출발을 못하고 자꾸 안내방송만 나왔다. 바람으로 인해 날씨 상황이 좋지 않아 배가 언제 출발할 수 있을지 알 수 없다는 내용이었다. 그런 상황이 한 시간이 지나고 두 시간이 지나자 또다시 초조해진 나는 승무원을 붙잡고 묻기도 하고 선실과 갑판을 왔다갔다 한다. 하지만 배 안에서 초초함에 안절부절 못하는 사람은 나밖에 없는 것 같았다. 내 옆에 앉아 있던 그리스인 가족은 그리스식 커피를 홀짝이며 식구들과 카드 게임을 즐기고 있다. 밤 열시. 꼼짝도 않는 배에서 다시 내릴까도 싶었지만 세 시간 만에 체념 모드로 돌아서서 2층의 배 갑판으로 산책을 나간다. 희한하게도 체념을 하는 순간, 세상의 모든 것들이 평화롭게 돌아가는 느낌이다. 조금 전까지 원망스러웠던 밤바람은 시원하게 내 두 뺨을 스쳐 지나가고, 거칠게 출렁이는 파도 소리는 음악처럼 들린다. 항구 저편, 반짝이는 건물들의 불빛은 마치 크리스마스 트리에 장식해 놓은 장식용 전구 같다. 이윽고 다시 똑같은 안내방송이 흐른다. 그 속엔 미안하다거나 환불을 해주겠다는 말은 절대로 없다. 나는 이미 반은 그리스인이 된 것 같은 심정으로 심드렁하게 방송을 듣는다. 선실로 돌아와 책을 읽다가 의자에 앉은 채로 그대로 스르르 잠이 들었다. 다음날 눈을 떠보니 해가 밝아 있다. 배는 정확히 열두 시간 만인 다음날 아침 일곱시에 출발했다. 하룻밤 숙박비 굳었네!

그리스에서 재촉을 하다가는 나만 바보가 될 뿐이었다. 나는 체념이라는 단어를 무척 싫어한다. 그 속에는 도전하지 않고 그냥 포기한다는 뜻이 담겨 있는 것 같아서이다. 하지만 그리스에서의 체념은 포기가 아니라 '기다림'을 배우는 연습이요, '여유'를 즐기는 과정이었다. 그곳에서의 체념의 또 다른 이름은 흔히들 말하는 '카르페디엠'이었던 것이다.

그 순간을 '즐거라'.

특히, 피할 수 없는 상황이라면.

환승하기 위한 새벽의 공항. 너무나 피곤하지만 눈은 말똥말똥하기만 한데 어디선가 기타 소리가 들려온다. 고개를 돌려보니 저쪽에서 누군가 웃으면서 기타를 연주하고 있다. 다들 피곤하고 지치고 배고픈 이 새벽에.

카르페디엠!
피할 수 없다면 즐겨야지. 안 그래? 그의 기타가 그렇게 노래한다.
혹시 신청곡도 받나요? 물어보고 싶은 새벽.

04 Greek Story

디아스포라적 삶

국토의 대부분이 바다를 접하고 있는 그리스인들에게 바다는 바로 삶이라고 할 수 있다. 그래서 어업과 선박업이 그리스의 주요 산업이 된 것은 어쩌면 당연한 일이다. 어디선가 한 번은 들어봤을 이름인 '오나시스'. 그는 '오페라의 디바' 마리아 칼라스와의 염문설, 케네디 대통령의 미망인 재클린과의 재혼 등 세계적인 화젯거리를 만든 인물로 유명하지만 그 전에 해운사업으로 엄청난 부를 거머쥔 그리스의 선박왕이다. 그의 풀 네임은 아리스토틀 소크라테스 오나시스Aristotle Socrates Onassis. 그리스인답게 이름 또한 정말 그리스스럽다. 하지만 그가 태어난 곳은 터키이다. 당시 터키 땅에는 그리스인들이 상당수 살고 있었는데 터키인들에 의해 대부분 그리스 땅으로 내쫓기는 신세가 되고 말았다. 그의 가족도 마찬가지. 오나시스는 그 후 멀리 남미대륙 아르헨티나로 건너가 담배 사업을 시작하면서 돈을 벌기 시작하였다. 어떻게 보면 그 역시 디아스포라적인 삶을 살았다고 볼 수도 있을 듯하다. 디아스포라Diaspora는 '이산' 또는 '산재'를 뜻하는 그리스어이다. 원래 디아스포라는 세계 여러 곳에 살고 있는 이산 유대인을 가리키는 말이라고 하는데, 본인의 의사와는 상관없이 여러 가지 외적 요인들, 이를 테면, 식민 지배, 분쟁이나 전쟁, 시장 경제 등을 통해 원래 살던 곳에서 다른 곳으로 이산을 강요당한 사람들을 가리킨다. 오늘날 전 세계에

서 디아스포라로 살고 있는 그리스인들이 많다. 가난에 떠밀려 그리스 땅을 떠난 사람들은 미국에 많이 정착하였고, 과거 골드러시 시절에는 호주로 대거 이주를 하기도 했다. 지금도 호주 시드니에는 그리스인들이 상당수 살고 있다고 한다.

산토리니에서 만난 어느 호텔의 매니저는 자신은 그리스 사람이지만 부모님의 한쪽이 요르단 사람이라고 했다. 카르멘은 페루 사람이지만 그리스인 남편을 만나 그리스에 정착한 경우이고. 그리스에서 내가 만난 사람 중 순수 백 퍼센트 크레타 사람이라고 주장하는 야니스를 제외하면 이래저래 조금씩은 디아스포라의 삶을 살았거나 살고 있는 듯 보였다. 현대판 디아스포라들인 것이다.

그러고 보니 여행자들도 어떤 면에선 디아스포라가 아닐까? 자신이 원해서 여행을 떠난 것이기는 하지만 결국 떠날 수밖에 없는 많은 요인들이 여행자들의 마음과 발을 움직이게 하니까.

04 Greek Story

재미있는 사진 찍기

사진 찍기를 좋아하는 사람들에게 그리스의 섬들은 어디를 찍어도 엽서 같고 그림 같은 아름답고 멋진 출사 장소임에 틀림이 없다. 풍경을 배경으로 마치 광고 촬영이라도 하듯이 찍는 인물 사진도 좋겠고, 풍경 그 자체가 담긴 사진도 좋다. 하지만 같은 풍경을 찍었는데 엽서 가게의 사진과 내 사진은 왜 이렇게 다를까 하고 좌절하기 쉽다. 하지만 좌절은 금물. 똑같은 풍경이라 하더라도 자기만의 시선을 담으면 된다. 조금만 더 유심히 주위를 둘러본다면 자신만의 스타일로 사진을 찍을 만한 피사체는 얼마든지, 어느 곳에서든지 찾아낼 수 있다. 아무도 거들떠보지 않는 조그만 창문 하나, 그 아래서 나른한 낮잠을 즐기는 고양이들, 비스듬하게 열려진 문 틈 사이로 보이는 그 안의 풍경들, 여행 중 만난 사람들 역시 모이고 모이면 충분히 나만의 작품 사진이 된다. 잘 찍든 못 찍든 나만의 시선이 담긴 사진을 찍는 일. 그 이전에 대상과 즐겁게 소통하는 일. 그리스 섬에서는 용기 내어 시도해 볼 만하다.

그림자 놀이

해가 질 때 역광으로 그림자 놀이를 하면 무척 재미있다. 인물이나 건물의 모습은 시커멓게 표현되고 그 실루엣만 또렷이 윤곽을 드러내기에 사진의 또 다른 표현의 재미를 느낄 수 있다. 카메라의 '화이트발란스'를 여러 가지 모드로 바꾸어 가면서 찍어보면 배경 색깔이 약간씩 다르게 나온다.

무릎까지 내려오는 원피스에 귀여운 모자, 목에는 빨간 땡땡 무늬 스카프를 두른 스페인에서 왔다는 귀여운 할머니 두 분. 마치 옛날 소녀시절로 돌아간 듯 그 시간을 즐긴다. 서로 사진을 찍어주기도 하고 소녀와 같은 웃음을 지으며 지는 태양에게 '잘 가'라며 손 인사를 한다.

누가 시킨다고 해서 절대 나올 수 없는 표정과 동작을 바라보며 아름다운 자연의 힘과 여행이 주는 기쁨에 대해서 잠시 생각한다.

Door of the Greece

그리스의 섬엔 각양각색의 다양한 문들이 존재한다. 비슷해 보이지만 그 고유의 기능만 같을 뿐 자세히 들여다보면 크기나 모양에서 똑같은 문은 거의 없다. 아마도 집의 모양과 색깔이 대부분 비슷하니까 차별화를 두기 위

해 비교적 자유로운 문에 애정을 쏟은 듯하다. 문 하나에서부터 그들만의 개성이 돋보인다. 예쁘긴 하지만 한치의 오차도 없이 꽉 닫혀서 무정해 보이는 문보다는 오래되어 색이 바래고 낡았어도 헐겁게 바람이 드나들 수 있는 문들이 좋다.

내가 가지고 싶은 것은 멀리 빽빽하게 들어선 건물과 아파트가 보이는 창문이 아닌 어렴풋이나마 바다나 꽃 한 송이가 보이는 그런 창문을 가지고 싶다.

창문 앞에는 조그만 화분을 가져다 놓아도 좋겠다. 햇빛이 쨍쨍한 화창한 날에는 라디오 볼륨을 키우고 화분에 물을 준다. 비가 부슬부슬 내리는 흐린 날에는 창가에 앉아 떨어지는 빗방울 소리를 듣는다.

작은 소망이지만 이루기 쉽지 않다는 것을 안다. 그래서 여행 길에서나마 내가 가지고 싶은 창문을 마음껏 찍어둔다. 그렇게 소망은 내 카메라에 차곡차곡 담긴다.

사람이 있는 풍경

사진을 찍을 때 최고의 피사체는 역시 '사람'이다. 사람은 그 자체로도 충분히 아름답지만 찍으려는 대상과 눈빛 그리고 마음으로 소통이 되었을 때 더 이상 피사체가 아닌 나의 '친구'가 된다.

여행은 내가 나에게 말을 걸어오는 방법이다.

여행. 그 후

여행. 그 후는

마치 즐거운 꿈을 한바탕 꾸고

잠에서 깨어난 듯한 기분이다

일상으로 돌아온 후엔

언제 그런 꿈을 꾸었나 싶게

그 꿈을 꾸기 전과 너무나 똑같은 일상에 화들짝 놀라고 만다

그래도 그 꿈 때문에 힘이 나고

언젠가 다시 그 꿈을 꿀 수 있을 거라는 기대감에 설렌다

다음 번에는 조금 더 길게 꾸고 싶다

깨어나기 싫을 만큼 좋은 꿈보다는

즐겁게 깨어나서

힘차게 살아갈 수 있기를.

Greece

Travel Note

Chapter 05 | 그리스 여행 노트

05 Travel Note

야사스! 그리스 – language

안녕하세요 ⁞ yasas ⁞ [야사스]

그리스 사람들은 만날 때 '야수' 라고 말하기도 하지만 보통 '야사스' 하고 인사하길 더 즐긴다. 우리도 '안녕하십니까' 보다는 '안녕하세요' 혹은 '안녕' 을 더 즐겨 쓰듯이. 그리스에 가면 다른 건 몰라도 야사스! 이 말만큼은 꼭 기억해 두자.

네 ⁞ ne ⁞ [네]

"네, 네, 딱시." 핸드폰으로 누군가와 통화를 하는 야니스의 한국어 실력이 유창하다. 사실 그 말은 그리스어였지만 꼭 한국말처럼 들렸다. 우리말의 '네' 는 그리스 말로도 '네' 이다. 그래서 야니스가 한국말을 하는 줄 알고 처음에 깜짝 놀랐던 것이다. '아니오'는 '오히Oxi'라고 한다. 무엇이든지 "Why not? No problem!"을 외치는 그에게서 '아니오'는 좀처럼 듣기 힘들었다. 그리고 마치 '택시'처럼 들리는 '딱시'라는 말도 자주 하는데 '오케이'라는 의미이다.

여보세요 | parakalo | [파라깔로]

'파라깔로'는 '여보세요'라는 뜻도 되고 '부탁합니다'의 '플리즈Please' 라는 의미도 동시에 가지고 있다. 유심히 귀를 기울이면 그리스인들이 이 말을 상당히 많이 하는 것을 알 수 있다. 이 말을 몰라도 큰 불편은 없겠지만 반대로 '여보세요' 내지는 '부탁합니다'라고 한국어로 말을 걸어오는 외국인의 모습을 상상하면 필요성이 확 느껴지는, 한마디로 서바이벌 그리스어인 셈이다.

좋은 아침 | **kalimera** | [깔리메라]

"굿모닝!" 아침에 일어나서 아침 식사를 하러 나가면 숙소의 직원들이 나에게 하는 인사말이다. 하지만 그들끼리는 "깔리메라!"라고 말하는 것이 들린다. 바로 '좋은 아침!'이라는 아침 인사이다. 나도 그 말을 듣고 싶어서 먼저 말한다. "깔리메라!" 그러니 상대편에서 들려오는 인사도 "깔리메라!" 좋은 아침입니다!

감사합니다 | **efharisto** | [에프하리스토]

"에프하리스토." "엉? 뭐라고? "에프하리스토." 따라하기 너무 힘들다. 그리스어로 '감사합니다'를 배우고 싶어서 물어봤건만 발음도 단어도 너무 어렵다. 사실 그리스어는 가장 배우기 힘든 언어 중 하나이다. "도대체 무슨 말인지 하나도 모르겠어"란 관용 표현을 영어로 "It's all Greek to me"라고도 하는 걸 보면 그만큼 어려운 말임에 틀림이 없는 듯하다.

외국을 여행할 때 그 나라의 언어를 조금이라도 알고 가거나 배워서 나가면 무척 도움이 된다. 다행히 그리스는 관광국답게 어디서든 영어가 잘 통하는 편이다. 그리스를 여행하기 위해 일부러 그리스어를 배울 필요는 없지만 간단한 인사말과 함께 그리스 알파벳을 익혀두면 여행하는 데 훨씬 플러스 요인으로 작용한다.

에프하리스토! *Ευχαριστω*

그리스 문자

대문자	소문자	이름	발음	영어 표기
Α	α	alpha	알파	a
Β	β	beta	베타	v
Γ	γ	gamma	감마	gh
Δ	δ	delta	델타	d
Ε	ε	epsilon	엡실론	e
Ζ	ζ	zeta	지타	z
Η	η	eta	이타	i
Θ	θ	theta	시타	th
Ι	ι	Iota	요타	i
Κ	κ	kappa	카파	k
Λ	λ	lambda	람다	l
Μ	μ	mu	뮤	m
Ν	ν	nu	뉴	n
Ξ	ξ	xi	크사이,크시	x
Ο	ο	omicron	오미크론	o
Π	π	pi	파이	p
Ρ	ρ	rho	로	r
Σ	σ	sigma	시그마	s
Τ	τ	tau	타우	t
Υ	υ	upsilon	입실론	i
Φ	φ	phi	파이	f
Χ	χ	chi	카이,카	h
Ψ	ψ	psi	프사이,프시	ps
Ω	ω	omega	오메가	o

ΤΑΒΕΡΝΑ
TABERNA
타베르나
| 그리스 전통식당 |

ΦΑΡΜΑΚΕΙΟ
FARMAKEIO
팔마케이오
| 약국 |

ΟΥΖΕΡΙ
OUZERI
우제리
| 선술집 겸 식당 |

ΚΑΦΕΝΕΙΟΝ
KAFENEION
카페네이온
| 카페 |

05 Travel Note

그곳으로 가는 길 – traffic

에게 해에 있는 그리스 영토인 키클라데스 제도는 그 이름처럼키클라데스란 원형이라는 의미 수십 개의 섬들이 원형으로 퍼져서 이루어져 있다. 키클라데스 제도에는 많은 섬들이 있는데 그 중 미코노스 섬과 산토리니 섬이 대표적인 아름다운 섬으로 알려져 있다. 하지만 이 두 섬 이외에도 낙소스, 파로스, 로도스, 이오스 등 모든 섬들이 각기 제 각각의 아름다움을 자랑하고 있다. 섬과 섬 사이는 배편이 운항하며 아테네에서 미코노스, 산토리니, 크레타 섬까지는 배편, 항공편이 둘 다 운행되고 있다.

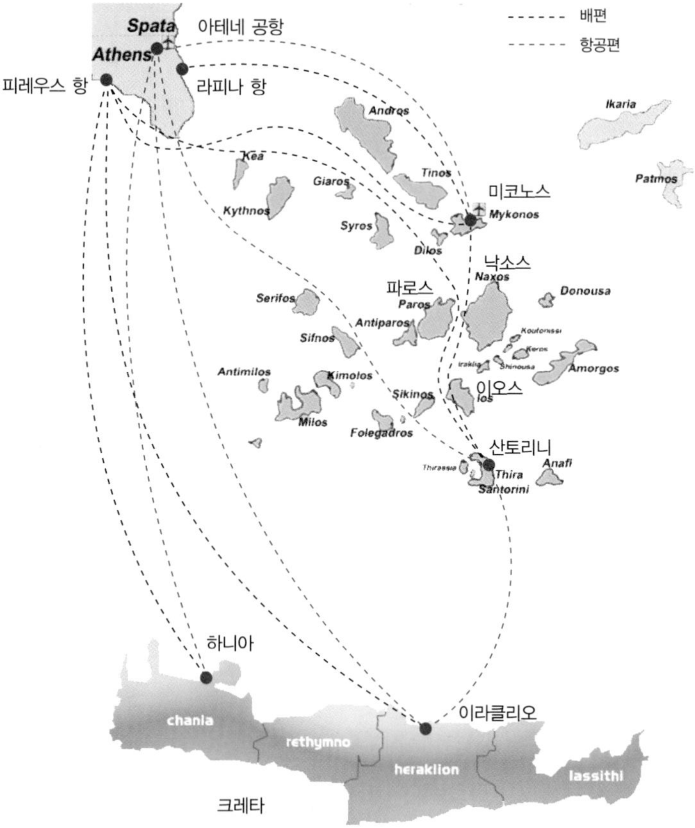

아테네 국제공항은 아테네 시내에서 동쪽으로 27킬로미터 지점에 있으며 시내 중심지까지 이동하는 데는 약 한 시간 정도가 소요된다. 아테네 국제공항: http:// www.aia.gr/

아테네와 에게 해의 섬들을 잇는 항공편과 배편은 날씨에 큰 영향을 받는다. 비가 많이 오거나 바람이 심하게 부는 날은 갑자기 운항 스케줄이 변경되거나 결항되는 경우가 많다. 특히 바람이나 파도의 영향을 많이 받는 배편이 변경과 취소가 잦다. 배편의 경우, 비수기인 11월~4월 사이에는 날씨에 상관없이 운행 노선과 편수가 줄어들거나 갑자기 없어지기도 하니 사전에 꼭 체크를 해야 한다.

출발 \ 도착	아테네			미코노스		산토리니		이라클리오	
	비행기	페리 (피레우스 항)		페리		페리		페리	
		고속	일반	고속	일반	고속	일반	고속	일반
미코노스	45분	약 3~4시간 약 2시간30분(초고속) (라피나항에서 출발)	약 5~6시간			약 3시간	약 4시간	X	약 9시간
산토리니	45분	약 5~6시간	약 8~9시간	약 3시간	약 4시간			약 2시간	약 4시간
이라클리오	50분	X	약 10시간	X	약 9시간	약 2시간	약 4시간		
하니아	50분	X	약 10시간	X	X	X	X	X	X

- 미코노스 섬과 산토리니 섬 간의 항공편은 없다.
- 크레타 섬에서 키클라데스 제도 내의 섬으로 가는 항공편은 없다.
- 페리는 날씨와 계절에 따라 매년 운항 편수와 시간 등이 달라지기 때문에 정확하게 몇 시간이 걸린다고 말하기 어렵다.
- 고속 페리는 주로 6~9월 성수기에만 운행되는 경우가 많은데 역시 계절에 따라 노선 별로 큰 차이를 보이므로 반드시 미리 체크를 해야 한다.

섬에서의 교통 수단

섬에서 가장 많이 애용되는 교통 수단은 '버스' 이다. 다른 교통 수단에 비해 비교적 저렴하게대략 €1~2 섬 내를 오갈 수 있다는 장점이 있지만, 배차 간격이 다소 원활하지 못해서 기다려야 하는 경우가 종종 생긴다. 단, 크레타는 섬의 규모상 버스 노선이 매우 발달되어 있어 이용하기 편리하다.

▲ 미코노스 섬 호라 마을의 버스 정류장

▲ 산토리니 섬 피라 마을의 버스 정류장

섬에서 '택시' 는 주로 공항·항구와 시내, 마을과 마을 사이를 빠르게 오가는 데 편리하다. 요금은 꽤 비싼 편대략 €6~20 사이이다. 합승은 불법이 아니며 미터기를 사용하지 않을 때도 많아서, 타기 전에 목적지까지 요금을 흥

▲ 미코노스 섬 호라 마을의 택시 정류장

▲ 산토리니 섬 피라 마을의 택시 정류장

정하고 출발하는 것이 좋다. 특히 미코노스 섬은 택시를 30대밖에 허가해 주지 않아 택시 잡기가 쉽지는 않으니 택시를 이용하려면 미리 예약을 하는 것이 안전하다.

다닐 곳이 여기저기 많은 날, 비싼 택시 요금도 부담스럽고, 버스를 기다리는 시간도 절약하고 싶다면 가장 이용하기 좋은 것은 바로 '렌터카' 이다. 마을에서 떨어진 해변으로 가거나, 시간에 구애받지 않고 마음 편하게 섬을 둘러보고자 한다면 렌터카나 렌탈 바이크 등을 빌려서 여행을 하면 매우 편리하다. 미코노스 섬이나 산토리니 섬은 섬 자체가 그리 크지 않고 도로가 단순하여 길을 찾는 데 큰 어려움은 없다. 한국에서 미리 국제운전 면허증을 받아가면 쉽게 차량을 빌릴 수 있는데 오토보다는 수동 차량이 훨씬 많다. 요금은 차량에 따라 차이가 나는데 하루 렌트비는 대략 €40~120 사이이다.

하지만 뭐니뭐니 해도 최고의 교통수단은 두 다리로 열심히 걷는 것!

대략적인 현지 물가

'비행편' 은 시즌에 따라 가격이 천차만별이다. 아테네에서 그리스 섬으로의 국내선 항공 요금은 편도 10~35만원 사이.

'배편' 역시 성수기·비수기인지 고속·일반인지에 따라 가격이 차이를 보인다. 아테네, 크레타, 키클라데스의 각 섬을 잇는 페리의 편도 요금은 €40~65 사이.

엽서 €0.5~2	그리스식 샐러드 €5~10
생수 €0.5~1.5	카페에서의 커피 한 잔 €2.5~4
캔 음료 €1~2	타베르나에서의 식사 €10~20
수블라키 €2.5~5	유적지, 박물관 입장료 €4~8

* €1=1,500원, 2011년 8월 기준

어디서 잘까?

그리스 섬에서의 숙박은 성수기·비수기로 나뉘는 것이 아니라 Very low, Low, High, Very High, Peak 이렇게 다섯 가지로 분류하고, 시즌을 구분 짓는 날짜도 각 숙박업소마다 다르기 때문에 가격이 매우 들쑥날쑥하다. 일단 시즌과 상관없이 섬에서의 숙박은 대체적으로 비싼 편이다. 배낭 여행자들을 위한 펜션이나 민박 분위기의 작은 호텔들은 €30~70, 중급의 호텔은 €80~150, 위치가 좋고 시설도 훌륭한 상급 호텔들은 €200~400, 그 위의 최상급 호텔들의 요금은 더욱 제각각이다.

내부시설 및 요금 등 숙박에 관한 자세한 사항 참조
유어홀리데이 http://www.eurohoneymoon.co.kr/

언제 가는 것이 좋을까?

여행지에 대한 인상은 어느 계절에 그곳을 방문하느냐에 따라 좌우되곤 한다. 어떤 곳이든 여행자들이 가장 많이 몰려드는 최고 성수기나 반대로 사람이 너무 없는 쓸쓸하고 혹독한 겨울에 여행지를 방문하면 여행지에 대해서 잘못된 인상을 받을 수 있다. 그리스의 섬들도 마찬가지이다. 7~8월 여름의 섬들은 최고 성수기로 바가지 요금과 함께 수많은 여행자들로 몸살을 앓는다. 또한 11월 말부터 이듬해 2월 말까지 겨울 비수기 시즌은 스산하기 그지없다. 대부분의 숙박업소와 상점, 식당들이 그 기간 동안에는 문을 닫는 곳이 많다. 특히 미코노스 섬과 산토리니 섬은 겨울에는 매우 한산하다. 다른 여행지들과 마찬가지로 그리스 섬의 진정한 매력은 봄과 가을에 있다. 4월~6월, 그리고 9월~11월의 섬은 따뜻한 지중해 날씨와 더불어 그 매력을 한껏 발산한다.

05 Travel Note

타베르나 그리고 신들의 만찬 – food

그리스를 여행하면서 뜻하지 않게 놀라웠던 것은 아름다운 풍경도 아니고, 그들의 찬란했던 옛 문명의 흔적도 아니요, 다름 아닌 그리스 음식의 다양함과 훌륭한 맛이었다. 그곳의 빼어난 풍경과 위대한 문화유산은 이미 워낙 많이 알려져 있어서 새삼스러울 것도 없었지만 그리스 음식에 관해선 기로스와 수블라키 정도를 빼고는 우리에게 알려진 것이 거의 없었기에 현지에서 맛본 그리스 요리들은 예상치 못한 기쁨이었다.

이것이 진정한 웰빙

여행에서 만난 그리스 친구들 덕분에 정말 다양하고 맛있는, 지금까지 내가 알지 못했던 진정한 그리스 음식들을 맛볼 기회가 많았다. 이렇게 맛있

는 음식들이 왜 알려지지 않았는지 궁금할 수밖에 없었는데, 그리스의 섬들을 돌아보고 내 나름대로 내린 결론은 음식의 담백함과 그 재료의 건강함에 있는 것 같다. 그리스 음식은 세계적으로 유명한 프랑스 요리나 중국 요리처럼 요리법이 복잡하거나 화려한 기교를 부리지 않는다. 물론 그런 요리들도 몇 가지쯤은 있지만 대부분의 요리는 재료가 가지고 있는 싱싱함을 살려서 담백하고 건강한 맛을 낸다. 실제로 유럽연합의 한 조사에서도 그리스 국민들이 유럽에서 가장 건강한 것으로 발표되었다. 아마도 동물성 기름 대신 신선한 올리브 오일을 많이 섭취하고, 건강에 좋은 토마토를 요리에 많이 쓰며 싱싱한 재료로 그때그때 음식을 만들어 먹기 때문일 것이다.

산토리니 섬의 어느 식당에서 정말로 싱싱한 재료들은 다른 것과 한데 뭉쳐 있어도 그 특유의 맛을 잃지 않는다는 것을 깨달았다. 그리스인들의 식탁에서 음식 고유의 맛이 혀를 통해 생생하게 전해지는 경험을 하면서 '아, 이것이 원래 이런 맛이었구나!' 하고 느낄 수 있는 진정한 '웰빙' 식사를 했다.

그리스인들의 웰빙은 시간에 쫓기지 않고 여유를 부리며 느긋하게 대화하면서 즐기는 식사 습관에도 있다. 내가 만난 그리스 사람들은 대부분 식탁에 앉자마자 음식 주문은 잊은 채 마치 몇 년은 못 만난 친구라도 만난 듯 끊임없이 대화를 주고받는다. 그래서 나는 섬을 여행하면서 종종 허기진 내 배꼽시계를 달래느라 애를 먹기도 했다.

그들의 저녁 식사는 매일 매일이 향연

그리스 사람들의 아침 식사는 '커피와 담배' 라는 말이 있을 정도로 아침 식사는 거의 먹지 않는 사람들이 많다. 점심은 가볍게 하고 대신 저녁 식사는 늦게 시간적 여유를 두고 먹는다. 그리스에서 만난 친구들과 밥을 먹을 때마다 내 눈과 배는 휘둥그레질 때가 한두 번이 아니었다. 배가 불러서 도저히 못 먹을 즈음이 되면 메인 요리가 나오는 불상사가 종종 발생한다. 즐

겁게 먹고 마시는 향연이 매일 펼쳐지는 그리스의 저녁. 그러고 보니 '향연' 이란 말의 어원도 그리스어에서 나온 것이다. 끊임없이 이어지는 대화도 식탁에서 빠질 수 없으니 그들의 저녁은 향연의 거대한 장으로 불러도 될 것 같다. 내게 멋진 향연을 베풀어 준 그리스의 친구들에게 감사를!

나눔의 음식

한 나라의 음식에는 그곳의 문화가 고스란히 녹아 있다. 여행을 할 때 현지의 음식을 꼭 먹어보아야 하는 이유가 바로 거기에 있다. 어떤 음식들은 우리 입맛에는 전혀 맞지 않지만, 그런 음식도 경험해 보는 것이 상대방을 이해할 수 있는 좋은 방법이 되기도 한다.

그리스의 음식 문화를 가만히 들여다보면, 다른 유럽 국가와는 달리 어딘가 모르게 우리와 닮아 있음을 느낄 수 있다. 우리가 밥상 위에 반찬을 여러 가지 올려놓고 다같이 음식을 먹듯이 그리스 사람들도 함께 음식을 모아놓고 개인 앞접시에 음식을 덜어 먹는다. 식당에 가면 보통 몇 가지 음식을 주

문한 다음 함께 나누어 먹는다. 메인 요리는 개인이 각자 주문하기는 하지만 그것 역시 한 번 맛보라며 다른 이의 그릇에 덜어 주기 일쑤다. 그들도 음식이란 서로 나누어야 맛이 배가 된다는 사실을 알고 있는 듯하다.

그리스 vs 터키

1959년, 터키의 이스탄불. 시장에서 향신료 가게를 운영하는 할아버지는 손자 파니스에게 인생에 관한 진리를 '양념' 에 비유해서 가르친다.

"계피는 여자처럼 달콤 쌉싸름하고, 고추는 태양처럼 뜨겁고 후끈하지. 소금은 없어서는 안 될 인생의 소스와도 같단다. 우리 눈에 보이진 않지만 음식의 맛을 내는 건 바로 소금이거든."

개봉 당시 그리스에서 박스오피스 1위를 달렸던 그리스 영화 〈터치 오브 스파이스〉의 한 장면이다. 터키에 살던 파니스의 가족은 당시 민족교환 정책에 의해 그리스인이라는 이유로 터키에서 추방되고 이스탄불에는 터키인인 할아버지만 남겨진다. 가족들과 아테네에 정착한 소년 파니스는 그리스에 쉽게 적응하지 못하고 이스탄불에 두고 온 할아버지와 친구 사이메를 그리워하며 그리움을 '요리' 로 달랜다. 소년 파니스가 요리를 하는 장면에서 나도 모르게 가슴이 시려왔다. 음식이란 단순히 먹는 것을 넘어 '치유' 의 작용도 한다는 것을 깊이 공감했기 때문이다. 나도 어딘가로 여행을 다녀왔

Greece	Turkey
Gyros | 기로스 | 	 Doner Kebab | 도네르 케밥 |
Souvlaki | 수블라키 | 	 Shish Kebab | 쉬쉬 케밥 |
Keftedes | 케프테데스 | 	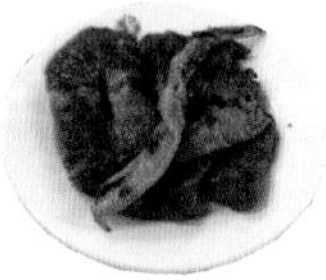 Kofte | 코프테 |
Kouluri | 쿨루리 | 	 Simit | 시밋 |
Greek coffee | 그리스식 커피 | 	 Turkish Kahve | 터키식 커피 |

다가 그곳이 사무치게 그리울 때 제일 먼저 떠오르는 것은 바로 그곳의 음식이었다. 그럴 때 먹는 음식은 한끼 식사가 아니라 내겐 그리움을 치유하는 '특별처방전' 이었던 셈이다.

음식을 보면 그 나라의 '역사' 가 보이기도 한다. 그리스 음식은 터키 음식과 상당히 유사한 음식이 많다. 두 나라가 서로 이웃하고 있기 때문이기도 하지만 더 중요한 사실은 과거 그리스가 거의 400년간 터키오스만투르크의 지배를 받았기 때문이다. 그 오랜 지배의 흔적은 그대로 음식에 배어 있다.

타베르나

나는 식당, 레스토랑, 음식점과 같은 단어보다 이상하게 '밥집' 이라는 말에 마음이 끌린다. 그 느낌이 왠지 푸근하고 정겨운 데다가 소박하지만 맛깔스러운 향내가 나기 때문이다. 그리스에도 그런 '밥집' 이 있으니 '타베르나Taverna' 라고 불리는 그리스 전통 음식을 파는 식당이다. 밥집이니만큼 그리스 어디를 가나 있으며 화려하진 않지만 소박한 멋이 있다. 날씨가 좋은 날은 야외에 테이블을 내놓기 때문에 타베르나에서 먹는 음식은 마지막 양념으로 '햇살' 과 '바람' 이 더해지는 기분이다. 레스토랑에 비해 저렴하고레스토랑에 비해선 저렴하지만 유럽 자체 물가가 비싸므로 결코 싸다는 이야기는 아니다 맛있는 가정집 스타일의 그리스 음식을 맛볼 수 있다. 레스토랑 개념인 식당은 '에스티아토리오Estiatorio' 라고 부르는데 타베르나와 큰 차이가 나지는 않는다. 차이라면 조금 더 화려하고 테이블에 '종이' 가 아닌 '천' 이 깔린다는 것. 그리고 그리스 전통 요리가 아닌 요리도 함께 취급하며 같은 요리라도 더 비싸게 받는 것

정도다! 그러니 그리스 요리를 즐기고 싶다면 현지인들과 어울려 부대끼는 재미와 맛까지 더해주는 밥집, 타베르나로!

약방엔 감초, 그리스 요리엔 이것

김치 없는 한국을 상상할 수 없듯이 올리브 없는 그리스의 식탁이란 있을 수 없다. 그만큼 거의 모든 요리에 올리브 오일이 쓰인다. 그리스인들은 말한다. 올리브는 약이요, 희망이며, 사랑이고, 생명이다.

머리에 포도 줄기를 두르고 있는 술의 신 '디오니소스'를 보아도 알 수 있듯 포도는 그리스의 많은 지역에서 재배된다. 일조량이 많고 건조한 여름의 지중해성 기후 덕분에 그리스의 포도는 달고 맛이 있으며 와인으로도 유명하다.

얼핏 보면 네모난 두부처럼 보이는 페타Feta 치즈는 그리스를 대표하는 치즈이다. 양의 젖에서 짠 우유 또는 양과 염소의 우유를 7:3 정도의 비율로 섞어서 만든다. 부드러우며 조금은 신맛이 나며 허브의 아로마 향이 느껴진다.

10대 건강 식품의 하나라는 토마토는 그리스 요리에서 메인 요리, 소스, 샐러드 등 다양한 모습으로 거의 모든 요리에 쓰인다. 산토리니 섬은 조그만 방울토마토가 특히 유명해서 토마토를 이용한 특별한 음식이 많다.

눈에 보이지 않지만 음식의 맛을 내는 것이 소금이라면 그리스에선 레몬이 그런 역할을 톡톡히 한다. 레몬 하나 뿌렸을 뿐인데 음식의 맛은 산뜻해지고 향도 배로 좋아진다. 역시 지중해성 기후로 인해 품질, 향, 맛 모두 만점.

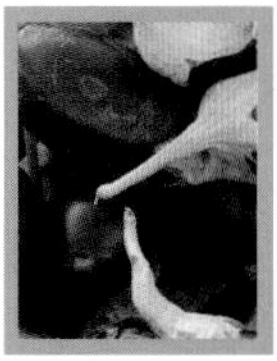

가지가 많이 나는 그리스는 이를 이용한 음식들이 많다. 가지는 보통 흰색과 보라색 두 가지 종류로, 샐러드, 튀김, 볶음, 구이, 그리스의 전통 요리 중 하나인 무사카 등 각종 요리에 쓰인다. 메뉴판에 Eggplant 혹은 Aubergine으로 표시되어 있다.

샐러드

Greek Salad
| 그리스식 샐러드 |

어쩌면 이 소박한 한 접시의 음식이 그리스의 대표 메뉴라고 봐도 손색이 없을 것 같다. 거의 모든 식당에서 취급하며 가장 흔하게 접할 수 있는 음식이자 가장 맛있고 부담이 없는, 매우 그리스다운 요리이다. 그리스식 샐러드의 제일 중요한 요소는 재료의 싱싱함에 있다. 약간씩의 차이는 있지만 대체로 신선한 토마토에 아삭아삭한 오이와 양파, 그리고 올리브를 넣고 맨 위에 페타 치즈 한덩이를 네모나게 썰어 얹은 다음, 올리브 오일을 뿌리고 그 위에 허브를 살짝 토핑한다. 마지막으로 신선한 레몬즙을 뿌려주면 완성! 그리스에서 그리스식 샐러드를 먹어보지 않은 사람들은 그리스를 여행하지 않은 것과 마찬가지.

Lettuce, Rocket Salad
| 상추와 로켓 샐러드 |

겉보기에는 별로여도 먹어보면 굿! 소리가 절로 나오는

샐러드. 식당마다 그 요리법의 차이는 있는 것 같은데 보기만큼 만들기도 쉽다. 이 샐러드의 핵심은 소스이다. 올리브 오일에 '발사믹 식초'와 '꿀'을 섞어 채소를 버무린 후 그 위에 파마산 치즈를 얇게 썰어 뿌려준다. 새콤달콤하면서 치즈의 고소하고 짭짤한 맛까지 더해져 금상첨화.

Dakos
| 다코, 크레타 요리 |

'다코'라는 이름의 이 샐러드는 크레타 요리이다. '러스크'라는 딱딱한 빵 위에 잘게 조각 낸 토마토, 양파를 얹고 올리브 오일과 레몬을 뿌린 다음, 잘게 부순 페타 치즈와 케이퍼를 그 위에 얹는다. 매우 간단하게 만들지만 특이하고 맛있는 요리이다.

Appetizer

그 음식이 궁금하다

낯선 곳에서 생소한 메뉴판을 들여다볼 때만큼 난감한 상황이 또 있을까? 도대체 이건 무슨 음식인지 한참을 들여다보다가 결국은 옆 사람이 주문한 음식을 손가락으로 가리키게 되는 상황 또한 종종 발생한다. 때로는 메뉴판을 보면서 과감하게 주문을 시도했는데 전혀 예상치 못했던 음식이

나올 때는 그만 울고 싶어진다. 현지인들에겐 익숙하지만 여행자에겐 생소한 음식들. 하지만 그렇게 하나, 둘 시도하면서 먹다 보면 금세 익숙해져버린다. 그리고 그 음식과 사랑에 빠져버릴 수도 있다.

Taramosalata
| 타라모 샐러드 |

'생선알'과 빵, 올리브 오일,
레몬이 들어간 분홍색의 샐러드.

Dolmades | 돌마데스 |

고기 혹은 쌀을 허브로 양념하여 포도잎이나 호박꽃잎 또는 여러 가지 잎으로 감싼 후 익힌 요리이다. 잎 종류는 포도잎이 제일 많이 쓰인다. 먹을 때 레몬즙을 뿌려서 짜지키 소스에 찍어먹는다. 모양이 쌈밥과 비슷해서인지 우리의 입맛에도 잘 맞는다.

Scordalia
| 스코르달리아 |

'마늘' 과 빵, 올리브 오일로 만든 샐러드.

Fava | 파바 |

주로 산토리니 섬에서 볼 수 있는 특별한 음식이다. 산토리니 섬에서 재배되는 파바는 콩의 일종으로 조그맣고 노란 빛깔을 띤다. 담백하며 녹두와 비슷한 맛이 난다.

Tsatziki | 짜지키 |

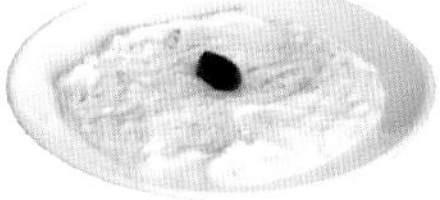

짜지키는 우리나라의 고추장에 해당될 만큼 그리스 음식에서 절대 빼놓을 수 없는 중요한 소스이다. 요구르트에 마늘과 양파, 오이 다진 것을 섞고 올리브 오일과 레몬즙, 허브를 넣은 것으로 각종 요리를 이 소스에 찍어 먹는다. 고기나 야채, 빵 등 어느 것에 곁들여도 어울린다.

Mezedes

함께 즐기는 메뉴

그리스 식당의 메뉴판을 자세히 들여다보면 메제데스Mezedes라는 항목이 있다. 메제Meze는 술과 함께 즐길 수 있는 가벼운 안주 겸 애피타이저로 메인 식사 전에 여럿이 함께 나누어 먹는 음식이다. 대부분의 그리스 요리가 이 메제의 범주에 속하며 이것만 주문해서 먹기도 하므로 사실상 메제와 메인 요리의 분류가 다소 애매모호하다.

Fried Kalamari
| 오징어 또는 한치 튀김

그리스에 가면 꼭 먹어 보아야 할 음식이 오징어 튀김이다. 오징어는 깔라마리Kalamari라고 부른다. 대부분 작은 사이즈의 오징어를 이용해 튀김을 만들기 때문에 부드럽고 쫄깃하다. 금방 튀겨 낸 오징어 옆에는 레몬 한 조각이 항상 곁들여져 나오는데 간장 대신 신선한 레몬즙을 뿌려 먹는 오징어 튀김은 그 맛이 색다르다. 우리나라의 포장마차에서 파는 오징어 튀김도 맛있지만 그것을 떠올리면서 가격을 들여다보면 한숨이 나올지도 모른다. 가격으로 비교하지 말고 요리로 즐기는 마인드가 필요하다. 이 요리로 말하자면 방금 잡은 싱싱한 오징어를 갓 짠 올리브 오일에 튀겨서 신선한 레몬 즙으로 맛을 낸 거니까!

Octopus | 문어

그리스 섬의 길을 걷다 보면 종종 문어를 널어 햇빛에 말리는 모습을 볼 수 있다. 갓 잡은 문어는 이렇게 하루나 이틀 정도 말려줘야 부드러워진다고 한다. 말린 문어는 다양한 방법으로 요리해서 먹는다. 석쇠에 올려 불에 굽기도 하고, 말린 것 그대로를 조각 조각 썰어 올리브 오일과 허브 그리고 레몬즙을 뿌려서 빵과 함께 먹기도 한다. 문어와 빵이라니! 이 어울릴 것 같지 않은 조합은 상당히! 잘 어울린다. 여기에 화이트 와인 한 잔을 곁들여주면 최고의 안주로도 손색이 없다.

Keftedes | 케프테데스

케프테데스는 재료를 다져서 여러 가지 허브와 향신료를 섞어 빚은 뒤 굽거나 튀긴 요리를 말한다. 쉽게 말하면 동그랑땡 내지는 미트볼과 비슷한 요리이다. 양고기로 만든 것은 우리의 입맛에 잘 안 맞을 수 있으니 소고기를 추천. 특히 토마토 소스나 우조 소스로 나오는 것은 고기 냄새가 덜 나서 좋다.

Domatokeftedes
| 토마토 볼(산토리니 스페셜)

방울토마토로 유명한 산토리니 섬에 가면 '토마토 볼'이라고 부르는 이 음식을 먹어보길 권한다. 다른 섬에서는 구경하기가 힘들다. 토마토와 여러 가지 허브를 섞어 튀긴 것인데 독특한 허브 향이 일품이다. 토마토 볼을 먹을 때 주의할 점은 튀김을 잘 하는 식당 선정이 중요. 가끔 기름에 전 토마토 볼을 내놓아 이 음식의 명예를 실추시키는 곳이 있기 때문이다.

Saganaki | 사가나키

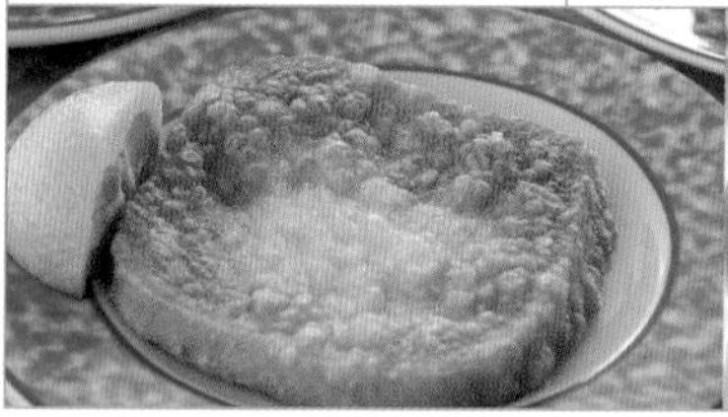

Prawns Saganaki | 새우 사가나키

'사가나키'는 원래 네모나게 썬 치즈를 노릇노릇하게 튀겨낸 것을 말한다. 그러나 사가나키 앞에 재료의 이름이 붙으면 전혀 다른 음식이 된다. 토마토와 와인, 페타 치즈를 이용해서 만든 소스에 해당 재료를 넣어 익힌 음식으로 우리 입맛에도 아주 잘 맞는다. 새우를 넣으면 새우 사가나키, 홍합을 넣으면 홍합 사가나키가 된다.

그리스 음식에는 야채에 속을 채워서 만드는 요리가 많다. 토마토, 가지, 고추 등의 속을 파내고 그 안에 쌀이나 고기, 치즈 등을 넣어 익히는데 특히 토마토 안에 쌀을 넣어 익힌 것이 괜찮은 편이다. 보통은 어른 주먹 크기만한 토마토를 이용하므로 부담스러울 수도 있다. 특별히 산토리니 섬에서는 작은 방울 토마토에 쌀을 넣어 익힌 것을 맛볼 수 있다.

Stuffed tomatoes
| 속을 채운 토마토

Main

Souvlaki | 수블라키

우리에게 가장 많이 알려진 음식이 바로 '수블라키'이다. 고기와 야채를 꼬챙이에 꽂아 불 위에서 돌려가며 굽기 때문에 기름이 빠진 고기의 맛이 아주 담백하다. 고기 종류는 주로 소, 돼지, 닭, 양 네 가지가 있으며 레몬즙을 뿌린 후 짜지키 소스에 찍어 먹으면 좋다.

Mousaka | 무사카

수블라키와 더불어 잘 알려진 음식이 '무사카' 이다. 무사카는 생긴 모습이나 맛이 아탈리아의 '라자냐' 와 약간 비슷한데, 감자와 가지, 고기 다진 것과 베샤멜 소스화이트 소스를 층층이 깔아서 오븐에 구운 요리이다. 어떤 식당에선 고기를 뺀 '채식' 무사카를 팔기도 한다.

Gyros | 기로스

'기로스' 는 회전한다는 뜻으로, 긴 꼬챙이에 고기를 층층이 끼운 다음 빙빙 돌려가며 구워내는 요리이다. 익은 고기는 썰어서 야채, 토마토, 감자, 짜지키 소스 등과 함께 '피타Pita' 라는 둥글고 얇은 빵에 싸서 먹는다. 피타 빵에 기로스를 넣으면 '기로스 피타' 가 되고 수블라키를 넣으면 '수블라키 피타' 가 된다. 값싸고 맛있는 서민적인 음식으로 점심 등으로 가볍게 먹기에 부담이 없다. 기로스는 일반 식당에서는 잘 팔지 않으며 기로스와 수블라키만 전문적으로 파는 가게가 따로 있다.

Drinks

그리스인들의 식탁에서 절대로 빠질 수 없는 것이 있으니 음식과 함께 즐기는 한 잔의 술이다. 넘치지도 않지만 모자라지도 않게 즐기는 술은 식사 시간을 즐겁고 부드럽게 만들어 준다.

Ouzo | 우조

우리나라에 '소주'가 있다면 그리스에는 '우조Ouzo'가 있다. 한마디로 그리스의 대표적인 술이다. 우조는 포도로 만드는 술로서 약간의 허브아니스, 코리앤더, 클로브 등가 첨가되어 산뜻한 향이 나며 무색으로 도수는 40도로 매우 독한 편이다. 그래서 물을 타서 많이 마시는데 물을 섞으면 색깔이 뿌옇게 변한다. 식사 전에 마시는 반주인 아페리티프Aperitif로 많이 마시며 다른 음료와 섞어서 칵테일로 마시기도 한다.

Retsina | 레치나

우조와 더불어 그리스인들의 사랑을 듬뿍 받고 있는 술은 '레치나Retsina'라고 불리는 포도주이다. 레치나는 발효시킬 때 나무통에 바르는 소나무 '송진' 때문에 독특한 향과 맛이 난다.

Mythos | 미토스 맥주

여행 중 즐거운 것 한 가지는 그 나라를 대표하는 맥주를 마셔보는 일일 것이다. 그리스를 대표하는 맥주는 '미토스Mythos' 이다. 보통의 맥주와 그 맛은 비슷하지만 바다를 바라보며 마시는 한 잔의 맥주는 내가 그리스 땅에 와 있음을 실감나게 해주기에 충분하지 않을까.

Snack

길을 걷다 보면 심심찮게 눈에 띄는 가판대가 있다. 그 위에는 땅콩이며, 호두, 건포도, 말린 무화과 등이 수북이 쌓여 있는데 조그만 종이 봉지에 담아서 심심풀이 땅콩처럼 팔고 있다. 특히 유명한 것은 피스타치오. 지중해산 피스타치오는 짭짤한 맛이 맥주 안주로도 그만이다. 그리스인들은 우조 한 잔과 함께 피스타치오 까먹기를 매우 즐긴다. 여행자들 역시 부담 없는 가격의 건과류 한 봉지를 손에 들고 여유롭게 산책하면서 먹는 즐거움을 누린다.

만찬 식당

미코노스 섬

Jimmy's 지미스 | 기로스 & 수블라키 전문점 Chora, Mykonos
Tel. 22890 28754

'기로스' 만 30년간 만들었다는 이 가게에는 묵은 세월의 흐름을 보여주는 낡은 사진들이 벽에 가득 붙어 있고, 한쪽에선 먹음직스런 고기들이 구워지고 있었다. 사진을 한 장 찍어도 되냐고 묻자 종업원들은 마치 기다렸다는 듯이 기로스를 양손에 하나씩 들고 포즈를 취한다. 그 기로스를 받아 들고 야외 테이블에 앉아서 먹는 맛은 꿀맛.

▲ Chicken Gyros 치킨 기로스

Nikos 니코스 | 타베르나 Chora, Mykonos Tel. 22890 24320

카르멘이 아테네로 떠나기 전 이곳에서 함께 늦은 점심을 먹었다. 간판 그림이 무척 재미있는 이 식당은 해변을 어슬렁거리는 펠리칸이 자주 출몰하곤 한다. 빨간색의 체크무늬 식탁보가 가지런히 깔려 있고, 오후의 늦은 햇살과 바람을 만끽하며 야외에서 한 식사는 어린 시절의 봄소풍을 떠올리게 했다.

이곳의 문어샐러드와 케프테데스는 실망스러웠지만 신선한 그리스식 샐러드와 깔라마리 튀김 그리고 해산물 리조토가 그 실망감을 씻어주었다. 그리고 주방에서 간간이 흘러나오던 그리스 음악과 종업원 아저씨의 사람 좋은 웃음 역시 만족스러웠다.

▲ Greek Salad
그리스식 샐러드

▲ Seafood Risotto
해산물 리조또

Alefkandra 알레브칸드라 | 해산물 레스토랑

Chora, Mykonos Tel. 22890 22450

아마도 그 위치 때문에 미코노스 섬에서 가장 유명한 레스토랑이 아닐까 싶다. 리틀 베네치아 지역의 입구에 있으며 바다와 바로 마주보고 있어서 풍

경으로 먼저 점수를 따는 곳이다. 하지만 식당이 어디 풍경만으로 유명해지겠는가. 이곳은 해산물 전문 레스토랑으로 여러 가지 해산물을 이용한 다양한 요리를 내놓는다. 레스토랑Estiatorio, 에스티아토리오인 만큼 가격이 싼 곳은 아니므로 자리에 앉기 전에 메뉴판 확인은 필수.

Antonini 안토니니 | 타베르나

Chora, Mykonos Tel. 22890 22319

택시 정류장이 있는 만토 광장Manto square에 위치한 타베르나. 1955년에 생겼다니 무려 이 식당의 역사는 50년이나 된 것이다. 때론 세월이 음식의 맛을 보장한다. 마침 점심을 막 먹고 난 직후에 이곳을 지나친 것이 아쉽기만 하다.

Eva's Garden 에바스 가든 | 레스토랑

Chora, Mykonos Tel. 22890 22160

윈도우 쇼핑을 하며 골목을 돌아다니다가 우연히 이곳을 발견했다. 부겐빌레아 꽃이 가득한 천장 아래 은은한 조명이 반짝이고 사람들로 활기가 넘치던 곳. 하필이면 왜 미코노스 섬을 떠나기 전날 내 앞에 나타난 것일까.

Takis 타키스 | 기로스 전문점

Chora, Mykonos Tel. 22890 22450

이곳의 기로스와 수블라키는 꽤 맛있다는 소문. 그래서인지 늦은 밤 시간인데도 불구하고 사람들로 북적인다.

산토리니 섬

Ouzeri 우제리 | 우제리

Fabrica Shopping Center, Fira, Santorini Tel. 6945 849921

피라 마을의 파브리카 쇼핑센터 내에 위치한 '우제리'는 특별한 이름 없이 그냥 '우제리'이다. 우리로 치면 식당 이름이 그냥 '밥집'인 셈이다. 우제리는 '선술집' 정도의 개념인데 옛날엔 우조와 약간의 음식을 팔던 식당이었지만 지금은 타베르나와 별반 다르지 않게 모든 그리스 전통 요리를 파는 곳이 되었다고 한다. 산토리니 섬에 도착하자마자 칼로티나와 엘리사가 배고프지 않냐며 이곳으로 데려갔다. 여러 가지 그리스 전통 음식과 함께 산토리니 섬에 와야만 먹을 수 있다는 '토마토 볼'을 주문했다. 그녀들의 추천대로 처음 먹어보는 그리스 음식들은 모두 맛이 훌륭했다.

▲ Fried Kalamari
오징어 튀김

▲ Meatball with
Ouzo sauce 미트볼

▲ Prawns Saganaki
새우 사가나키

▲ Tomatokeftedes
토마토볼

Nikolas 니콜라스 | 타베르나

Fira, Santorini Tel. 22860 24550 | Open 12–3 lunch, 6–11 dinner

피라 마을을 돌아다니다가 유난히 사람들로 북적거리는 모양새에 호기심이 발동하여 들어가 보았다. 무엇을 먹을까 메뉴판을 보고 있으니 옆에 있던 프랑스에서 온 여행자들이 자기와 똑같은 것을 시켜 먹어보라며 엄지손가락을 치켜 올린다. 나중에 안 사실이지만 1956년에 오픈한 이 식당은 거의 모든 가이드북에 소개되어 있을 만큼 꽤 유명하다. 또 한 가지 마음에 들었던 건 음식이 '밥'과 함께 나왔다는 것이다. 오징어 아래에 밥이 깔려 있어서 오징

어 덮밥 같은 느낌을 준다. 식사 피크타임에는 늘 사람들로 붐비기 때문에 인기 있는 메뉴는 금방 재료가 떨어진다고 한다.

▲ Shrimp Saganaki
새우 사가나키

▲ Squid in wine sauce
와인 오징어

식당은 겨울철 비수기12월~2월에는 문을 닫는다. 주인 아저씨를 비롯한 주방 식구들 모두 재충전의 시간을 갖기 때문이다. 이곳 음식 맛의 비결은 어쩌면 열심히 일한 뒤에 주어진 값진 휴식일지도 모른다.

China Restaurant 중국집 | Fira, Santorini

Tel. 22860 24760 | Open 12:00 pm ~ 12:00 am

피라 마을에 위치한, 말 그대로 '중국집'이다. 한국 사람들의 입맛에 맞는 중국 음식 맛은 아니지만솔직히 맛은 좀 떨어진다 여행 중 빵보다 밥이 사무치게 그리울 때 한 번쯤은 들를 만하다. 딤섬, 탕수육sweet & sour pork, 볶음밥, 차우면볶음국수부터 각종 다양한 '그리스화' 된 중국 음식을 취급한다.

여행 중 몸살이 생긴 어느 날 저녁, 나는 동양 음식을 간절히 먹고 싶었다. 한국 음식은 있을 리도 없고 '동양 음식' 이면 무조건 오케이라는 심정이었다. 그렇게 해서 발견한 어느 길모퉁이 중국집. 맛은 기대에 못 미쳤지만 행운의 과자 속 점괘 덕분에 기분은 한결 좋아졌다.

"당신은 진정한 여행자이다. 앞으로 수많은 여행이 있을지니"

▲ Wantang soup
완탕스프

▲ Shrimp Dim Sums
새우 딤섬

나는 점괘 종이를 고이 접어서 주머니에 찔러 넣고는 밤바람에 흔들리는 홍등을 쳐다보았다. 어쨌든 배는 부르고 몸은 좀 따뜻해진 듯했다. 그로부터 2년 후 이번에도 몸살 기운이 있어서 그 식당을 다시 찾았다.

다시 찾은 중국집은 간판도 새로 걸고 마을 곳곳에 광고 간판도 붙인 걸 보니 그새 돈을 많이 벌었나 보다. 식당으로 들어가니 예전보다 많은 손님들로 북적이고 있었다. 그곳의 음식 맛은 여전했다.

'맛은 둘째치고 썰렁한 가을 밤. 따뜻한 국물을 먹을 수 있으니 그걸로 됐지 뭐. 아, 그러고 보니 행운의 점괘. 그거 진짜 이루어지는 건가 봐. 이곳에 이렇게 다시 오게 된 걸 보면! 안 그래?'

Naoussa 나우싸 | 타베르나 Fira, Santorini Tel. 22860 24869

'중국집' 건너편에 위치한 이 식당은 겉에서 보기에는 전혀 가고픈 마음이 생기지 않는 평범한 곳이었다. 그런데 2층의 중국집에서 바라보니 그 안은 사람들로 끊임없이 붐비고 있는 것이다. 호기심이 발동하여 다음날 저녁 식사 시간에 맞춰 이곳을 찾으니 계단부터 시작해서 1층 도로까지 길고 긴 웨이팅 리스트의 행렬.

▲ Octopus salad
문어 샐러드

▲ Seafood Spagetti
해산물 스파게티

▲ Mussel Saganaki
홍합 사가나키

이 식당의 인기 메뉴인 레몬소스 양고기Lamb in lemon sauce를 시도해 보고 싶었으나 일찌감치 품절. 무엇이 맛있냐는 나의 질문에 종업원 왈, "아무거나 시키세요. 전부 다 맛있어요." 물어본 내가 잘못이다. 두번째 인기메뉴인 해산물 스파게티는 해산물이 정말 신선하고 맛있었다. 이름에 충실하게 해산물도 듬뿍 들어 있다. 나중에 여길 갔었다고 하니 헬가가 그런다.

"어떻게 산토리니 섬 주민처럼 맛있는 곳을 그렇게 잘 찾아다녔어? 그 집도 정말 유명한 곳인데!"

Marmita 마르미타 | 레스토랑 Megalochori, Santorini Tel. 22860 81603

'메갈로호리' 라는 작은 마을을 구경하러 나섰다가 배가 고파졌다. 이곳 마을의 작은 광장에는 식당이 두 군데(사실은 마을을 통틀어) 있는데 헬가의 추천으로 이 식당에 자리를 잡고 앉았다. 시골의 식당들은 그런 것이 좋다. 사람이 별로 없어 일단 한가하고, 음악 대신 나무에서 지저귀는 새 소리가 들리고, 길 가던 동네 고양이가 멈춰 서서 나를 물끄러미 바라보는 것에서 묘한 즐거움을 느낀다. 음식은 정말 훌륭했다. 하나같이 깔끔하고 정갈하며 음식에 정성을 듬뿍 들인 흔적이 눈으로도 보이고 혀로도 느껴진다. 무엇 하나 부족함이 없었다. 이곳에 있으니 문득 그런 부질없는 생각도 들었다. '조그만 시골 마을에서 작은 식당을 하면서 찾아오는 손님에게 정성 가득한 음식을 내고 세상사에 휘말리지 않은 채, 느리지만 내 길을 가는 것. 그렇게 사는 것도 나쁘지 않을 테지.'

▲ Fried cod fillet
생선(대구) 튀김

▲ Grilled chicken
구운 닭고기

Kallisti 칼리스티 | 타베르나 Pyrgos, Santorini | Tel. 22860 34108

'칼리스티' 식당은 '피르고스' 마을 입구 광장에 위치하고 있다. 이 식당을 알게 된 것은 칼로티나와 엘리사 덕분이었는데 이아 마을이나 피라 마을보다 훨씬 지역 특유의 분위기가 나는 편안함에 매료되었다. 안으로 들어가면 소박한 정원에 테이블이 놓여 있는 모습이 꼭 시골 어느 가정집 점심 식사에 초대받은 느낌이 든다. 그래서 음식 또한 시골 밥상을 대접받는 듯했다. 만드는 데 손이 많이 가기에 다른 식당에서는 잘 팔지 않는 음식, 이를테면, 방울

▲ Cherry Tomato Salad
토마토 샐러드

▲ Stuffed Tomatoes
속을 채운 토마토

▲ Eggplant Salad
가지 샐러드

▲ Spinakopita
시금치 파이

토마토에 쌀을 넣어 익힌 요리라든가 두툼한 시금치 파이 등 왠지 시골 할머니들의 솜씨다운 요리가 마음에 들었다. 다시 찾은 피르고스 마을. 이번엔 점심을 먹고 왔기에 멀리서 이 식당을 바라보기만 한다. 2년 전과 하나도 변하지 않은 모습이 마냥 고마웠다. 나날이 발전하고 새롭게 그 모습을 변화시키는 것도 좋겠지만 때로는 이렇게 변하지 않고 그 자리에 그대로 있어주고 기다려줘서 고마운 것들이 참 많다.

Lucky's Souvlakis 럭키 수블라키 | 기로스 피타 전문점

Fira, Santorini Tel. 22860 22003

럭키 수블라키는 한국 여행자들 사이에서 꽤 유명한 곳이다. 이 집의 기로스 피타와 수블라키 피타 맛은 끝내준다고 하는데 나중에 가 봐야지 하다가 결국 가 보지 못했다. 다음에 산토리니 섬에 다시 온다면 만사를 제쳐두고 이 곳의 '기로스 피타' 맛부터 보리라.

Koukoumavlos 쿠쿠마블로스 | 레스토랑 Fira, Santorini

Tel. 22860 23807 | Open only dinner 7:30 pm ~

에반겔리스에게 산토리니 섬에서 가장 좋아하는 식당이 어디냐고 물었더니 역시나 사장님답게 고급 식당인 이곳을 추천해준다. 큰 마음 먹고 한번 가 볼까 했는데 저녁에만 영업한다고 해서 아쉽지만 발걸음을 돌렸다.

Selene 셀레네 | 레스토랑 Fira, Santorini

Tel. 22860 22249 Open only dinner 7:00 pm ~

역시 고급 식당으로 유명한 곳이다. 요리에 자부심이 뛰어난 곳으로 특히, 그리스 음식을 배울 수 있는 요리강좌도 있다.

Stani 스타니 | 타베르나 Fira, Santorini

Tel. 22860 23078

헬가가 맛있다고 알려준 또 한 군데의 타베르나. 홈메이드 스타일의 그리스 전통 요리를 내놓는다.

Likastos 리카스토스 | 타베르나 Archanes, Creta Tel. 2810 752433

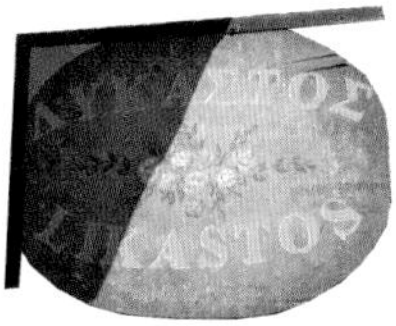

한두어 시간이면 동네 한 바퀴를 족히 돌고 동네 어귀의 주민들과도 금세 친해질 만큼 작고 예쁜 마을 아르하네스. 그곳의 조그맣고 한적한 광장에 '리카스토스' 식당이 있다. 소박하고 푸짐한 '엄마표' 같은 음식들은 모두 맛있었다. 다른 곳과 다르게 감자와 달걀, 고추절임까지 들어간 신선하고 푸짐한 그리스식 샐러드, 원래는 공 모양 혹은 도너스 모양이지만 호떡처럼 만들어져 나온 그리스 전통 간식 '로쿠마데스' 이 음식들을 먹기 위해 크레타 섬에 다시 간다고 해도 전혀 아깝지 않을 맛이다.

▲ Greek Salad
그리스식 샐러드

▲ Loukoumades
로쿠마데스

Monastiri 모나스티리 | 타베르나 Akti Topazi 12 Venetian Harbour, Chania, Crete Tel. 28210 55527

맑은 하늘에 푸른 바다가 펼쳐져 있는 하니아의 베네치안 항구 오른쪽으로는 크레타의 맛을 자랑하는 식당들이 쭉 늘어서 있다. 경치가 정말 좋아서 굳이 배가 고프지 않더라도 앉아 있는 것만으로도 자릿값을 내어주고 싶을 정도다. 하지만 다들 비슷해 보여 이내 어딜 갈까 고민에 빠진다. 항구 끄트머리 즈음 자리 잡은 '모나스티리' 식당. 마침 식당에선 아코디언 연주자가 테이블을 돌

▲ Dolmades
돌마데스

▲ Fried Eggplant
가지 튀김

▲ Lamb Keftedes
양고기 미트볼

▲ Baked cheese
오븐에 구운 치즈

▲ Greek Salad
그리스식 샐러드

▲ Fried fish
생선 튀김

며 흥겨운 음악을 연주한다. 낯선 곳에서 낯선 음식에 도전하는 것은 언제나 흥분되고 설렌다. 일상의 조그만 모험인 것이다. 특히, 호박꽃잎을 이용한 돌마데스는 크레타 스타일의 특별 메뉴로 모험의 일등공신이었다. 그리스 사람들이 자주 즐긴다는 가지 튀김과 싱싱한 생선 요리 역시 독특한 맛을 지니고 있다. 그러고 보면 크레타 음식들은 종류도 많고 맛도 다양해서 우리나라 전라도 음식 같다.

Lychnarakia 리흐나라키아

"크레타 섬 하면 뭐가 제일 생각나요?" 라는 질문을 받으면 대개는 푸른 바다, 그리스인 조르바를, 혹은 크노소스 궁전과 같은 대답을 할 것이다. 하지만 나는 '리흐나라키아 Lychnarakia' 라고 말할 것이다. 어딜 가나, 아무리 배가 불러도, 손님 접대용 간식을 반드시 내오는 다정한 크레타 사람들 덕분에 이 조그맣고 동그란 '빵' 과 사랑에 빠지지 않을 수 없었다.

"이건 크레타 섬에서만 맛볼 수 있는 빵이랍니다."

크레타 하면 어찌 이 빵만 생각나랴. 아마도 나의 대답 속에는 이 빵에 크레타 사람들의 따뜻한 환대와 즐거웠던 시간들이 고스란히 녹아 있기 때문인 것 같다.

그리스를 오래 여행할 당신에게 필요한 양념 3종 세트

여행 중 한국의 맛이 사무치게 그리운 순간들이 찾아오는 날이 있다. 특히 입맛이 없거나 아플 때 약간의 처방으로 기운을 업그레이드 시킬 수 있다. 단, 현지의 식당에서 보란 듯이 펼쳐놓고 먹지는 말고 몰래 눈치껏 먹을 것!

튜브 고추장

한국에서 빵에 고추장 발라 먹을 일은 없지만 여행가서는 그것도 '가끔은' 꿀맛. 밥에 조금 덜어 비벼먹어도 좋다.

토마토 케첩 혹은 핫소스

한국 음식은 아니지만 거의 한국화된 이것을 조금 챙겨 가면 꽤 유용하다. 그리스에선 웬만해서는 토마토 케첩이나 핫소스를 찾아보기 힘들다. 고기 요리, 감자 튀김이나 계란프라이를 밍밍하게 며칠째 먹다 보면 자연스레 떠오를 수밖에 없다.

라면스프

그리스에는 국물 요리가 거의 없다. 카르멘에게 그 이유를 묻자 대답은 간단. "국물 요리라면 스프가 있기는 한데 그건 평소에는 먹지 않고 아플 때나 먹는 거야." 그렇다. 아플 때는 우리도 국물 있는 음식을 먹어줘야 한다. 느끼하고 담백한 스프도 좋겠지만 한국 사람이라면 일단 얼큰하고 매운 맛으로. 컵에 뜨거운 물을 붓고 라면스프를 조금만 풀어 마셔도 감기에 특효!

It's a Tip!

그리스에서 카페나 레스토랑, 타베르나를 갈 경우 잘 먹고, 잘 마신 후 나올 때 한 가지 망설여지는 것이 있다. 바로 팁이다. 특별히 음식 값이 싸지도 않고 그렇다고 기대 이상의 서비스를 받은 것도 아닌 것 같은데 꼭 줘야 하나 싶기도 하다. 하지만 팁은 엄연히 그들 문화의 한 부분으로 자리 잡고 있다. 보통 식사값의 3~5퍼센트 정도를 지불하는데 그렇게 큰돈이 나가는 것이 아니므로, 조그만 표시로 서로가 다 기분이 좋을 수 있다면 표현하는 것이 좋을 듯하다. 사람에게 직접 주지는 않고, 대개의 경우 계산서를 요구하면 테이블로 계산서를 가져다주는데 카드로 계산할 경우 팁까지 합쳐서 계산하거나 현금인 경우 조금 더 놓고 가면 된다. 카페에서는 보통 주문한 음료와 함께 소주잔처럼 생긴 작고 투명한 유리잔에 계산서를 넣어 가져오는 경우가 많다. 자리를 뜰 때 잔돈이 있다면, 돈은 테이블에 놓고 가도 오케이.

05 Travel Note

그리스라서 더욱 더 특별해지는 것들 – shopping

화성에서 온 남자, 금성에서 온 여자

『화성에서 온 남자, 금성에서 온 여자』를 읽다 보면 "본래 남자는 화성인이고, 여자는 금성인이기 때문에 둘 사이의 언어와 사고방식은 다를 수밖에 없다"라는 구절이 있다. 남자와 여자의 다름에 대해 이보다 더 적절하고 명쾌한 비유가 있을까! 그렇다. 남자와 여자는 애초에 서로 다른 행성에서 온 사람들인 것이다.

남자와 여자의 차이는 때로는 언어와 사고방식을 뛰어넘어 아주 사소한 것으로 이어지기도 하는데 그 중 하나가 바로 '쇼핑'이다. 요즘에 와서는 타의든 자의든 쇼핑을 하는 남자들이 부쩍 많이 눈에 띄지만 내가 아는 대부분의 남자들은 쇼핑을 매우 싫어한다. 남편도 예외는 아니어서 쇼핑을 그

다지 좋아하지 않는데 이렇게 남자들이 쇼핑을 싫어하는 이유는 물건 구경 자체를 싫어한다기보다 사람 많은 곳에 가서 부대끼고, 여자들이 사지도 않을 물건을 이리저리 만져보고, 결국에는 시장을 한 바퀴 돌고 난 뒤 맨 처음 갔던 가게에서 점찍어 두었던 물건을 사는 어이없는 시추에이션을 감당하기 힘들기 때문일 것이다.

이럴 때 여자는 남자를, 남자는 여자를 서로 이해하기 힘들다. 언젠가 인터넷에서 이 비슷한 상황을 재미있게 표현한 그림을 본 적이 있다. 기억을 더듬어서 그려보자면 이렇다.

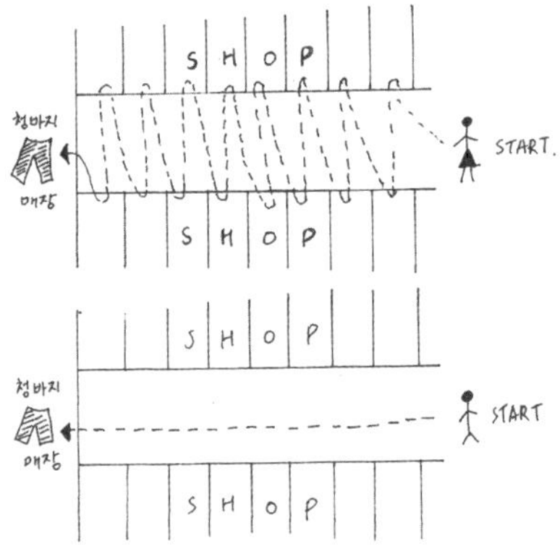

제목 : 청바지 하나를 사기 위해
여자와 남자는?

여행을 가서도 크게 다르지는 않다. 처음엔 낯선 풍물 그득한 이국의 시장 풍경에 다리 아픈 줄도 모르고 구경하지만 그것도 반복되다 보면 슬슬 지치기 마련이다. 하지만 나는 현지의 시장이나 멋진 상점들, 슈퍼마켓 안에 진열된 생경한 먹거리들을 구경할 때는 없던 힘도 절로 생겨난다. 여행 가서 제일 재미있는 일 중 하나가 나에게는 슈퍼마켓 구경이다. 때로는 그 안에서만 한두 시간 이상을 구경하기도 한다. 사실 그 나라의 슈퍼마켓만 둘러봐도 사람들이 어떤 음식을 먹는지, 어떻게 사는지, 물가는 어떤지에

대한 현지 생활상이 한눈에 파악되기에 더없이 좋은 공부가 되기도 한다. 그렇게 시간을 보내고 나온 내 손에 들려 있는 건 고작 물 한 병과 군것질거리 약간. 이제는 여행을 다닐 때 슈퍼마켓이 눈에 띄면 싱긋이 웃으며 내가 먼저 말한다. "우리, 지금부터 한 시간 뒤에 이 앞에서 다시 보자~ 응?"

아이쇼핑이 즐거운 그리스의 섬

쇼핑을 싫어하는 화성인들도 그리스 섬에서라면 금성인들처럼 아이쇼핑을 즐겁게 즐길 수 있을 것 같다. '섬 마을이라고 해서 상권이 덜 발달되어 있다거나 고작해야 구경할 만한 가게가 몇 개쯤 있겠지' 라고 생각하면 오산이다. 나도 섬을 방문하기 전에는 그렇게 생각했다가 그 규모와 다양함을 보고 깜짝 놀라고 말았다. 쇼핑을 좋아하는 금성인들이라면 지갑 관리를 냉정히 해야지 그렇지 않으면 쇼핑하느라 어느새 주머니가 텅 비어버릴지도 모르는 일이다. 섬들마다 그 중심이 되는 마을에는 세련된 부티크부터 저렴한 기념품을 파는 가게까지 다양하고 멋진 상점들이 골목골목을 가득 메우고 있다. 그 길을 걸으며 구경하는 낯선 물건들과 사람들은 단지 아이쇼핑의 대상만은 아니다. 때로는 다른 이의 삶을 들여다보는 일이요, 세상 안의 또 다른 세상을 맛보는 일이 되기도 한다. 물건을 사건 사지 않건 그 자체로서 즐거운 일. 그러니 화성인들이여, 이곳에서만큼은 금성인들을 탓하지 말라!

쇼핑을 하다 보면 같은 아이템의 물건이라도 그 나라이기에 더욱 특별하게 다가오는 것들이 있다. 그곳의 풍경과 일상이 담긴 엽서라든지, 그곳에서 많이 생산되는 것으로 만든 특산품 혹은 그곳의 문화와 이야기가 깃들어져 있는 물건들. 그런 것들은 여행 후에도 계속 그때의 시간들을 떠올리게 해주는 매개체가 되곤 한다. 우리가 여행지에서 사는 물건들을 기념품 즉 '수비니어Souvenir' 라고 부르는 것도 그런 이유 때문은 아닐까. 그 단어에는 '추억하다' 또는 '기억하다' 라는 의미가 담겨 있다. 그렇게 고심해서 고른 기념품을 주위 사람들에게 선물하는 것은 어쩌면 그때의 추억들을 함께 나누고 싶어서일지도 모른다.

엽서와 달력

엽서는 특히나 가장 적은 돈을 투자해 여행지에서 바로 보낼 수 있고 받는 사람에게는 큰 기쁨을 안겨줄 수 있는 최상의 기념품이다. 그리스는 아름다운 자연과 예쁜 마을의 모습 때문에 엽서와 달력에 특히나 더 눈길이 가는데 가끔은 엽서나 달력 속 풍경보다 그것들을 진열해 놓은 주인의 센스에 더 감탄이 절로 나온다. 엽서나 달력을 살 때 너무 많아서 고르기가 쉽지 않다면 사진작가 조르지 메이스Georges Meis의 콜렉션을 추천한다. 홈페이지: http://meisstudio.gr/

가죽 신발

그리스 신화에서 '가죽 신발'은 아주 특별한 존재로 상징되며 주로 영웅들의 신분을 증명하는 신표로 사용되곤 한다. 신화 속 〈아르고 원정대 이야기〉에 나오는 영웅 '이아손'을 비롯하여 미노타우로스를 죽이고 무사히 미궁을 빠져 나온 아테네의 왕자 '테세우스'의 어린 시절 이야기에서도 가죽 신발은 아주 중요한 위치를 차지한다. 그런 신화적 요소 때문인지 그리스의 골목마다에는 가죽 신발 가게가 유달리 많다. 주로 여자들이 신는 샌들 종류가 많아서 누구나 한 번쯤은 가던 발걸음을 멈추고 마음에 드는 신발을 신어보게끔 되어 있다. 디자인도 무척 다채롭고 가격대도 꽤 다양해서 여유만 된다면 한두 켤레쯤 장만하고픈 생각이 든다.

그리스 고대 유물을 재현한 장식품

청동 투구와 말, 창을 든 아킬레우스, 원반 던지는 사람, 활을 쏘는 헤라클레스, 트로이의 목마 등 다분히 그리스적인 장식품들이 단연 눈길을 끈다. 예술가들의 조각품을 모방한 것에서부터 고대 그리스 유적에서 출토된 유물을 그대로 본뜬 것까지때로는 부서진 모양까지지도 그대로! 그 종류도 아주 다양해서 구경하는 재미가 있다. 마치 조그만 박물관을 돌아보는 기분이랄까. 작품들은 대개 카피본이지만 가격이 생각만큼 싸지는 않다. 하지만 흥정은 기본. 대부분의 가게에서 붙어 있는 가격표보다 더 할인을 해 준다. 물건을 사지 않더라도 가게 안을 둘러보는 것만으로도 그리스인들의 찬란했던 옛 문명을 느낄 수 있으니 좋은 공부도 된다.

신들의 얼굴 모양 자석과 벽걸이

그리스는 과연 신들의 고향답게 길을 걸으며 어디서든 신과 만날 수 있다. 바로 신들의 얼굴 모양을 한 벽걸이 장식품과 자석 때문. 특히 자석은 수집하는 사람도 있을 만큼 여행의 좋은 기념품이 된다. 나는 여행을 갈 때마다 그곳의 독특한 자석을 늘 한두 개씩 사오곤 하는데, 냉장고에 붙여놓으면 그것이 쌓이고 쌓여 냉장고 자체가 하나의 예술품이 되는 기분이 든다. 자신이 좋아하는 신의 얼굴을 찾는 재미도 쏠쏠한데 다들 비슷비슷해서 누가 누구인지 구분하기가 힘들긴 하다. 여행자들에게 인기가 있는 신은 단연 제우스. 그의 부인인 헤라 여신과 미의 신 아프로디테, 지혜의 여신 아테

나, 태양의 신 아폴론, 그리고 술의 신 디오니소스도 잘 팔린다.

올리브, 올리브 오일, 올리브 비누

그리스에서 올리브를 빼놓고 이야기를 할 수 있을까? 그만큼 올리브는 그리스인들에게는 없어서는 안 될 중요한 식재료이다. 올리브를 통째로 소금에 절여 유리병에 넣어 파는 제품도 인기고 더욱 인기 있는 것은 올리브 오일이다. 백 퍼센트 엑스트라 버진 오일에서부터 각종 허브를 첨가한 허브 오일, 고추를 넣은 칠리 오일 등 종류가 다양하다. 단, 오일 역시 액체 종류로 기내 반입이 안 되기 때문에 따로 넣어 부쳐야 하므로 포장을 아주 튼튼하게 해달라고 부탁해야 한다. 올리브 비누는 값싸고 품질이 좋아서 선물용으로 인기가 많다.

해면

벽에 주렁주렁 매달린 노란 저것이 도대체 무엇일까? 이 물건은 다름 아닌 '해면Sea sponge'이다. 해면은 해면동물을 통틀어 일컫는 말로 바다 속에서 자란다. 목욕해면은 미세한 구멍이 많이 뚫려 있고, 부드러우며 탄력이 좋아 수분을 잘 빨아들이기 때문에 그런 성질을 이용하여 목욕할 때나 얼굴의 각질을 제거할 때 사용하는 스펀지로 많이 이용된다. 국토의 많은 부분이 바다를 끼고 있고 수많은 섬들로 이루어진 나라, 그리스의 해면은 지중해의 특성상 품질이 아주 우수하다. 해면은 말리면 돌처럼 딱딱해지고 물을 적시면 금세 부드러워진다. 주먹만 한 크기부

터사람 얼굴만 한 크기까지 다양한데 기왕이면 큰 것을 추천. 아테네의 플라카 지구에서 사는 것이 싸다.

콤볼로이

핸드폰 고리처럼 생긴 이것은 '콤볼로이komboloi' 라고 부르는 것으로 묵주처럼 손에 쥐고 손가락으로 알을 굴리며 돌리는데 주로 남자들이 따분한 시간을 보내는

데 사용된다고 한다. 남자들만 출입하는 찻집인 카페네이오 근처를 지나가다 보면 이렇게 콤볼로이를 돌리며 시간을 보내는 아저씨들을 볼 수 있다.

아이콘 작품과 교회 용품

전 국민의 90퍼센트 이상이 그리스 정교를 믿기 때문에 그리스에 아이콘 작품과 교회 용품을 취급하는 가게가 많은 것은 어쩌면 당연한 일이다. 아이콘은 그리스 정교의 성화나 성상을 말한다. 종교적인 것을 떠나 그림만 놓고 이야기 한다고 해도 좋은 작품들이 많다. 종교인이라면 한 번쯤 들러 볼 만하다.

그리스를 떠올리게 해 주는 옷

흔히 알고 있는 브랜드의 옷들이 아니면 막상 여행지에서 파는 옷들은 대개 우리의 취향과 잘 맞아떨어지기가 힘들다. 그럴 때는 그 나라의 이미지가 찍힌 티셔츠나 전통 의상 쪽으로 자연스레 눈이 간다. 마치 흰 소복 같은 옷은 자세히 보면 그 무늬가 조금씩 다른데 그리스 여신 혹은 여사제의 의상을 본뜬 치마로 입으면 무척 시원하고 의외로 예쁘기도 하다.

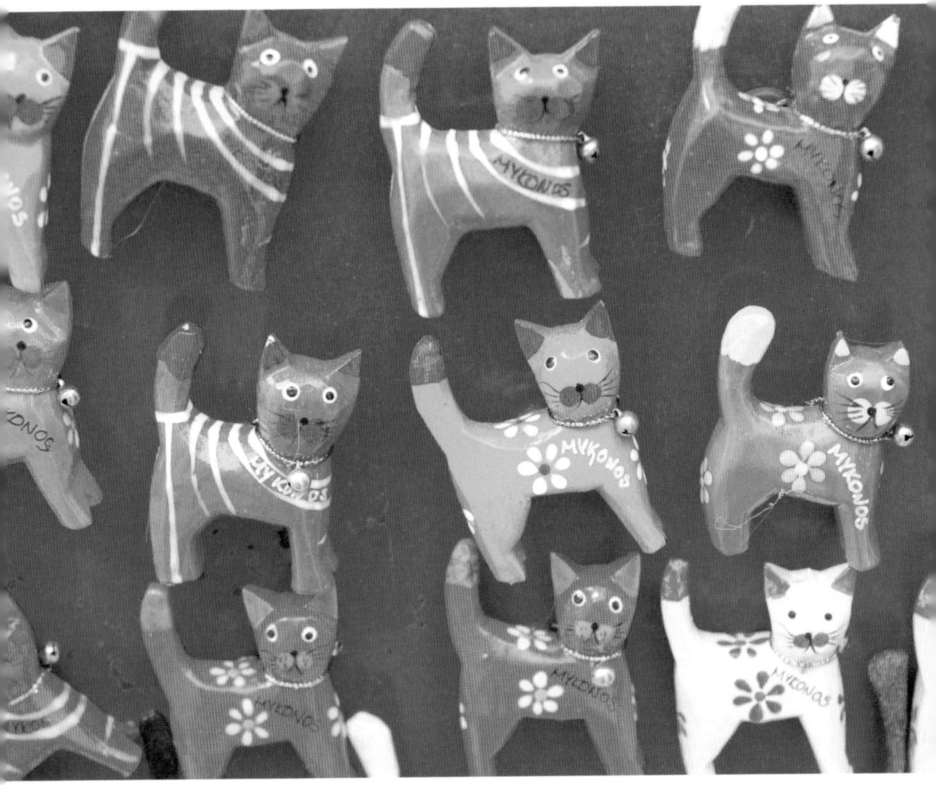

눈요기 in Mykonos

미코노스 섬의 호라 마을에는 미로처럼 이어지는 골목을 따라 최신 유행의 디자이너 패션 상품부터 전통 도기 그리고 보석과 골동품에 이르기까지 정말 다양한 물건이 많다. 한 평 남짓한 작고 귀여운 가게들도 많아 구경하는 재미까지 쏠쏠하다. 호라의 메인 쇼핑 거리는 각종 상품을 파는 가게들이 줄지어 늘어선 마토지아니Matogianni 골목이다. 여름 성수기에는 새벽까지 영업을 하는 곳들이 많아 시간에 구애 받지 않고 눈요기를 즐길 수 있다. 리틀 베네치아 지역에는 손으로 짠 옷들과 식탁보, 레이스 등 그리스 전통의 섬유제품 가게가 많다. 미코노스 섬은 예술가들의 커뮤니티와 갤러리로도 유명해서 그림은 물론이고 그리스 전통 문양을 강조한 디자인과 공예품들을 볼 수 있다. 지역 예술가들이 묘사한 미코노스 섬의 풍경이 담긴 그림은 여유만 된다면 한 점 정도 구입하고 싶을 만큼 예쁜 작품들이 많다. 또한 아이콘 작품과 교회용품도 유명하다.

세월이 흘러도 변하지 않을 미코노스 섬만의 눈요기감들.

❶ 미코노스 섬의 명물, 펠리칸 인형 ❷ 미코노스 섬의 풍경이 담겨진 벽걸이 장식 ❸ 그리스 전통 의상을 입은 인형 ❹ 미코노스 섬의 집 모양을 그대로 재현한 미니어처 벽걸이 장식 ❺ 나무로 만든 앙증맞은 책갈피

지중해 스타일의 다채로운 도자기들

눈요기 in Santorini

산토리니 섬의 피라 마을과 이아 마을은 쇼핑을 즐길 수 있는 곳으로 유명하다. 특히 피라 마을은 그 규모가 상당히 커서 하루 종일 돌아다녀도 지겹지 않을 정도이다. 골목마다 세련된 부티크부터 부담 없는 가격의 기념품을 파는 상점까지 그 종류도 다양하고 수도 많다. 특히 고급스럽고 예쁜 주얼리 제품을 취급하는 가게가 많아 여성 여행자들의 발길을 붙든다. 또한

그리스 전통 수예품들, 도자기와 접시, 골동품, 인테리어 소품장식, 교회용품 상점들도 눈길을 끄는데 특히 올리브 오일, 우조, 피스타치오 등 그리스의 전통 식재료를 취급하는 가게는 꼭 한 번 방문해서 구경할 만하다. 이아 마을에는 갤러리가 있어서 미술작품을 구경하는 재미가 한층 더해진다. 미코노스 섬이 투박한 멋이 있다면 산토리니 섬의 상점들은 전체적으로 세련된 맛이 난다.

Fira

낮 동안 그렇게 돌아다녔건만 저녁이 되니 어? 여긴 또 어디지? 하며 눈이 동그래진다. 피라에 밤이 찾아들면 또 다른 세상의 문이 하나 열리는 듯하다. 가게는 저마다의 보물에 조용히 불을 밝히고 음악은 나직이 흐른다. 여행자의 다리는 고달프지만 눈은 즐겁고 마음은 바쁘다. 나도 어서 나만의 보물을 찾아야 할 텐데…

Oia

이아 마을의 가게들은 하나같이 멋스럽다. 그래서 물건을 사는 재미보다는 그것을 전시해 놓은 모양새나 상점 인테리어 등을 구경하는 것이 더욱 재미있다. 이곳에서는 길거리의 벽도 하나의 멋진 진열장이 되곤 하는데 물건으로 주변을 꾸미는 것이 목적이지 파는 것은 마치 중요하지 않다는 듯 자리를 비운 주인들이 많다. 불러도 대답이 없는 그 여유로움이 그리스답다.

메이드 인 산토리니.
That' s why so special!

① 고양이가 많은 산토리니 섬임을 나타내는 귀여운 고양이 조각 ② 다양한 그리스의 식재료를 파는 식료품 가게 ③ 산토리니 섬에서 재배된 포도로 만든 와인과 그리스의 술, 우조 ④ 섬의 명물인 당나귀를 똑같이 본뜬 인형 ⑤ 맥주 안주로 그만인 짭짤하고 맛있는 피스타치오 ⑥ 산토리니 섬의 풍경이 담긴 그림 ⑦ 그리스 전통 수예품점 ⑧ 지중해 스타일의 도자기 전문점 ⑨ 다양하고 예쁜 액세서리 가게

①

④

⑦

Amvrosia
GREEK NATURAL PRODUCTS
2

3

5

6

BLUE SHOP
8

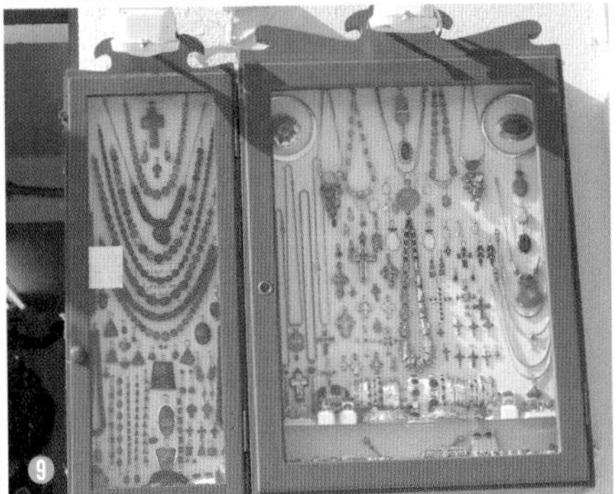
9

내 삶의 여행은 다시 시작된다.

Epilogue

에 필 로 그

길 위의 희망

ROAD. 로드. 길.

언제부터인가 '길' 이라는 말을 들으면 가슴이 뛰기 시작했다. 나도 모르게 '길' 위에서 만난 다양한 풍경, 소소하지만 따뜻한 일상, 생김은 달라도 어쩐지 나와 닮은 사람들을 그리워하고 있었나 보다. 만약 세상에 백 개의 길이 있다면 나는 그 중 몇 개의 길을 밟아보았을까? 아직도 내가 밟지 않고, 경험해 보지 않은 길들이 나를 기다리고 있다고 생각하면 설렘부터 인다. 그래서인지 로드무비의 주인공이 길 위에서 인생관이나 가치관이 변하면서

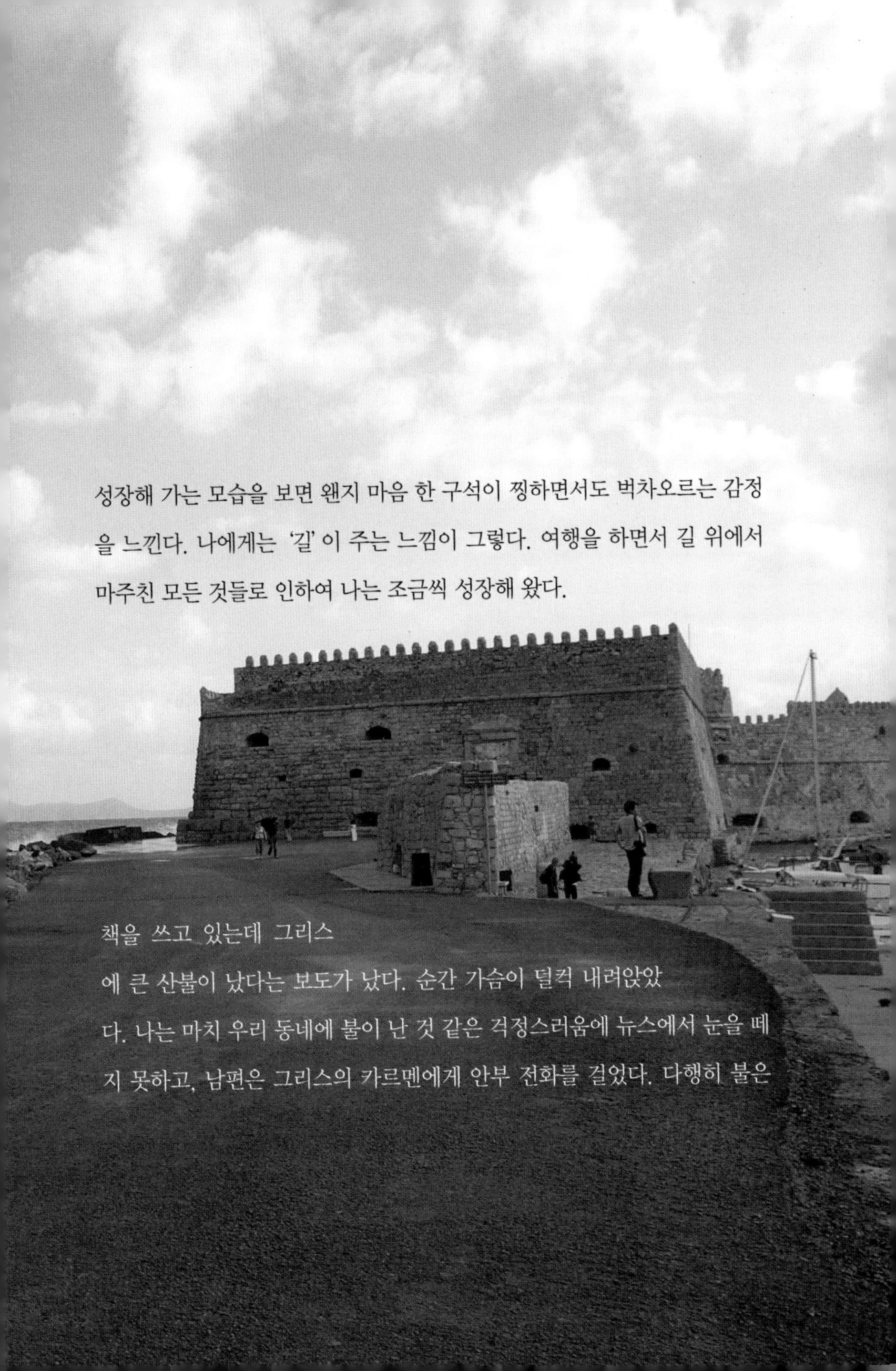

성장해 가는 모습을 보면 왠지 마음 한 구석이 찡하면서도 벅차오르는 감정을 느낀다. 나에게는 '길' 이 주는 느낌이 그렇다. 여행을 하면서 길 위에서 마주친 모든 것들로 인하여 나는 조금씩 성장해 왔다.

책을 쓰고 있는데 그리스에 큰 산불이 났다는 보도가 났다. 순간 가슴이 덜컥 내려앉았다. 나는 마치 우리 동네에 불이 난 것 같은 걱정스러움에 뉴스에서 눈을 떼지 못하고, 남편은 그리스의 카르멘에게 안부 전화를 걸었다. 다행히 불은

무사히 진화되었고, 복구된 그리스는 마치 아무런 일도 없었던 것처럼 예전과 같은 모습으로 여행자들을 맞이하고 있다.

가끔 텔레비전에서 이런 뉴스를 접할 때마다 내가 한 번이라도 발을 디뎠던 곳은 더 이상 남의 나라가 아니라는 것을 깨닫게 된다. 내가 갔던 길, 그 길 위에서 만난 사람들, 나를 다독여 주었던 풍경들을 떠올리면 어느새 강한 연민과 애틋함, 그리고 그리움을 느끼는 나를 발견하곤 한다. 지금껏 나와는 아무런 상관없는 곳으로 여겨졌던 세계가 '나의 세계'로 들어오는 것이다. 그렇게 조금씩 쌓여가는 나의 세계, 내 마음이 닿아 있는 곳에 대한 이야기를 하고 싶었다. 그곳의 아름다운 풍경뿐만이 아닌 그 속에 간직하고 있는 여러 가지 이야기들을 들려주고 싶었다. 아울러 그곳을 통한 나의 이야기들, 길 위의 희망들을.

'나 혼자 꿈을 꾸면 그건 한갓 꿈일 뿐이지만 우리 모두가 함께 꿈을 꾸면 그것은 새로운 현실의 출발' 이라는 글귀를 기억한다. 많은 사람들이 '함께' 꿈을 꿀 수 있기를. 땅 위의 길과도 같은 희망을 품을 수 있기를.

나는 길을 믿는다, 희망을 믿는다.

내게 길 위의 아름다운 세상을 볼 수 있게 해준 가족들, 친구들,
그리고 길 위에서 만난 모든 인연들에게 진심으로 감사의 마음을 전하며.

2008년 화창한 봄날, 박은경

야사스! 그리스

1판1쇄 2008년 7월 2일
1판5쇄 2011년 10월 7일

지은이 박은경
펴낸이 김정순
기획·편집 배경란, 심선영
펴낸곳 (주)북하우스 퍼블리셔스
출판등록 1997년 9월 23일 제406-2003-055호

주소 121-840 서울시 마포구 서교동 395-4 선진빌딩 6층
전자메일 editor@bookhouse.co.kr
홈페이지 www.bookhouse.co.kr
전화번호 02-3144-3123
팩스 02-3144-3121

ISBN 978-89-5605-268-7 03810

이 도서의 국립중앙도서관 출판도서목록(CIP)은 e-CIP 홈페이지(http://www.nl.go.kr/cip.php)에서
이용하실 수 있습니다. (CIP제어번호 : CIP2008001896)